扬州大学出版基金资助

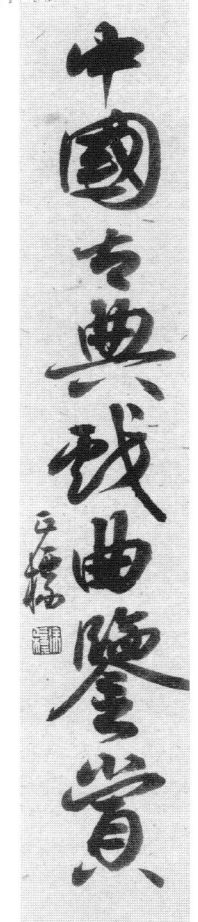

【第二版】

柏红秀 著

南京大学出版社

图书在版编目(CIP)数据

中国古典戏曲鉴赏 / 柏红秀著. —2版. —南京：南京大学出版社,2016.1(2023.7重印)

ISBN 978-7-305-14542-1

Ⅰ.①中… Ⅱ.①柏… Ⅲ.①古代戏曲—戏剧文学—文学鉴赏—中国 Ⅳ.①I207.3

中国版本图书馆CIP数据核字(2014)第307482号

出版发行	南京大学出版社
社　　址	南京市汉口路22号　　邮编　210093
出 版 人	王文军
书　　名	中国古典戏曲鉴赏
著　　者	柏红秀
责任编辑	徐晓燕　王抗战　　编辑热线　025-83686546
照　　排	南京开卷文化传媒有限公司
印　　刷	江苏凤凰通达印刷有限公司
开　　本	787×960　1/16　印张10　字数208千
版　　次	2023年7月第2版第3次印刷
ISBN	978-7-305-14542-1
定　　价	30.00元

网　　址:http://www.njupco.com
官方微博:http://weibo.com/njupco
官方微信号:njupress
销售咨询热线:(025)83594756

＊版权所有,侵权必究
＊凡购买南大版图书,如有印装质量问题,请与所购
　图书销售部门联系调换

序

  中国古典戏曲,历史悠久,博采众长,到了元代成为艺术之林中光彩夺目的奇葩之一。它一旦绽放,便惊艳世人。中国古典戏曲在元代享有"一代之文学"的美誉;明清时代依然佳作不断,名伶辈出。如今,有些仍然活跃在舞台上,拥有众多的拥趸。

  它的发展史实际上是一部艺术征服人心的辉煌史。随着历史的斗转星移,它的舞台不断地扩大:从偏远冷清的乡村进入热闹富庶的城市;从鱼龙混杂的勾栏瓦肆进入名公贵族的豪门深院、富丽堂皇的宫廷。它在小小的舞台上演绎着一个大大的世界:历史的风起云涌,英雄的肝胆义肠,扑朔迷离的案情,坎坷曲折的爱情,动人心弦的伦理道德,等等。曾几何时,文人才子佳作一出,世人便争相传阅,洛阳为之纸贵。曾几何时,名优佳伶一展风姿,便博得喝彩无数、掌声雷动。它或是轻松戏谑,或是深沉悲怆,无论何种姿态,都令古人如痴如醉!

  它曾经是中国古人重要的娱乐内容,丰润着他们的精神世界!

  如今,当历史的洪流将它推向遥远的后方,我们回眸历史,只能在它所留下的吉光片羽中去想像它当初繁荣的依稀身影。这时,习惯于短视、追求实用、近乎势利的现代人,不禁会想:缅怀它值得吗?它对于今天的生活还有用吗?

  这种疑问实际上又与当下关于代沟的话题密切相连。现代人似乎觉得世界日新月异,二十年、十年甚至五年就是一个很深的代沟。如此一来,我们便与戏曲繁荣时代的古人有了无法逾越的鸿沟。想到这里,人们便会对中国古典戏曲望而生畏！更何况，它所用的语言以及描述的历史画面又往往不为我们所熟悉。

事实上，历史与现代，从未绝然地割断过。今天不过是昨日的延续！中华民族文化有着天然的一脉相传性。正如今天去阅读《诗经》、《论语》，那些用平实朴素的语言所表达的情感或所阐释的哲理，依然让我们感觉是那么的亲切自然！中国古典戏曲，它作为音乐与文学的综合艺术，首先关乎的是审美，而审美又与人类的心灵活动密切相连，所以它是中国古代人情感与思想的结晶。中国人，实际上古今差别并不大！关于这点，早在明代汤显祖的《牡丹亭》里，杜丽娘这位聪慧的女子就曾感叹过："今古同怀，岂不然乎？"

所以今天，中国古典戏曲依然可以成为我们的娱乐内容，丰润我们的精神世界！

现在就让这本小书将你带进中国古典戏曲的迷人世界，去细细品味那些历久弥香的经典，学会在当下热闹非凡却常常迷失自我的时代里执着地坚守，并努力地践行真、善、美！

著　者

目　录

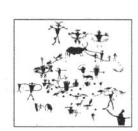
第一讲　戏曲的发展与形态成熟 …………… 1
　　第一节　戏曲的发展 …………………………… 1
　　第二节　戏曲形态的成熟 ……………………… 8

第二讲　元代的杂剧与南戏 …………………… 14
　　第一节　元代的杂剧 …………………………… 15
　　第二节　元代的南戏 …………………………… 23

第三讲　明清的杂剧、传奇与地方戏 ………… 27
　　第一节　明代的戏曲 …………………………… 27
　　　　一、明代的杂剧 ……………………………… 27
　　　　二、明代的传奇 ……………………………… 30
　　第二节　清代的戏曲 …………………………… 34
　　　　一、花雅之争 ………………………………… 35
　　　　二、清代的传奇 ……………………………… 36

第四讲　关汉卿与《窦娥冤》 ………………… 39
　　第一节　关汉卿 ………………………………… 39
　　第二节　《窦娥冤》 …………………………… 42
　　　　一、主要剧情 ………………………………… 42
　　　　二、悲剧原因 ………………………………… 44
　　　　三、当代价值 ………………………………… 48

第五讲 王实甫与《西厢记》……50
第一节 王实甫……50
第二节 《西厢记》……51
一、故事来源……51
二、主要剧情……52
三、作品主题……54
四、戏曲冲突……57
五、人物形象……59
六、当代价值……61

第六讲 高明与《琵琶记》……64
第一节 高明……64
第二节 《琵琶记》……64
一、故事来源……64
二、创作动机……65
三、主要情节……66
四、作品主题……67
五、人物形象……68
六、结构与曲辞……69
七、当代价值……72

第七讲 汤显祖与《牡丹亭》……74
第一节 汤显祖……74
第二节 《牡丹亭》……75
一、主要剧情……75
二、作品主题……78
三、杜丽娘形象……79
四、浪漫主义风格……81
五、当代价值……83

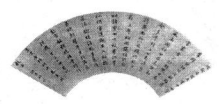

第八讲　洪昇与《长生殿》 …… 85
第一节　洪昇 …… 85
第二节　《长生殿》 …… 86
一、故事来源 …… 86
二、主要情节 …… 87
三、作品主题 …… 91
四、艺术特色 …… 94
五、当代价值 …… 96

第九讲　孔尚任与《桃花扇》 …… 98
第一节　孔尚任 …… 98
第二节　《桃花扇》 …… 99
一、主要情节 …… 99
二、作品主题 …… 101
三、情节线索 …… 104
四、人物形象 …… 106
五、悲剧结局 …… 107
六、当代价值 …… 108

附　录 …… 110
《窦娥冤》节选 …… 110
《西厢记》节选 …… 126
《琵琶记》节选 …… 133
《牡丹亭》节选 …… 136
《长生殿》节选 …… 139
《桃花扇》节选 …… 144

参考文献 …… 151
后　记 …… 153

第一讲 戏曲的发展与形态成熟

第一节 戏曲的发展

中华民族历史渊源悠久,文化璀璨夺目,艺术精彩纷呈。在迷人的艺术之苑,有一朵异常独特的奇葩,它就是戏曲。所谓戏曲,就是以歌舞来表演故事,是中国传统戏剧的泛称。戏曲的独特之处在于,它是一门综合的艺术,既涉及空间艺术的绘画、雕刻、建筑,又涉及时间艺术的诗歌、音乐、舞蹈等。因而它起源悠远。

戏曲虽然不是直接起源于歌舞,却与歌舞的发展有着密切的关系。自从有了人类,也就有了歌舞。早在原始社会,人们就在劳动中出于模仿的天性创造了歌舞。《尚书·舜典》中"予击石拊石,百兽率舞"、《吕氏春秋·古乐》中"葛天氏之乐,三人操牛尾,投足以歌八阕",它们讲的都是原始人扮演成各种动物,以此再现他们狩猎的场景(图1-1),表达

图1-1 岩画巫仪拟兽图

图1-2 东汉说唱陶俑

人与自然和谐相处时的快乐。在原始社会,歌舞是人们生活的重要内容,它们会被运用到仪式和节庆等场合。到了奴隶社会,歌舞更多地被奴隶主们所占有,替他们歌功颂德,并满足他们声色之乐的需求。如大禹治水成功以后,立刻命皋陶作《九成》,来彰显他的伟大功绩,此举为后世效仿,如夏启朝造《九招》、商汤朝造《大濩》、周朝有《大武》等。奴隶社会歌舞活动的这种变化,直接影响着歌舞表演的队伍构成(图1-2)。

图1-3 青铜巫面像

在原始社会,起初全体部落成员都是歌舞的表演者,但后来逐渐出现了专门的歌舞表演阶层——巫。东汉许慎《说文解字》对"巫"这样解释道:"女能事无形,以舞降神者也。"可见巫是用歌舞的方式来进行鬼神与人的沟通(图1-3),并代表上天对人类示喻。巫阶层的产生与原始社会人们认识和改造自然的能力极弱,因而对自然、图腾和祖先产生强烈的敬畏之心和狂烈的崇拜之情密切相关。在奴隶社会,巫是非常活跃的阶层。如商代人好鬼,巫风在宫廷与民间都很兴盛,《尚书·商书·伊训》:"恒舞于宫、酣歌于室,时谓巫风。"周代虽然因为礼乐文化的兴盛,巫风稍有式微,但在当时南方的民间,它仍然很兴盛,特别是到了春秋战国时期,随着"礼崩乐坏"局面的出现,楚越两地的巫风又再度兴盛。据相关专家考证,中国早期最伟大的诗人屈原(图1-4)就是巫师,他所创作的《九歌》(图1-5)实际上就是为了楚怀王祀鬼神而将民间巫舞的歌词加以修改而成。除了《九歌》外,《诗经·陈风》中亦有诸多关于当时巫风盛行的记载。

图1-4 屈子行吟图

图1-5 北宋李公麟《〈九歌〉图》之一

到了奴隶社会，专门从事歌舞表演的除了巫以外，还有俳优（图1-6）。俳优的产生很早，根据传说，夏桀时代就有了。刘向《古列女传·孽嬖传·夏桀末喜》："夏桀既弃礼义，求倡优侏儒狎徒，为奇伟戏，聚之于旁，造烂漫之乐。"关于俳优活动的记载，最初见于《国语·郑语》，史伯对郑桓公说起周幽王时，有"侏儒、戚施，实御在侧"，韦昭解释道："侏儒、戚施，皆优笑之人"，可见此时俳优已经在宫廷里活跃了。中国早期最著名的俳优有两位，均是春秋时人。一位是优施，他的事迹主要见于《国语·晋语》。当时晋献公夫人骊姬得到晋献公的默许，打算杀死太子申生以立自己儿子奚齐为太子，她非常担心大臣里克不支持，于是向优施求计。优施欣然同意帮忙，最终在酒宴上用歌舞的形式成功地说服了里克。另一位是优孟，他的事迹见于《史记·滑稽列传》。这则史料讲的是楚国宰相孙叔敖生前对优孟很好，临死前嘱咐儿子如果将来贫困了就向优孟求助。后来情况果然如此。优孟答应帮助孙叔敖的儿子。他用了一年多时间来模仿孙叔敖的言行举止，最后在楚王面前出现时，楚王以为是孙叔敖再世，要封他为宰相，结果被他拒绝了。优孟乘机向楚王进谏，要楚王善待孙叔敖的儿子。楚王最终给孙叔敖儿子封赠了田地与奴隶。

图1-6 河南南阳汉墓倡优演出画像石

由于巫隶属于官，职能是娱神，而俳优隶属于奴隶，职能是娱人，故俳优实际上是中国最早从事歌舞的职业演员。

到了汉代，由于推行"罢黜百家，独尊儒术"的政策，同时儒家思想强调用音乐来教化民心，并帮助帝王考察治政效果，所以帝王和朝廷都极为重视"制礼作乐"。这反而束缚了音乐的发展。受其影响，宫廷音乐走向了僵化与教条，失去了应有的活力。但是民间音乐却因为经济的繁荣和城市的扩大，走向了繁荣。同时随着汉帝国声威的不断扩大和对外交流的增强，外国音乐也纷纷涌进国门。为了满足统治者的娱乐需要，宫廷和京城大量地引进民间音乐与外国音乐，这使得汉代娱乐活动异常热闹。汉代人将种类繁多的歌舞统称之为"百戏"（图1-7）。"百戏"的实质与汉以前的"散乐"相同。所谓"散乐"，其功能主要用

图1-7 西汉百戏陶俑

于娱乐,与宫廷中那些用于祭礼与典礼等大型的乐舞相对,无论在音乐篇制上还是在表演规模上都相对较小。它早在周代就被纳入到当时的礼乐制度中,《周礼》:"旄人教舞散乐。"

汉代百戏以杂技和幻术为主,伴有音乐表演,汉代张衡《西京赋》称之为"总会仙倡":

> 华岳峨峨,冈峦参差;神木灵草,朱实离离。总会仙倡,戏豹舞罴;白虎鼓瑟,苍龙吹篪。女娥坐而长歌,声清畅而蜲蛇;洪涯立而指麾,被毛丽之襳襹。度曲未终,云起雪飞,初若飘飘,后遂霏霏。复陆重阁,转石成雷。礔砺激而增响,磅礚象乎天威。

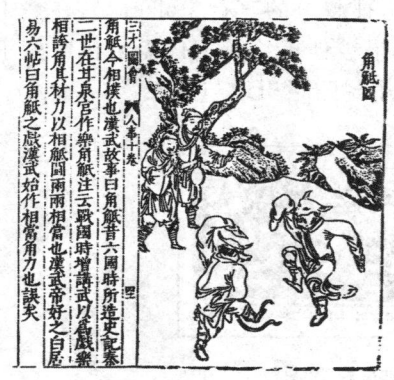

图 1-8 《三才图绘》刊汉角抵图

在汉代百戏中,有一类是角抵戏(图 1-8),它对戏曲发展影响极大。

角抵戏,最初起源于民间,与传说中的蚩尤与黄帝征战的故事有关。宋代陈旸《乐书》:

> 或曰蚩尤氏头有角,与黄帝斗,以角抵人。今冀州有乐名"蚩尤戏",其民两两戴牛角而相抵,汉造此戏岂其遗象邪?

它最初是表演者力量的比拼,后来发展为比拼表演者的技艺,如《史记·大宛传》:

> 安息以黎轩善眩人献于汉。是时上方巡狩海上,乃悉从外国客,大觳抵,出奇戏诸怪物,及加其眩者之工;而觳抵奇戏岁增变,甚深,益兴,自此始。

应劭注此句中的角抵曰:"角者,角技也;抵者,相抵触也。"文颖曰:"名此乐为角抵者,两两相当,角力,角技艺射御,故名角抵,盖杂技乐也。"

角抵戏在秦朝兴盛,并被引进入宫廷,宋代陈旸《乐书》:"角抵戏本六国所造,秦因而广之。"此时角抵戏与俳优一起出现,《史记·李斯传》:"是时二世在甘泉,方作觳抵优俳之观。"汉代角抵戏中有一个非常著名的《东海黄公》,见载于汉代张衡《西京赋》。它讲述的是东海人黄公,年轻时有法术,能够制蛇御虎,衰老后气力减弱,加之酗酒无度,所以法术失灵,结果不幸为一头白虎所杀。黄公的事迹感动了当地的人,人们将之编成故事进行表演,后来这个故事又从地方传播到了宫廷,如汉武帝曾将之引入到宫廷中表演,"三辅人俗用以为戏,汉帝亦取以为角抵之戏焉"。从张衡的记载来看,《东海黄公》已经有了一定的故事情节,至少出现了两位演员,而且还包含一定的化妆艺术(图1-9)。

图1-9 南阳汉画像石中的角抵戏图

汉以后,百戏仍然非常活跃,成为人们娱乐生活的重要内容。如三国时期魏明帝对百戏非常重视,《魏略》(《魏志·明帝纪》裴注所引):"帝引穀水过九龙殿前,水转百戏。岁首,建巨兽,鱼龙曼延,弄马倒骑,备如汉西京之制。"此时百戏中又出现了一种男优扮女性的表演,《魏书》(裴注引)载:司马师等《废帝奏》亦云:"使小优郭怀、袁信,于广望观下作辽东妖妇,嬉亵过度,道路行人掩目。"可能它表演的内容为男女之情,但因为恶俗,所以不堪入目。后来又出现了优人假扮官员的表演,如《蜀书·许慈传》载西蜀的许慈与胡潜同为博士,却因为在诸多事务上意见不一致而产生了巨大的纠纷,甚至动起粗来。刘备不忍心处置他们,于是就让优人在宴会上扮成他们样子,表演他们平日的所作所为,以此来感化他们:"使'倡家'假为二子之容,效其讼阋之状,酒酣乐作,以为嬉戏,初以辞义相难,终以刀杖相屈,用感切之。"

到了后赵石勒统治时期,有一参军周延犯了贪污罪,优人亦以之为戏,以为笑乐。《太平御览》卷五六九引《赵书》载:

> 石勒参军周延为馆陶令,断官绢数百匹,下狱,以八议宥之。后每大会,使俳优著帻、黄绢单衣。优问:"汝为何官,在我辈中?"曰:"我本为馆陶令。"斗数单衣曰:"政坐取是,入汝辈中。"以为笑。

由上可见,古代俳优主要以歌舞与戏谑为能事。自汉代以后,有时又会表演故事。

俳优用歌舞来表演一个完整的故事,最早出现在北齐。如《代面》,讲的是北齐兰陵王的故事(图1-10)。他有着卓越的军事才能,但相貌却极富阴柔之美,为了增加自己的阳刚之气,对敌人形成威慑力,他在战场上厮杀时常会戴着面具。后来在一次袭击北周的军事行动中,他大获全胜。国人为了颂扬他,就将他戴着面具作战的故事谱成了歌舞进行表演。《旧唐书·音乐志》:

图1-10 日本约12世纪绘制的《兰陵王》图

代面出于北齐。北齐兰陵王长恭,才武而面美,常著假面以对敌。尝击周师金墉城下,勇冠三军。齐人壮之,为此舞以效其指麾击刺之容,谓之《兰陵王入阵曲》。

与之同时的歌舞戏还有《踏谣娘》(图1-11)。唐代崔令钦《教坊记》:

图1-11　唐代《踏谣娘》泥塑

北齐有人姓苏,䶌鼻,实不仕,而自号为郎中。嗜饮酗酒,每醉,辄殴其妻。妻衔悲诉于邻里。时人弄之:丈夫著妇人衣,徐行入场,行歌。每一叠,傍人齐声和之云:"踏谣和来,踏谣娘苦,和来!"以其且步且歌,故谓之"踏谣",以其称冤,故言苦。及其夫至,且作殴斗之状,以为笑乐。

可见《踏谣娘》用歌舞的形式表现了一位女子深受无行丈夫虐待的苦难生活。《代面》与《踏谣娘》都是歌舞戏。歌舞戏在北齐只是百戏中的一种,并不盛行。

到了唐代,歌舞戏才得到很好的发展。北齐时产生的《代面》与《踏谣娘》仍在表演。唐人还对这些前代的歌舞戏进行了改造,以迎合时人的趣味。如《踏谣娘》,《通典·乐六·散乐》:"近代优人颇改其制度,非旧旨也。"改造后的《踏谣娘》无论是演员还是情节,都已经与北齐时大不相同,时人甚至将之与《谈容娘》混在一起。唐代崔令钦《教坊记》:"今则妇人为之,遂不呼郎中,但云'阿叔子'。调弄又加典库,全失旧旨。或呼为'谈容娘',又非。"不仅如此,唐人还创造了新的歌舞戏。如《拨头》(或曰《钵头》),讲述的是为父复仇,上山杀虎的故事,唐代段安节《乐府杂录》:"同有八折,故曲八叠。戏者被发素衣,面作啼,盖遭丧之状也";又如《窟儡子》,它讲述的是汉代刘邦被匈奴冒顿围困在平城后,陈平利用阏氏的妒忌,用木偶人装成女子进行歌舞,以激起阏氏的忧虑,让她逼冒顿撤兵,最终解救出刘邦。《窟儡子》在当时极受欢迎,还产生了表演此戏的著名优人,唐代段安节《乐府杂录》:"后乐家翻为戏。其引歌舞有郭郎者,发正秃,善优笑,闾里呼为郭郎,凡戏场必在俳儿之首也。"上述这些几乎都是在唐代宫廷中表演的歌舞戏(图1-12)。

唐代民间亦有不少歌舞戏。如《合生》，它原本产生于外国，最初亦由胡优表演，但是在武则天朝，表演者则由外国人变成了中国人。内容主要是模仿和歌咏贵族人物，《新唐书·武平一》曾作"谏大飨用倡优媟狎书"：

> 伏见胡乐施于声律，本备四夷之数，比来日益流宕，异曲新声，哀思淫溺。始自王公，稍及闾巷，妖伎胡人、街童市子，或言妃主情貌，或列王公名质，咏歌蹈舞，号曰"合生"。

图1-12 约17世纪绘制的《兰陵王》舞姿

此则歌舞戏反应了大唐文化的高度开放性，以及中国文化海纳百川的包容性。再如《义阳主》，是唐德宗公主的门客所创，内容主要写公主与驸马反目后被德宗强行分开的情感故事。《义阳主》产生后，很快风靡全国。家丑外扬使唐德宗大怒，一气之下竟然要取缔科举制，这方面的记载详见于《新唐书·诸帝王公主·韩国贞穆公主》。

唐代对古典戏曲发展影响最大的除了歌舞戏以外，还有参军戏（图1-13）。参军戏，主要是俳优扮演成官员以表演故事。其起源甚早，前文已言，在《蜀书》与《赵书》中就有记录。在唐代，它也非常受人欢迎。既在宫廷中表演，如唐代段安节《乐府杂录》："开元中，黄幡绰、张野狐弄参军"，黄幡绰、张野狐都是盛唐时著名的宫廷优人；又如唐代赵璘《因话录·宫部》："肃宗宴于宫中，女优有弄假官戏，其绿衣秉简者，谓之参军桩。天宝末，蕃将阿布思伏法，其妻配掖庭，善为优，因使隶乐工。是日遂为假官之长"等。同时也在民间表演，如薛能《吴姬十首》第八首曰："楼台重迭满天云，殷殷鸣鼍世上闻。此时杨花初似雪，女儿弦管弄参军"；如唐代范摅《云溪友议·艳阳词》："乃有俳优周季南、季崇及妻刘采春，

图1-13 唐代参军戏俑

自淮甸而来。善弄陆参军,歌声彻云";另外宋代钱易《南部新书·丁》亦有:"有假作吏部令史及虞部令史相见,忽然俱倒,闷绝良久,云冷热相激"等。

尽管参军戏以调笑滑稽为能事,内容并不固定,但它的角色却相对固定,由两位优人充当,一位是"参军",是被戏弄的官员形象;另一位是"苍鹘",与"参军"进行问答对话,以嘲弄并侵犯官员。如李商隐《骄儿诗》:"忽复学参军,按声唤苍鹘";又如《五代史·吴世家》:"徐氏之专政也,杨隆演幼懦不能自持,而知训尤凌侮之。尝饮酒楼上,命优人高贵卿侍酒,知训为参军,隆演鹑衣髽髻为苍鹘"等。可见,参军戏对于中国古典戏曲角色制度的形成意义颇大。

总之,经过漫长的历史发展,逐渐出现了专门从事扮演的演员——俳优,他们虽然以讽谏、滑稽、戏谑为主,却逐渐地开始扮演起故事来,如角抵戏等,并且还以载歌载舞的形式扮演故事,如歌舞戏;尽管这时的故事还非常简略,歌舞的形式也没有固定,但是逐渐地出现了固定的角色,如参军戏。虽然自汉代到唐代,戏曲仍然掺杂着诸多的技艺,还没有完全从百戏或散乐中独立出来,但它为后来戏曲形式的成熟准备了诸多充足的条件。

第二节　戏曲形态的成熟

中国古典戏曲就是这样满怀信心地沿着时代的洪流不断向前,并在途中吸收到诸多文艺样式的营养,终于到了宋金时期,形态走向了成熟。宋金时期城市娱乐活动的发展是导致戏曲形态走向成熟的最直接动因。从中唐开始,商业经济得到了大力发展,城市因而趋于繁荣,市民数量也在不断地增多,这些最终造成了城市娱乐活动需求的增加。为了满足数量众多的市民的娱乐文化需求,从北宋开始,城市里出现了许多勾栏瓦舍(图1-14),南宋时期,情况依旧如此。关于宋代瓦舍及其盛况,宋代吴自牧《梦梁录·瓦舍》有着清晰的记载:

> 瓦舍者,谓其来时瓦合,去时瓦解之义,易聚易散也,不知起于何时。顷者,京师甚为士庶放荡不羁之所,亦为子弟流连破坏之门。
>
> 杭城绍兴间驻跸于此,殿岩杨和王因军士多西北人,是以城内外创立瓦舍,招集妓乐,以为军卒暇日娱戏之地。今贵家子弟郎君,因此荡游破坏,尤甚于汴都。
>
> 其杭之瓦舍,城内外合计有十七处。

图 1-14 古代乐舞图

在勾栏瓦舍中表演的节目类型众多,如宋代孟元老《东京梦华录·京瓦伎艺》载北宋时其中表演的节目有小唱、嘌唱、般杂剧、悬丝傀儡、小掉刀筋骨上索杂手伎、讲史、不说、散乐、小儿相扑、杂剧、掉刀、蛮牌、影戏、诸宫调、合生、说诨话、杂班、神鬼、说三分、五代史以及叫果子等。并且其中的表演从不间断,宋代孟元老《东京梦华录·京瓦伎艺》:"崇、观以来,在京瓦肆伎艺……不以风雨寒暑。诸棚看人,日日如是。"杂剧就是在勾栏瓦舍中常见的表演项目。

"杂剧"一词,最初见于唐代,如唐代李德裕《李卫公文集·论故循州司马杜元颖状》:"杂剧丈夫两人。"在宋代,"杂剧"最初所指极宽泛,与汉代的"百戏"以及汉以前的"散乐"相同,如宋代吴自牧《梦梁录·百戏伎艺》:"凡傀儡,敷衍烟粉、灵怪、铁骑、公案、史书、历代君臣将相故事话本,或讲史,或作杂剧,或如崖词……大抵弄此,多虚少实,如《巨灵神》、《姬大仙》等也。"其中不少杂剧是表演故事的。宋代吴自牧《梦梁录·妓乐》:"大抵全以故事,务在滑稽。"从这些故事来看,已有了一个贯串的情节和几个人物。宋代孟元老《东京梦华录·中元节》:"构肆乐人,自过七夕,便般《目连救母》杂剧,直至十五日止,观者增倍。"杂剧不仅在宋代城市中表演,而且还是宋代宫廷中表演的项目之一,由宫廷专门的音乐机构如教坊、云韶院与钧容直等进行表演,并且在表演者的数量上有着严格的规定。宋代宫廷乐人参与杂剧表演,无疑大大提升了杂剧的表演水平。到了南宋,"杂剧"所指已经相对固定,成为当时宫廷教坊表演的十三部之一,且居于唯一"正色"的地位,宋代吴自牧《梦梁录·妓乐》:"散乐,传学教坊十三部,唯以杂剧为正色。"

宋代杂剧有着固定的结构（图1-15）。如在北宋，它分为两段，宋代孟元老《东京梦华录·宰执亲王宗室百官入内上寿》："杂剧入场，一场两段"（图1-16）；宋代吴自牧《梦粱录·妓乐》："次做正杂剧，通名两段。"其中第一段表演的是"寻常熟事"，称作"艳段"，其名称有开场引子的意思。它是将百姓日常生活中经常看到的事情，经过艺人加工，搬上舞台以后，观众就会发现它异常可笑。这部分主要是激发观众的观赏兴趣。第二段是"正杂剧"，指经过正式编排的新杂剧段子，它有着相对完整的故事情节。到了南宋时，它的结构又改为三段，即在"艳段"与"正杂剧"后又增加一段"杂扮"表演。所谓"杂扮"，就是装扮成当时社会上的各色人物，对之进行调笑，以此博得观众的笑声。

图1-15 宋代杂剧绢画

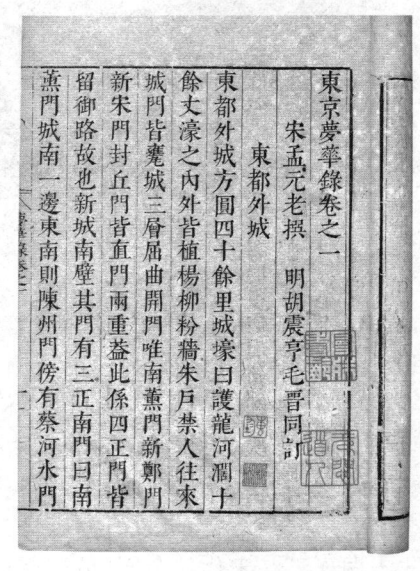

图1-16 《东京梦华录》书影

同时杂剧还有着固定的角色。宋以前的参军戏中也有两个固定的角色，宋代的杂剧角色却明显增多，共有五个。它们是末泥、副净、副末、装孤、把色等，这些角色在分工上各有不同。宋代耐得翁《都城纪胜》：

> 杂剧中，末泥为长，每四人或五人为一场，先做寻常熟事一段，名曰艳段；次做正杂剧，通名为两段。末泥色主张，引戏色分付，副净色发乔，副末色打诨，又或添一个装孤。其吹曲破断送者，谓之把色。

宋代杂剧的表演非常活跃，产生了非常多的剧目，仅宋代周密《武林旧事》卷10《官本杂剧段数》所记,就高达280种。王国维《宋元戏曲史》曾对这些存目进行过精确的考证,得出如下结论:"其用大曲者一百有三,用法曲者四,用诸宫调者二,用普通词调者三十有五","共一百五十余本,已过全数之半,则南宋杂剧,殆多以歌曲演之。"王国维所提及的"大曲"、"法曲"、"诸宫调"、"词调者"等,都是宋代常见的歌舞表演艺术样式。由此可见,宋代杂剧常常用歌舞的样式进行表演。在这些歌舞样式中,诸宫调对戏曲形态的成熟影响最大。

图1-17 《董解元西厢记》插图

诸宫调始于北宋(图1-17),宋代王灼《碧鸡漫志》卷2:"熙宁元丰间,泽州孔三传始创诸宫调古传,士大夫皆能诵之。"诸宫调在两宋时期均有表演,如宋代孟元老《东京梦华录·京瓦伎艺》有"孔三传、耍秀才诸宫调";又如宋代周密《武林旧事》卷6所载诸色伎艺人中,有诸宫调传奇高郎妇等四人。诸宫调是将小说这种文艺样式引入到乐曲中进行表演,宋代吴自牧《梦梁录·妓乐》:"说唱诸宫调,昨汴京有孔三传,编成传奇灵怪,入曲说唱。"诸宫调的表演特点是有说有唱,以唱为主。唱的部分是用若干种不同宫调的曲子连接起来演唱。因而它使得表演的故事更加曲折多变、引人入胜,而且曲唱方式较之其他音乐样式,如词调、法曲、大曲、唱赚等,更加自由、灵活。所以诸宫调的出现是中国古代说唱艺术史上一次巨大的进步。

今存诸宫调的本子已经很少,其中保存得相对完整的是金代董解元《西厢记》,亦称为《董西厢》。所谓解元,是金代对读书人的通称,其所作的《诸宫调西厢记》故事来源于唐代元稹所作的传奇《莺莺传》,董解元在此基础上进行了改编,将原本始乱终弃的张生改编成痴情人,他与相国小姐崔莺莺发生了一场惊天动地的爱情,虽然历尽坎坷,但最终得成美眷。《董西厢》用了不同宫调的套数高达192套之多来演唱这个故事,因而结构恢宏,气势开阔,给观众带来了前所未有的审美快感。

与宋代杂剧同时产生的,还有南戏(图1-18)。南戏,亦称为戏文、南曲戏文。它是在浙江温州(永嘉)一带流行的地方戏"温州杂剧"(或称为"永嘉杂剧")的基础上发展形成的。关于南戏最早形成的

图1-18 南戏瓷俑

确切时间,有着诸种说法:

> 南戏出于宣和之后,南渡之际,谓之"温州杂剧"。予见旧牒,其时有赵闳夫榜禁,颇述名目,如《赵贞女蔡二郎》等,亦不甚多。
>
> 明代祝允明《猥谈》
>
> 南戏始于宋光宗朝,永嘉人所作《赵贞女》、《王魁》二种实首之。故刘后村有"死后是非谁管得,满村听唱《蔡中郎》"之句。或云宣和间已滥觞,其盛行则自南渡,号为"永嘉杂剧"。
>
> 明代徐渭《南词叙录》

据这两则史料,可以确证的是南戏的产生最早应为北宋光宗朝,最迟应该在北宋与南宋易代之际。南宋灭亡之前,南戏已经有了较大的发展。它向北传入到杭州,向南传入到闽南,向西传入到江西,成为一个足迹遍布浙江、福建、江西多个地域的艺术样式。今天可以确证的宋代南戏的作品有五种,它们是《赵贞女蔡二郎》、《王魁》、《王焕》、《乐昌分镜》、《张协状元》。这些作品的内容包括两类,一类是士人负心戏,一类是为爱情遭磨难的传奇。

南戏在体制上有着自身的特点。在唱腔上,它的形式极为自由灵活。明代徐渭《南词叙录》:"宋人词而益以里巷歌谣,不叶宫调。"人们又将之称为"随口令"、"顺口可歌",因而它带有很强的民间特色和地方风味。开场时,由副末登场,念诵两首词文吸引观众,交代前因后果。开场以后各场次的设置,主要依照剧情需要安排,一个内容段落结束,角色全部下场,就是一场。场次总数没有限定,如《张协状元》有50余场。下场时,人物会念四句七言的下场诗。它的角色包括七种,即生、旦、净、末、外、贴、丑。其中生一般指有才学的男性,通常扮演年轻书生类人物,旦则是女性,通常装扮成年轻女子,生与旦是男女主角,其他则为配角。在剧情安排上,往往采用双线条或多线条手法,即由生、旦分别运用唱曲、说白和念诗的手段来交代自己的情形、处境和心境,为后面矛盾的展开和情节的发展奠定基础,然后场景由此有序地延伸。除了生、旦所构成的主线之外,南戏还会穿插许多由净、末、丑角充任的插科打诨的片段。这种技术处理使整个作品表演起来,既冷静严肃,又轻松热闹,有着很好的观看效果。

到了金代,又出现了院本。所谓院本,明代朱权《太和正音谱》曰:"行院之本也。"从《张千替杀妻》杂剧中"你是良人良人宅眷,不是小末小末行院"来看,行院是金人指称倡伎的居所,故院本是指在行院中演唱的本子。所以金代的院本与两宋的杂剧实质相同,在结构与角色上几乎没有区别,元代陶宗仪《辍耕录》卷25《院本名目》:"金有杂剧、院本、诸宫调。院本、杂剧,其实一也。国朝院本杂剧,始厘而二之"、"院本则五人:一曰副净,古谓之参军;一曰副末,古谓之苍鹘;……一曰引戏;一曰末泥;一曰孤装。又谓之五花爨弄"(图1-19)。《辍耕录》收录的金元院本名目有690种之多,足见院本在当时受欢迎的程度。

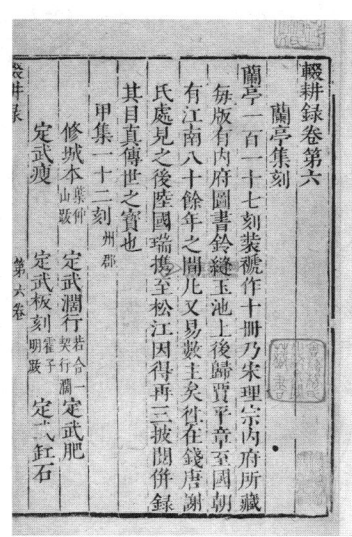

图1-19　元代陶宗仪《辍耕录三十卷》书影

总之,宋金时期,随着杂剧、南戏与院本的相继出现,它们能够熟练地运用歌舞来表演完整的故事情节和比较复杂的场景,制造冲突,展现一个完整而有意义的人生故事,因而具备了中国古典戏曲最一般的特征,而它们所遵循的基本原则和规律又成为后世戏曲的不二法门,这些均标志着古典戏曲的形态走向了成熟。

第二讲　元代的杂剧与南戏

宋金时期,虽然受城市娱乐风气的影响,戏曲活动极为兴盛,相继出现了杂剧、南戏及院本等诸种样式,戏曲形态因而走向成熟,但据现存史料,此阶段表演过的戏曲只有存目,并无剧本传世,这使我们对于当年戏曲繁荣的状况只能进行无限美好的想象。但元代却不同,不但产生了数量众多、才华卓越的戏曲作家,而且还涌现出大量个性各异、技艺高超的戏曲表演家,同时还留下了魅力永存的诸多作品。所以真正将我们带入生动传神、精彩斑斓的古典戏曲天地的是元代,它是古典戏曲发展的第一个高潮。正因为如此,当王国维满怀深情地回眸中国古代灿烂辉煌的文学时,不禁感叹曰:"凡一代有一代之文学……元之曲,皆所谓一代之文学,而后世莫能继焉者也。"元代戏曲就类型而言,包括杂剧与南戏,其中占主导地位的是杂剧(图2-1)。

图2-1　山西运城西里庄元墓壁画

第一节 元代的杂剧

元代杂剧是在金代院本的基础上发展起来的,明代朱权《太和正音谱·词林须知》:"'杂剧'之说,唐为'传奇',宋为'戏文',金为'院本'、'杂剧'合而为一,元分'院本'为一,'杂剧'为一。"导致元代杂剧繁荣的原因主要有三个。

首先,与北曲的盛行有关。从金代开始,随着女真族与蒙古族相继入主中原,北方音乐一并被带入到中原大地。北曲所用乐器非常独特,这使得它表现出与中原传统音乐不同的风格,元代陶宗仪《辍耕录》卷28《乐曲》:"达达乐器,如筝、篾、琵琶、胡琴、浑不似之类,所弹之曲,与汉人曲调不同。"北曲的特点是节奏感强、高亢激越,听之使人精神振奋。如明代徐渭《南词叙录》:"听北曲使人神气鹰扬,毛发洒淅,足以作人勇往之志,信胡人之善于鼓怒也,所谓'其声嘁杀以立怨'是已。"明清人曾对它的这种特点做过非常生动的概括,如明代沈宠绥称之为"雄劲悲激"(《度曲须知》),明代王骥德有"且多染胡语,其声近,所以杀"(《曲律》),清代焦循有"劲切雄丽"的评价(《剧说》)。独特的风格使北曲赢得了百姓的普遍喜爱,终而压倒中原传统音乐,风靡天下。明代徐渭《南词叙录》:"今之北曲盖辽、金北鄙杂伐之音,壮伟狠戾,武夫马上之歌,流入中原,遂为民间之日用。宋词既不可被弦管,南人亦遂尚此,上下风靡,浅俗可嗤。"

其次,与元代城市的极度繁荣有关。元代的大都,是东方的大都会,《马可波罗行纪》(图2-2)对其宏大的规模、密集的居民、繁华的商业及富庶的经济等做过非常生动的记载:

图2-2 《马可波罗行纪》书影

> 此汗八里大城之周围,约有城市二百,位置远近不等。每城皆有商人来此买卖货物,盖此城为商业繁盛之城也。
>
> 城内外人户繁多,有若干城门即有若干附郭……城内外皆有华屋巨室,而数众之显贵邸舍,尚未计焉。
>
> 外国巨价异物及百物之输入此城者,世界诸城无能与比。盖各人自各地携物而至,或以献君主,或以献官廷,或以供此广大城市,或以献众多之男爵骑尉,或以供屯驻附近之大军。百物输入之众,有如川流之不息。仅丝一项,每日入城者计千车。

除了大都以外,还有一些城市的经济也极为兴盛,如杭州。随着南宋的灭亡,阻隔近百年的南北交通变得畅通无阻,这带动了全国经济和文化的交流,受其影响,南方得到快速的发展,杭州随之又成为全国新的文化与商业中心。元代城市的扩大与经济的繁荣,造成了城市人口的增多以及市民们娱乐需求的骤增。为了适应这种需求,艺人们纷纷从乡村涌进城市,从小城市涌向大城市,这使得元代从事歌舞的艺人数量空前惊人,元人夏庭芝《青楼集》虽然略带夸张,但却道出了当时的盛况:"我朝混一区宇,殆将百年,天下歌舞之妓,何啻亿万。"由于杂剧自宋代以来一直就深深地扎根在市民阶层(图2-3),成为勾栏瓦肆中常见的表演节目,所表演杂剧的艺人自然活跃。仅元代夏庭芝《青楼集》所

图2-3　山西临汾魏村元代戏台

载,在大都活跃的杂剧演员就有二十多人。

最后,与元代文人悲凉的生存状况有关。元代统治者推行民族歧视政策,将国人分为四等,即蒙古人、色目人、汉人与南人,同时长期取缔自隋代开始便一直采用的选拔人才的科举制度,即便到了元末科举制有所恢复,但无论在考试难度还是在录取人员的数量上都对汉族士人作了非常苛刻的要求,因而最终录取的、并被及时任命的汉族士人是少之又少的,明代叶子奇《草木子》卷4"杂俎篇":"仕途自木华黎王等四怯薛大根脚出身分任省台外,其余多是吏员。至于科目取士,止是万分之一耳,殆不过粉饰太平之具。世犹曰无益,直可废也。"这给元代文人造成了沉重的打击,使他们的生存状况普遍悲惨。元代郑所南《心史》有"七猎、八民、九儒、十丐",而谢枋得《叠山集》有"七匠、八娼、九儒、十丐"(图2-4),虽然两者对元代文人在国民中的排序有差异,但是元代文人地位卑微应当是可信的。翻阅元代的典籍,我们会发现,在生存边缘苦苦挣扎者,比比皆是。贫困、饥饿、饱受时人鄙视,是元代文人生存的常态。他们中能够坚守儒业者,少之又少。

正因为如此,元代文人或是为了谋生,或

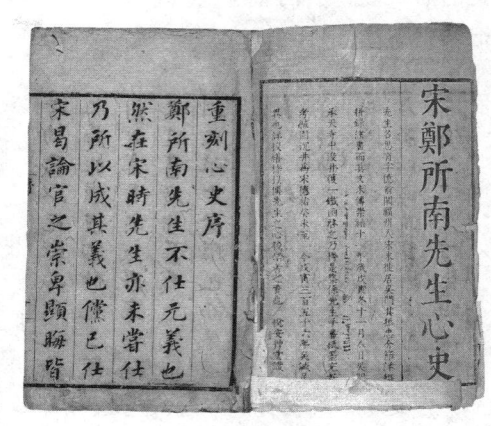

图2-4　《心史》书影

是为了展现自己的才华,或是为了抒发内心的苦闷,他们纷纷来到城市,聚集到书会中,进行人们喜闻乐道的北曲创作。所谓书会,是宋元时期城市里文人汇聚,比拼才艺之处。元代大都有御京书会,南方的杭州有古杭书会,温州有九山书会等。如明代胡侍《真珠船》:"盖当时台省元臣、郡邑正官及雄要之职,尽其国人为之。中州人多不得为之。每沉抑下僚,志不获展。如关汉卿乃为太医院尹,马致远江浙行省,宫大用钓台山长,郑德辉杭州路吏,张小山首领官,其他屈在簿书老于布素者,尚多有之。于是以其有用之才而一寓之乎声歌之末,以抒其拂郁感慨之怀,盖所谓不得其平则鸣焉者也。"虽然人们所言的"元人以词曲取士"不可相信,但此说法在明清时代的广泛流行足见元代文人参与杂剧创作的热情和当时的文人创作盛况。元代文人大量参与到杂剧活动中来,无疑大大提升了杂剧的艺术水平。

元杂剧的发展分为两个时期。前期是蒙古灭金以后的至元、元贞、大德年间,这一时期是元杂剧的兴盛期。据元人钟嗣成《录鬼簿》记载,前期作家有56人,作品有300余种,元代最著名的杂剧作家如关汉卿、王实甫、马致远、白朴等都生活在这一时期。元武宗以后至元末,是元杂剧的后期。《录鬼簿》与《录鬼簿续编》中记载的后期作家有50多人,作品近80种。这个时期,虽然也出现了郑光祖、秦简夫等著名杂剧作家,但总体来看,后期无论是作品的数量还是质量都不及前期。前期杂剧活动的中心有大都(在今北京)、真定(在今河北)、东平(在今山东)、平阳(在今山西);后期则南移至杭州。

收录元杂剧剧本的常见集子有明代臧晋叔辑的《元曲选》与今人隋树森编的《元曲选外编》,两书共收录元杂剧162种。

元杂剧的体制非常严格,清代焦循《剧说》卷1:"元人作剧,专尚规格,长短既有定数,牌名亦有次第。"它用北曲演唱,故又称为北曲杂剧或北杂剧。一本戏一般都由一个主角独唱,由正末独唱的,称为末本;正旦独唱的,称为旦本。它的剧本一般都是由四折组成;也有少数是五折(如《赵氏孤儿》)(图2-5),或多本(如《西厢记》)。有时还包括一个"楔子"。"楔子",原本是木工用来连接和固定两块木头的,后来转借为串联故事情节。楔子一般由【仙宫·赏花时】或【端正好】二曲构成。当然也有例外,如《西厢记》第二本中,则用【正宫·端正好】全套。楔子的位置不固定,有的放在第一折前,其作用犹如一本戏的序幕;有的放在折与折之间,作用如同过场戏。剧本的末尾,标有"题目正名",即以两句或四句对子,概括全剧内容。剧本由曲词和宾白构成。元杂剧的

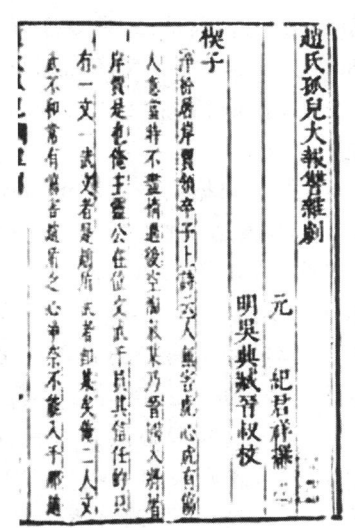

图2-5 《赵氏孤儿》书影

角色分若干种,男女主角分别为正末、正旦,次要角色,有副末、贴旦、净、孤、卜儿、孛老、细酸、俫儿等。

元杂剧的内容非常丰富,几乎包括了元代人生活的方方面面。明初朱权《太和正音谱》将之分为12科:神仙道化、隐居乐道、披袍秉笏、忠臣烈士、孝义廉节、叱奸骂谗、逐臣孤子、铁刀赶棒、风花雪月、悲欢离合、烟花粉黛、神头鬼面,这种分类有些重叠,以今存元杂剧的题材可以概括为5种:爱情婚姻剧、公案剧、历史剧、神仙道化剧和家庭伦理剧。

元杂剧的审美风格与传统高雅的诗赋明显相对,表现为通俗、朴实,明代王骥德《曲律》则曰:"北曲主忼慨,其变也为朴实。"元代钟嗣成《录鬼簿·序》(图2-6)将之形容为"蛤蜊","吾党且噉蛤蜊,别与知味者道";明代何良俊《曲论》将之喻为"蒜酪","然既谓之曲,须要有蒜酪……正如王公大人之席,驼峰、熊掌、肥脂盈前,而无蔬、笋、蚬、蛤,所欠者,风味耳。"明清人则将之凝炼为"本色"。如明代凌濛初《谭曲杂剧》:"元曲源流古乐府之体,故方言、常语,沓而成章,着不得一毫故实;即有用者,亦其本色事";明代王骥德《曲律》:"曲之始,止本色一家,观元剧及《琵琶》《拜月》二记可见";王国维《宋元戏曲史·元剧之文章》:"关汉卿一空倚傍,自铸伟词,而其言曲尽人情,字字本色,故当为元人第一"等。人们有时又将之称为"当行"。清代李调元《雨村曲话》:"曲始于元,大略贵当行,不贵藻丽,盖作曲自有一番材料,其修饰词章,填塞故实,了无干涉也";清代梁廷枏《曲话》卷2:"写情、写景,当行出色,元曲中第一义也。"

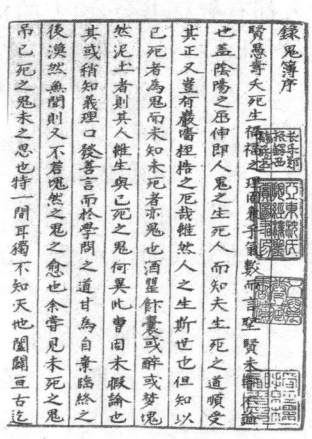

图2-6 《录鬼簿》书影

"本色"或"当行",是指创作者能够根据剧中人物的身份以及所处的环境,直接、真实、自然地表达他们的内心感受。王国维《宋元戏曲史·元剧之文章》:"元曲之佳处何在?一言以蔽之,曰自然而已矣","其文章之妙,亦一言蔽之,曰有意境而已也。"(图2-7)元杂剧的"本色"最明显的表现便是语言。它的语言绝少修饰、雕琢,大量使用方言、俗语及口语。明代臧晋叔在《元曲选·序》:"而填词者必须人习其方言、事肖其本色,境无旁溢,语无处假,此则关目紧凑之难";明代王骥德《曲律》:"北曲方言时用","若曲则调可累用、字可补增。诗与词不得以谐语方言入,而曲则惟吾意之欲至,

图2-7 《宋元戏曲史》书影

口之欲宣,纵横出入,无之而无不可也";明代祁彪佳《远山堂剧品》:"北剧每就谑语、俗语

取天然融合之致"等。同时曲辞中也绝少使用典故,即便使用,也要用得自然贴切,不露痕迹。

元代杂剧所展现的"本色"的审美特质影响深远,不但成为明清人戏曲批评的重要范畴,而且还被其视为戏曲的最高审美准则。如明代何良俊《曲论》:"盖《西厢》全带脂粉,《琵琶》专弄学问,其本色语少","盖填词须用本色语,方是作家";又如明代王骥德《曲论》:"曲之佳处,不在用事,亦不在不用事。……要在……引得的确,用得恰好,明事暗使,隐事显使,务使唱去人人都晓得,不须解说。"

元杂剧的作家以关汉卿、王实甫、白朴、马致远、郑光祖五人的创作水平最高。前四位是元杂剧前期作家,郑光祖是后期作家,关汉卿与王实甫会在下几讲中重点讲,此处不赘述。

白朴(图2-8),"元曲四大家"之一,原为金人,7岁时金朝被蒙古人灭亡,他便跟随父亲的好友、金元时代最著名的诗人元好问一起生活。他忠于金朝,终身未仕,一生致力于杂剧与词曲的创作,现存剧目16种,剧作3种,它们是《墙头马上》、《梧桐雨》与《东墙记》(此篇有争议)(图2-9和图2-10)。

图2-8 白朴画像

《梧桐雨》是白朴的代表之作,写的是唐明皇与杨贵妃之间的故事。作品首先描述了安禄山得宠的经过,接着描写以七夕盟誓为标志的李杨爱情。随着安禄山的反叛,唐明皇被迫"幸蜀",途中迫于六军哗变的压力,在马嵬坡将杨贵妃处死。他从蜀中回到京城住在西宫后,过着孤单寂寞的生活,对已逝的杨贵妃产生了强烈的思念。此剧以唐明皇为主唱角

图2-9 《古今名剧合选·柳枝集·墙头马上》插图

图2-10 《古杂剧·梧桐雨》插图

色,是"末本戏",由一个楔子和四折组成。关于它的主题众说纷纭:或谓歌颂李、杨爱情,或谓讽刺玄宗朝政得失,或谓借李、杨故事抒发沧桑之叹、盛衰之感。其中以最后一种说法最为合理。因为全剧以唐明皇为描写主体,讲述的是他与杨贵妃的相遇,彼此定情,及爱情誓言中途的破灭,最终两人生死殊途的坎坷历程,刻画了他在整个过程中复杂的内心感受。唐明皇心灵世界的变化时刻与他的帝王身份以及对政权的态度密切相连:他对杨贵妃所倾注的热情与爱意,乃是其久居帝位后疏于朝政的心态折射,其被迫逃亡西蜀乃是其与杨贵妃一起沉溺爱情不事朝政所导致的必然结果,其对杨贵妃的刻骨思念也夹杂着失去帝位后沉痛的失落情怀。所以,作品所表达的悲剧,内涵极为丰富,它是人生、爱情与历史的多重悲剧。联系到白朴的由金入元以及在元代终生甘为布衣的人生经历,可以断定此作品亦渗透着作者本人国破家亡独特的生命体悟。作品在艺术上最大的特点有二:一是对唐明皇在安史之乱前后的处境及心境采用了对比的手法,从而突显出他晚年国家衰落,爱情已逝后的悲凉;二是以情景交汇的艺术手法表现人物的性格、处境特别是心理状态。其中以第四折尤为著名,此时唐明皇所处的景物是"秋虫"、"西风"、"落叶"、"秋雨"、"梧桐",其中梧桐是他与贵妃当年"并肩叙靠"享受爱情之处,此时却处在萧条的秋雨中,这些典型景物共同营造了悲凉萧瑟的意境,从而更加突现出物是人非、世事难料的无限凄楚。

《墙头马上》是依白居易乐府诗《井底引银瓶》为素材创作的,写的是李千金与裴少俊的爱情故事,是元代极为优秀的爱情婚姻剧。与《井底引银瓶》不一样的是,李千金不再是一位软弱的被人抛弃的女子,而是一位大胆的爱情追求者与幸福婚姻的捍卫者。剧中她与裴少俊一见钟情后,便与之在后花园约会,奶妈撞见后,威胁要将他们送官府治罪,对此她以死抗争,并连夜与裴少俊私奔。她在裴少俊家的后花园里住了七年,生下一双儿女,后来不巧被少俊父亲裴行俭发现。面对裴行俭的辱骂,她不但没有畏惧,而且还据理力争,说"这姻缘也是天赐的"。最终她与裴少俊复婚,唱出了"愿普天下姻眷皆完聚"的心声。作品以大团圆结局,歌颂了自由的爱情和美满的婚姻。

马致远(图2-11),亦是"元曲四大家"之一。从他所作的带有自传性的散曲来看,其人生主要分三个阶段:追求功名、济世报国的青年时期,宦途多艰、牢骚满腹的中年时期,归隐山林、求仙慕道的晚年时期。他在当时享有"曲状元"与"马神仙"之美誉,前者比喻其杰出的创作才华,后者则表明他所创作的杂剧作品不少是神仙道化剧,此类杂剧的兴盛源于元代全真教在下层百姓中的广为流行。马致远创作过15种杂剧,今存7种:《汉宫秋》(图2-12)、《荐福碑》(图

图2-11 马致远画像

2-13)、《青衫泪》、《陈抟高卧》、《任风子》、《岳阳楼》、《黄粱梦》（与人合作）。《汉宫秋》为历史剧，《荐福碑》、《青衫泪》（图2-14）写的是书生，后4部写的是神仙或隐士。

图2-12 《古杂剧·汉宫秋》插图

图2-13 《元曲选荐福碑》插图

图2-14 《古今名剧合选·柳枝集·青衫泪》插图

《汉宫秋》是马致远的代表作。马致远一反过去正史中王昭君与汉元帝的形象，将原本在和平境遇下和亲的王昭君写成是受匈奴逼迫而远嫁他乡，将原本到匈奴后生儿育女并依照胡俗成为两代单于阏氏的王昭君，写成行到黑水处，即投水自杀。作品中的王昭君生活在民族矛盾异常尖锐且汉族处于劣势地位的环境下，她不畏奸臣，不惧强权，胸怀祖国，是一位高大、光辉且充满民族气节的女性形象。作者将汉元帝塑造成悲剧形象，他治国昏庸，受人摆布，连自己最心爱的女人都无法挽留。作者对汉元帝的不幸充满着无限的同情，既写出了他对王昭君的无限柔情，又细腻地描述了王昭君走后他内心的孤独与伤感。作品中历史人物形象的重新塑造，源于元初特定时期汉人对于民族关系的态度以及对统治者的认识。

除此以外，《荐福碑》也写得非常出色。它描写的是一位布衣书生张镐在求仕过程中遭受到诸多的天灾人祸。他虽然满腹才华，却出生孤寒，父母双亡，四海漂泊。本来他在一处偏僻的乡村受地主张浩的雇用教孩童为生，后来因为朝中做官的好友范仲淹前来鼓励，才动身去参加科举。赴考途中，他拿着范仲淹的三封推荐信寻求钱财的资助，结果前两封信刚送到，就得知信的主人已经死去。为了不防杀第三封信的主人，他决定撕掉第三封信，返回原处等范仲淹推荐的消息。范仲淹将他的万言策呈给皇帝，朝廷因此给他授官，结果任职书却被张浩冒名顶替。张浩在上任途中与他不期而遇，为了防止事情败露，张浩派人暗杀他。他大难不死后，流落到一所寺庙里靠救济过活。寺庙长老非常同情他，送纸墨让他拓荐福碑去卖钱。不料曾被他写诗痛骂的龙王连夜将石碑给轰掉。绝望之下,他想一死了之。这时好友范仲淹及时出现,他的人生从此柳暗花明,不但被加官进爵,而且还有了幸福的婚姻。作品虽然假托的是宋代之事,但道出的却是元代文人命运的悲苦。

郑光祖,亦为"元曲四大家"之一。他创作的杂剧18种,今存《倩女离魂》(图2-15)、《王粲登楼》(图2-16)、《㑇梅香》等8种。《倩女离魂》是其代表作,也是元后期杂剧中最优秀的作品。此事出自唐人传奇《离魂记》。主要情节为书生王文举与少女张倩女本来是"指腹为亲",但是倩女之母嫌文举未得功名,故不准成亲。文举赴京应试后,倩女思念成疾,灵魂离开躯体,追赶文举,同他一起赴京城。但她的躯体仍卧病在家。文举得官后,倩女灵魂与躯体最终合二为一。最终她与文举成亲,过着夫贵妻荣的幸福生活。作品成功塑造了一个大胆追求爱情婚姻,无视功名利禄的少女形象。就艺术而言,作品中所描写的人灵魂与肉体的分离与复合,极富想像力,是非常出色的浪漫主义手法,对后世文学影响极大。明清文学中有不少此类作品。

图2-15 《古杂剧·倩女离魂》插图

图2-16 《元曲选·王粲登楼》插图

另外《王粲登楼》也是一部非常优秀的作品,虽然剧中主角借用了历史上著名的"建安七子"之一王粲的名字,但实际上描写的却是元代社会文人的生命体验。作品中的王粲是一位才华横溢、心志高洁的书生,不愿意屈膝于权贵,多次拒绝当朝重臣、即自己的岳父蔡邕让他到京城求仕的邀请,后来在母亲的逼迫下才勉强去。蔡邕为了消磨他的傲气,不但拖着不见他,使他在旅店里旅资窘迫,而且还故意在宴会上对他冷遇。不明真相的王粲便去投奔刘表,结果却被刘表身边的两位武臣妒忌,受到他们的故意陷害。他因为怀才不遇,长期过着漂泊的生活,贫穷得连家都回不了,所以对年迈的老母亲和遥远的家乡极为思念。后来他的万言书被蔡邕递给朝廷,受到了皇帝的赏识,不但被授予以官职,最后还与岳父蔡邕和好如初。虽然作品在情节上缺乏周密,但是那些描写王粲人生理想、怀才不遇的曲辞却异常打动人心,尤其是其中的第三折,明代何良俊《曲论》:"摹写羁怀壮志,语多慷慨,而气亦爽烈。"故此剧一向深受人们的称赞,到了明代仍然活跃在舞台上。

第二节 元代的南戏

元代的戏曲除了杂剧以外,还有南戏。它的发展与杂剧呈交替状况,即在元杂剧盛行之时,相对沉寂;到了元末,当杂剧开始走下坡路时,它却开始活跃起来。明代徐渭《南词叙录》:"顺帝朝,忽又亲南而疏北,作者猬兴。"文中的"顺帝"是元朝最后一个皇帝。造成南戏兴盛的重要原因之一,就是元杂剧在后期不断地从"本色"走向"文采"。所谓"本色",前文已经详细述及,简而言之就是直率、自然、真挚地表达剧中人物的情感,而"文采"则追求辞藻的华美,多用典故,曲折宛转地表达剧中的感情。受此影响,元杂剧越来越远离大众百姓,体现出文人雅士的审美趣味,逐渐从广阔的舞台退出,成为文人案头欣赏之物,失去了最初鲜活的生命力。同时,南戏的艺术水平又有了大大的提升。南戏最初只是地方性的戏种,在曲唱上较浅易,是"顺口可歌"的"随心令",它在音乐上相对松散,所以表演起来很难做到音乐流畅、风格完整。但北曲却不同,它有着固定的曲牌联套方法和四套曲式,结构成熟严谨,便于创作与演出。随着元杂剧的广为流传,逐渐出现了南曲与北曲融合的现象。元代钟嗣成《录鬼簿》记载范居中"有乐府及南北腔行于世",记载沈和有"以南北调合腔,自和甫始",萧德祥"又有南北戏文"等。南曲因为充分吸收了北曲中优秀的音乐技巧,最终呈现出音乐体制严整但又不陷于僵化的特点,因而表现出非常强的活力。南戏音乐水平的提升,吸引了更多的文人参与它的创作,这使得其艺术水平较宋金时期有了明显的提升。

现存南戏保存原有剧本面貌的有《宦门子弟错立身》、《小孙屠》,代表作品则有以"四大传奇"闻名于世的"荆、刘、拜、杀",它们分别是《荆钗记》(图2-17)、《刘知远白兔记》(图2-18)、《拜月亭记》(图2-19)、《杀狗记》。在元代南戏中,最出名的当算《琵琶记》(图2-20)。

图 2-17 明代万历刊《荆钗图》插图

图 2-18 明刊《白兔记》插图

图 2-19 明刊《拜月亭记》插图

图 2-20 万历金陵刊《琵琶记》插图

　　《错立身》讲述的是金代故事,洛阳府同知之子完颜寿马因为迷恋杂剧艺人王金榜,被父亲赶出了家门,他后来也加入到王家戏班,四处流动演出,最终他父亲接纳了他们夫妻俩。《小孙屠》是关于两位亲兄弟的故事。兄长孙必达不顾弟弟小孙屠的劝阻,娶回匪妓李琼梅,招致奸夫杀人之祸。小孙屠兄弟情深,情愿替哥哥抵命,遭盆吊而死,被抛尸荒郊，结果遇雨而醒。后来兄弟二人共同捉住奸夫淫妇，押送包公府问斩。

《拜月亭》讲述的是金代故事。当时正值兵荒马乱，书生蒋世隆与妹瑞莲走散，同时王尚书夫人亦与女儿瑞兰分开。当蒋世隆唤妹妹时，瑞兰以为是呼自己，寻去却发现是蒋世隆，仓皇之际，两人只好相携前行；而瑞莲也因为同样的误会与王夫人同行。在旅店，蒋世隆向瑞兰求婚，在店主的见证下，两人成亲。蒋世隆生病逗留在旅馆，结果王尚书恰好经过此地，发现了瑞兰，大怒之下携瑞兰而走，并且在途中与王夫人和瑞莲相逢，他们四人一起到了汴梁。后来蒋世隆与义弟兴福也一起来到汴梁参加科举。瑞莲得知瑞兰的爱人是自己的哥哥，万分惊喜。后来蒋世隆与兴福分别中了文、武状元。王尚书打算招赘两状元，结果瑞兰与蒋世隆都不肯就婚。最终真相大白，两对年轻人终成眷属。

《荆钗记》讲的是宋代的故事，布衣书生王十朋与母亲相依为命。钱流行欲将女儿玉莲许配给他，他母亲便以荆钗为聘。富人孙汝权亦欲娶玉莲为妻，他用重金笼络玉莲的姑妈与玉莲的继母，让他们从中阻挠，但玉莲不改初衷，与王十朋完婚。王十朋将妻、母托给岳父后进京应试，结果高中。丞相万俟想招赘王十朋，被他拒绝。万俟心怀恨意，将他改调至偏远处任职。王十朋写信回家，结果信被孙汝权阴谋篡改，说他已经入赘到丞相家，要与玉莲离异。孙汝权归乡后再次笼络玉莲的家人，逼玉莲改嫁。玉莲悲愤投江，结果被官员钱载和救起，认她作义女，并带她一同上任。王十朋母亲到京寻找儿子。王十朋以为玉莲已死，万分悲伤，携母赴任。钱载和写书给王十朋告知其妻未死，结果使者却误信王十朋已死。此后有人见王十朋无妻，而钱载和的义女玉莲亦在守寡，便欲促成他们之好，但两人皆不同意。两人同到妙观里为亡者冥福，结果远远相望，心生奇怪。后来在宴会上，玉莲以所插荆钗给王十朋看，两人因此喜泣相认，最终夫妻团圆。

《刘知远白兔记》讲的是五代刘暠的故事。刘暠字知远，幼孤，为继父逐出，投靠博徒以苟且生活。村民李文奎可怜他，雇他为仆人，后来见其有异相，便将女儿李三娘许配给他。李三娘父母死后，哥哥李洪一夫妻虐待刘知远。时值太原岳节使募兵，刘知远便去投兵，后被岳节使招为女婿。李三娘此时已有身孕，她在刘知远走后受尽兄嫂的虐待，苦不堪言。临产时，嫂子甚至连一把剪刀都不肯借给她，她只好用牙齿咬断孩子的脐带，儿子因而被定名为咬脐。邻翁见李三娘的嫂子想迫害咬脐，便偷偷将他送给刘知远。刘知远的新妻非常贤慧，就把咬脐收留下，养育成人。十六年后，咬脐出去狩猎，追赶射中的白兔时，正好遇到在井边昏睡的李三娘。两人交谈后，咬脐得知李三娘的丈夫就是自己的父亲，于是便回去找父亲了解真情。刘知远如实相告。最终刘知远迎娶了李三娘，夫妻团圆，母子相认。

《杀狗记》讲的是东京人孙华，家世殷富，父母双亡，与妻弟相处度日。孙华与破落户柳龙卿、胡子传两人结拜兄弟，日夜耽于酒色，而弟孙荣则谨直勤学。柳、胡因此忌惮孙荣，向孙华进谗言，离间弟兄之情。孙华将孙荣逐出家门，孙荣因付不起旅资，被逐出旅店,住在破窑洞里靠乞食为生。一日孙华与柳、胡喝酒,半夜醉卧雪中,将要冻死,孙荣发现后将他背回家。结果孙华醒后却对孙荣打骂,并将之再次逐出家中。孙华的妻子杨月真有意劝兄弟和好,趁清明扫墓,请奉侍孙氏三世的老人在祖墓前劝谏,不料孙华反而越发愤怒,更欲派人暗杀孙荣,以免一切烦恼。杨月真最终想出一计,她买了邻居家的一条狗,杀死后披上人的衣服,放在家后门,大醉回来的孙华以为是死人,大惊,生怕犯杀人的嫌疑,于是就跟妻子商量。杨月真建议他请柳胡二人将之悄悄埋到郊外,结果柳、胡均拒绝了。杨月真又建议他请孙荣,他万万没想到孙荣却勇于担当,负而埋之。孙华深受感动,与孙荣和睦如初,并让家于弟,不再与柳、胡交往。柳、胡二人深怨于孙华,控告孙华犯了杀人罪。真相大白后,柳、胡受到了严惩,孙荣以"悌"、杨月真以"智"分别得到了朝廷的表扬。

从上述这些作品的内容来看,南戏所关注的都是当时社会的家庭伦理关系,如兄弟、夫妻、朋友等,表现的是下层百姓们的道德观念,因而在当时社会有着广泛的观众基础,所以影响力很大。它们在艺术上亦有着诸多的相同之处,如结构紧凑、情节曲折、语言本色。因为这些作品真挚感人,所以深受好评。如《拜月亭》,明代徐复祚《曲论》赞曰:"宫调极明,平仄极叶,自始至终,无一板一折非当行本色语,此非深于是道者不能解也";如《荆钗记》,明代徐复祚《曲论》:"《琵琶》《拜月》而下,《荆钗》以情节关目胜,然纯是倭巷俚语,粗鄙之极;而用韵却严,本色当行,时离时合";如《白兔记》,《曲品》:"词极古质,味亦恬然,古色可挹"等。

元代南戏以其灵活多变的歌唱方式,关注社会伦理道德的情怀深深扎根于南方民间,有着极强的生命力。到了明代,随着条件的成熟,它更成为风靡全国的艺术样式,绽放出迷人的风采。

第三讲 明清的杂剧、传奇与地方戏

国学大师王国维先生曾著有《宋元戏曲史》，它是中国戏曲史研究的开山之作，此书不但系统地探究了戏曲的起源、形成，而且还将元代戏曲视为"真戏曲"进行了全面深入的研究。王国维的戏曲研究影响深远，致使人们在很长一段时间里，对中国古典戏曲史的认识仅仅停留在元代。直到日本学者青木正儿出现，他基于对王国维戏曲研究的敬重，继而对明清戏曲进行研究，并写出了《中国近史戏曲史》，明清戏曲的神秘面纱才被揭开，《中国近史戏曲史·原序》："况今歌场中，元曲既灭，明清之曲尚行……苟起先生于九原，而呈鄙著一册，未必不为之破颜一笑也。"继青木正儿之后，诸多学者投入到明清戏曲史的探索中，这些研究使得这段历史越发清晰、鲜明与生动。的确，如果我们能摆脱成见，深入其中，便会惊喜地发现，明清戏曲仍然热闹非凡，大家林立，佳作涌动。

第一节 明代的戏曲

明代戏曲就类型而言包括杂剧与传奇。明代杂剧创作整体比较沉寂，"本朝能杂剧者不数人"（清代姚燮《今乐考证》），虽然中间也曾出现过像徐渭这样横绝一时的天才，创作过《四声猿》，但是终究没有改变明代杂剧不断衰落的宿命。因而传奇是明代戏曲中最浓墨重彩的一笔。明代传奇历史上最令人注目的事件主要有：魏良辅的昆腔改革、梁辰鱼用昆腔创作了《浣纱记》、汤显祖创作的以《牡丹亭》为主的"临川四梦"以及由其引发的影响深远的"沈汤之争"等。

一、明代的杂剧

前面在讲述元代南戏的发展时已经指出，杂剧到了元末，已经开始远离百姓生活，远离广阔的舞台，成为文人案头的欣赏之物。明初，由于统治者对文化管制的加强，以及科举制对文人影响的增大,杂剧发展状况更是每况愈下。明初热衷于杂剧创作的主要是王室成员,如朱元璋第十七子朱权,创作了杂剧12部,并且还著有戏曲方面的理论著作《太和正音谱》;又如朱元璋孙子朱有燉,创作了杂剧30部。但他们的杂剧作品都是为了粉饰太平,或进行封建伦理道德说教,几乎没有艺术性可言。

到了明代中叶,出现了一些关注现实的杂剧作品,代表作家有王九思与康海。两人都是进士,但在正德初均被免官回乡,他们将自己的个人遭遇融入到杂剧创作中,从而表达了对当时社会的切齿之恨。如王九思《杜甫游春》:描写杜甫在安史之乱后出游曲江,痛骂李林甫"嫉贤妒能,坏了朝纲",实际上是作者以杜甫自喻,流露出对当时执政大臣的强烈不满。这比之明初杂剧作品,现实精神明显增强。此后康海所作的《中山狼》(图3-1),相传为讽刺李梦阳而写。作品讲的是东郭先生冒死把被赵简子射伤的中山狼藏在书囊里,避过了赵简子的搜查,但是中山狼出了书囊后,非但不感激,反而说东郭先生是假意相救,实际上要害它性命。虽然东郭先生受尽了狼的威胁,但当杖藜老人把狼骗进书囊要杀死狼时,他竟然又动了恻隐之心。此作品不但揭露了狼的本性,而且也讽刺了书呆子的温情,表达的是对当时统治者残暴本质的深刻认识,以及对封建文人迂腐气质的生动批评。

图3-1 《中山狼》插图

图3-2 徐渭画像

继王九思与康海之后,又出现了徐渭(图3-2)。徐渭是一位命运坎坷、豪放不羁的天才。早年禀赋极高,屡试科举却一直不中,壮年曾到浙江总督胡宗宪幕下任书记,虽因出奇计破倭寇而著名于时,但终因胡获罪被杀而终身潦倒。他极痛恨达官贵人及世俗文士,晚年虽然以卖字画为生,但是当道官僚求他一字却不能得。在统治者眼里,他是一位不可理喻的怪才。他将这种狂放不羁的个性和愤世嫉俗的叛逆精神融入到杂剧创作中,写出了振聋发聩的《四声猿》。

《四声猿》由《渔阳弄》、《雌木兰》(图3-3)、《女状元》、《玉禅师》四部作品组成。《渔阳弄》写的是祢衡在阎罗殿上对着曹操的鬼魂再一次击鼓痛骂,揭示其狠毒虚伪、借刀杀人、沉迷酒色、至死不悟,表达对权奸佞臣的猛烈抨击;《雌木兰》写花木兰女扮男装从军,为国立功的故事;《女状元》写黄崇嘏女扮男装考中状元,在审理案件时表现了惊人的才能,这两部作品均以女性为描写对象,表现了对女性的尊重和颂扬,对封建时代重男轻女的思想是一次巨大的挑战,表现了作者进步的思想观。《玉禅师》(图3-4)通过敷写月明和尚百般点化柳翠,柳翠并不顿悟的场景,向世人传达出一种人生恍惚、浮世若梦、执迷不悟、遗失本心的情境,引发人们思考人生问题。可见《四声猿》揭示了官场与佛门的黑暗,实际上那都是当时社会是非颠倒、黑白不分的异常现状的生动再现,因而作品充满了强烈的批判精神。

图3-3 《四声猿·雌木兰》插图

图3-4 《四声猿·玉禅师》插图

同时从形式来看,《四声猿》改变了杂剧传统的一本四折的结构模式,一折写一个故事,故事之间相对独立,但四个故事又组成了一部作品。这使得杂剧不再受形式的束缚,在叙事和抒情上更为自由灵活。同时作品在语言上也非常独特,一反当时作家以时文、骈文作曲的不良风气,言辞犀利,情感激烈高昂。《四声猿》在内容和形式上所呈现出的新特点,一下子就征服了观众。人们对之赞不绝口:"高华爽俊,秾丽奇伟,无所不有,称词人极则,追躅元人","故是天地间一种奇绝文字"(清代姚燮《今乐考证》)。

虽然徐渭将杂剧创作再次拉回到原本已经疏远的社会生活,改变自明初以来杂剧在内容上苍白贫血的状况。但是仅凭徐渭一人之力,无法扭转明代杂剧整体凋敝的状况。除了《四声猿》以外,明代中后期出现的佳品寥寥无几,可圈可点者仅有徐复祚《一文钱》、王衡《郁轮袍》、《真傀儡》与叶宪祖《骂座记》等几部。《一文钱》通过写一位百万富翁在路上拾到一文钱后,对于如何处置不知所措,最终决定买量多耐吃的芝麻,并且躲到深山密林中吃,深刻揭示了富人的贪婪和悭吝。《郁轮袍》写的是王推冒名王维,因岐王和九公主的推荐,几乎骗取了状元,揭露了科场的肮脏内幕。《真傀儡》塑造的是一位历尽宦海风波而始终保持清醒头脑的世故老人杜衍的形象,并通过对他戏剧性活动的描写,反映了人情势利和不良官场习气。《骂座记》写的是汉武帝时田、窦两家外戚的兴衰和灌夫的借酒骂座,描写了封建王朝的派系斗争。除了上述几部有一定的讽刺精神,明代杂剧的其他作品几乎都沦为了文人案头的欣赏之物。

二、明代的传奇

"传奇"一词,用以指称文体,早在唐代就出现了,如裴铏将其所收录的唐人短篇文言小说集命名为《唐传奇》。在元代,人们以"传奇"指称杂剧剧本,以"戏文"指称南戏。明代起初情况也是如此。后来随着南戏的兴盛以及文人参与南戏创作的增多,"传奇"逐渐成为南戏剧本的专用名称,杂剧反而被排除在外,所以后世又将南戏剧本称为"明传奇"。

明初的传奇,承元代南戏发展而来。前一讲已言,元代南戏一开始就非常关注家庭伦理和社会道德,作品往往带有很强的道德教化意味。关于这点,可以从"四大南戏"和高明《琵琶记》的内容看出,另外高明在《琵琶记》中旗帜鲜明地提出了"不关风化体,纵好也徒然"的创作口号。到了明初,统治者和朝廷因为非常强调文艺对封建伦理道德的宣扬作用,所以传奇更是沦为道德说教的工具。如丘濬《五伦全备记》(图3-5),虚构了伍伦全、伍伦备兄弟和他们一家的遭遇,表现了剧中人物如何死心塌地地按照封建道德教条生活,而邵灿《五伦香囊记》,则完全是《五伦全备记》的复制品。同时受科举制的影响,明初作家还推崇以"时文为南曲"。所谓"时文",是当时明代科举考试制度中所规定的一种特殊文体,专讲形式,没有内容。这些使得明初的传奇更加缺乏生机活力。

图3-5 《五伦全备记》插图

图3-6 李开先画像

此时给传奇创作带来一丝凉风的是李开先(图3-6)的《宝剑记》。它叙述的是林冲被逼上梁山的故事。林冲原为书生,弃文从武,立功任征西统制之职。但是他只知忠君爱国,却不会趋炎附势,结果被童贯和高俅迫害。后来在柴进的指点下上了梁山,而他的妻子张贞娘则被逼到白云观里出家。林冲带兵攻打汴梁,皇帝无奈下诏招安,并将高俅父子送至梁山任林冲处置。林冲这才报了大仇,最终与妻子重新相聚。作品一改过去传奇关注伦理说教的传统,将关注点转移到忠奸斗争上,表现了作者对社会生活强烈的参与精神和文人深层次的忧患意识,因而极富现实精神。

真正将明代传奇发展带入一个全新天地的主要是两件事:一是魏良辅的昆腔改革,一是梁辰鱼创作的《浣纱记》。前文已讲,传奇是宋元南戏在明代的进一步发展。到了明代,随着南戏在各地的流行,它的演唱声腔也有了增加,最主要有海盐腔、余姚腔、昆山腔、弋阳腔四大声腔。其中昆山腔始创于元末,流行于苏州昆山地区,元末明初的顾坚曾对其进行过加工和提高。由于苏州昆山是明代东南沿海地区的工商业经济发展中心,所以此地的戏曲活动极为活跃,昆山腔因此有机会吸收其他唱腔的丰富营养,艺术水平有了提升,影响力也在逐渐增强。此后,以魏良辅为首的一批艺术家又对昆山腔进行了改革。魏良辅,原籍江西人,寓居太仓。他擅长歌唱,最初学的是北曲,据说因为不能胜过另一位北曲名家王友山而改习南曲。当他接触南曲后,"愤南曲之讹陋",于是联合了周边其他一些音乐家,共同潜心探索,钻研多年后,最终完成了对昆腔的改革。改革后的昆腔既集中了南曲清柔婉转的特点,又同时保存了部分北曲激昂慷慨的特质,因而一时压倒其他诸腔,迅速从苏州地区窜红到全国。

此后,梁辰鱼以魏良辅改进过的昆腔创作了《浣纱记》(图 3-7),此举不但巩固了魏良辅昆腔改革的成果,而且还掀起了文人参与传奇创作的热潮。梁辰鱼,字伯龙,昆山人,平生任侠慷慨,善度曲,足迹遍布吴楚,但科举功名却不得意。《浣纱记》写的是春秋时西施与范蠡悲欢离合的故事,进而展现了吴越两国兴亡的历史。作品由两人的爱情信物一缕浣纱而得名,歌颂了为国家利益而牺牲个人利益的高尚情怀,这样崇高的主题在此前戏曲里是极少出现的。作品充满了正义精神,颂扬了越国群臣的团结和艰难复国的毅力,对于吴

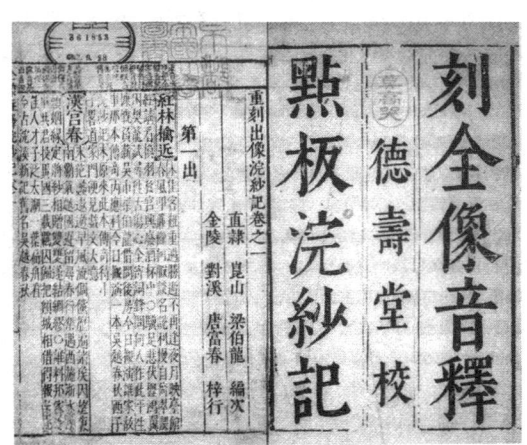

图 3-7 《浣纱记》书影

国君臣的骄横腐化导致国家灭亡充满着批判。同时作品对爱情也作出了先进的诠释,强调爱情的基础应该是共同理想而不是封建礼教所宣扬的贞节观念。另外,作品中的两位主角对统治者始终保持着极清醒的认识。他们千辛万苦帮助越国国君勾践战胜了吴国夫差,实现了强国之梦以后,便主动归隐江湖,对统治者持高度的警惕。《浣纱记》虽然也是

写男女爱情,但是主题高尚,人物动人,思想深邃,所以它尽管在结构上显得松散、拖沓,却一直活跃在舞台上。《浣纱记》的大获成功,不但推动了昆腔在全国的传播,而且还吸引越来越多的文人参与到传奇创作中来,掀起了明代传奇创作的高潮。

除了《浣纱记》,极富现实精神的传奇作品还有《鸣凤记》。据传它为王世贞或其门人所创作,作品描述的是以夏言、杨继盛为首的朝臣和严嵩父子进行的斗争,通过塑造一系列忠臣形象,揭露当时专制政治的腐朽与残酷。这些优秀作品的出现,不但提升了传奇的艺术水平,而且还推动着传奇向更加开阔的天地发展。

在明代传奇创作的文人队伍中,出现过两个重要的流派,他们是以沈璟为代表的吴江派和以汤显祖为代表的临川派。两派因为戏曲理论主张迥异而发生过激烈的争论,许多作曲家因此被卷入其中,各执一方。沈璟,江苏吴江人,进士,历官至光禄寺丞,壮年因受人攻击而弃官归乡,从此便过着听戏、写曲的"词隐"生活。他创作的传奇有17种,现存的有《红蕖记》(图3-8)、《义侠记》(图3-9)、《博笑记》等七八种,其中影响最大、最为当时曲家徐复祚、王骥德所推许的是《红蕖记》。沈璟虽然醉心于传奇创作,作品颇丰,但成就却不大,他真正有影响力的是戏曲理论。他的理论主张主要有二:首先极为重视音律,要求作家严守于此。他曾曰:"怎得词人当行,歌客守腔,大家细把音律讲",他甚至将之强调到无可复加的程度,"名为乐诗,须教合律依腔,宁使时人不鉴赏,无使人挠喉捩嗓","宁协律而词不工,读之不成句而讴之始协,是曲中之工巧"。为此,他订定《南九宫十三调》。其次,他强调作品应当宣扬封建伦理道德。他的作品除了《十孝记》、《奇节记》直接宣扬忠孝节义以外,其他作品也随处表现出对封建道德的维护。当时吴江派重要作家吕天成曾评价他的戏曲是"命意皆主风世"。吴江派除了沈璟以外,还包括王骥德、吕天成、叶宪祖、冯梦龙、袁晋、范文若、卜世臣、沈自晋等作家。

图3-8 金陵陈氏继志斋刊《红蕖记》插图

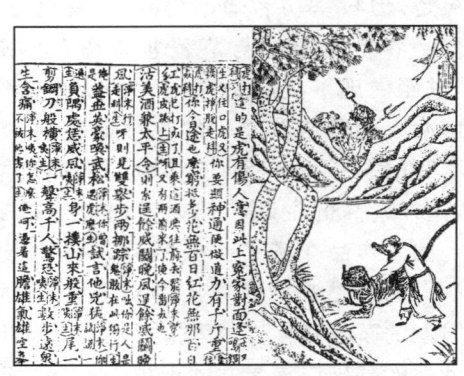

图3-9 金陵陈氏继志斋刊《义侠记》插图

关于汤显祖的生平与创作,在下文《牡丹亭》一讲中会重点讲述。这里主要谈他的戏曲理论主张。汤显祖一生交友极广,受到当时诸种进步思想的影响,这些渗入到他的传奇创作中,便表现为崇尚真性情,反对假道学,"世之假人常为真人苦","情有者理必无,理有者情必无"。代表作品有《紫钗记》、《牡丹亭》、《南柯梦》(图3-10)、《邯郸梦》(图3-11),因为汤显祖为江西临川人,他的这四部作品均涉及到梦境,所以人们将以汤显祖为首的,包括来集之、冯延年、陈情表、邹兑金、阮大铖、吴炳、孟称舜、凌濛初等多位作家的戏曲流派称为"临川派"或"玉茗堂派"。

图3-10 万历刊《南柯梦》插图

图3-11 《邯郸梦》插图

汤显祖的传奇作品因为深入到人性的欲望与情感等层面,因而特别感动人心,所以作品产生之后不但在各地争相刊行,而且还被搬到了舞台上进行表演。但是一些戏曲家们却根据自身的艺术趣味,对汤显祖的作品进行了修改甚至批评,其中最突出的就有沈璟。沈璟指出汤显祖的作品不合音律。针对这种批评,汤显祖给予了激烈的回击,他强调"凡文以意趣神色为主,四者到时,或有丽词俊音可用,尔时能一一顾九宫四声否?如必按字模声,即有窒滞迸拽之苦,恐不能成句矣",甚至扬言"余意所至,不妨拗折天下人嗓子"。他们的争论引起了文人们的高度关注,这种关注甚至一直延续到今天。

表面上看,这两派争论的激烈程度,几乎到了火水不容的地步。实际上,这种论战所触及的是关于戏曲本质的问题。两派都只强调了戏曲本质的一个方面:吴江派强调戏曲的音乐性,重视音律,追求舞台效果;临川派则强调戏曲的文学性,包括它的词藻、内容、格调、情感等诸种要素。事实上,戏曲既不同于音乐,也不同于文学,它是一门独立的综合艺术,兼具音乐与文学双重性。基于此,吴梅先生提出了调和说,"以临川之笔协吴江之律",这种理解显然是非常有道理的。当然,吴梅先生所提出的是一种近乎完美的戏曲理论,具体落实到戏曲创作上,还是非常有难度的,这也正是当时两派争论异常激烈,至今仍为大家所关注的根本原因。

明中叶以后,传奇创作朝着浪漫主义的方向发展,出现了大量的才子佳人剧。在晚明传奇作家中,阮大铖极为突出。关于他杰出的才华和卑劣的人格,孔尚任《桃花扇》曾作过生动传神的塑造。阮大铖不但文学才华极高,而且自己还会唱曲,并且在家中还蓄有家班。他非常注重传奇的形式,这主要体现为:讲究结构的完善,情节注重前后照应、首尾相顾,并且针线极细密,尽量不给人留下丝毫人为拼凑的痕迹。作品一般时空的跨度极大,尽管人多事繁、头绪众多,但是他都得处理得非常得当。他尤其擅长在误会上下功夫,以追求出人意料的喜剧效果。因而就形式而言,近乎达到了完美的程度。但是因为他忽略作品的内容,创作染有严重的形式主义流弊,叙事往往陷入固定的模式,给人千篇一律之感。明代张岱曾评价道:"生甫登场,即思易姓;旦方出色,便要改装。"

图 3-12 郦飞云像

阮大铖代表的传奇作品是《燕子笺》(图 3-12),整个情节都是建立在误会的基础上。描写的是唐代士人霍都梁与名妓华行云交往极密,曾绘制了两人的"听莺扑蝶图",送到礼部装潢匠人处装裱,结果却与礼部尚书郦安道家的"水墨观音画"弄错了。郦家的女儿飞云打开画像后发现画中的行云与自己面貌极相似,便春心萌发,思慕起画中的少年,遂题诗一首,结果诗笺被燕子衔走,恰好又落到游春的霍都梁那里,从此两位年轻人便陷入相思。后来安史之乱爆发,两家各自走散,郦飞云被贾节度使收为养女,华行云被郦母错认作女儿。最终霍都梁因襄赞平乱的军功和状元及第,与两位女子团圆。全剧情节跌宕起伏,险象丛生,却令人忍俊不禁,结果更是大团圆的结局,因而有着很强的喜剧感。

第二节 清代的戏曲

清代的戏曲既有与明代一脉相承之处,又有新的发展。昆曲在清初以至很长一段时间里,都是占主流地位的戏种,深受上至统治者、文人雅士下至百姓的喜爱。但是随着时光的推移,形式多样的地方戏也逐渐在乡村与城市里活跃起来。此时人们视昆曲为"雅部",称各种地方戏为"花部",它们之间产生了激烈的竞争,其影响之大,以至当时朝廷都出面干涉,但是角逐的结果却是地方戏胜出。昆曲沉寂以后,各式各样的地方戏在清代都城的舞台上沉浮不定,最终为历史所拣选下来的是为今人所熟悉的京剧(图3-13)。如今,京剧已经被誉为中国"四大国粹"之一,走出了国门,受到世界的关注。在这种戏曲大发展的格局下,各类戏曲作品的创作也随之潮起潮落。

图3-13 "同、光十三绝"画像(摹本)

清代的戏曲作品也包括三个部分,一为杂剧,一为传奇,一为地方戏种的剧本。虽然杂剧赖以存在的音乐基础——北曲已经退入到历史最狭小的角落,但杂剧作为一种文学传统却被清代文人保留了下来。清代文人创作的杂剧作品数量并不少,据相关学者的统计,几乎比元代多出近一倍,只是因为这些作品本身远离了舞台,成为文人遣兴抒怀的载体,而且在形式上也变得灵活自由,有些声腔也用起了南曲,与传奇的界限变得模糊,所以清代杂剧创作受人们关注的程度极低,有些学者还提出了杂剧自清初已经名存实亡的结论。除了杂剧以外,在清代舞台上极为活跃的各种地方戏种,因为作品往往为优伶创作,所以艺术水平相对较低,佳作乏陈。因此就文学价值来讲,清代戏曲中真正具有影响力的仍然是传奇。下面就清代的花雅之争及清代传奇作品作重点介绍。

一、花雅之争

清初戏曲舞台的发展,表面看起来很平静,但其实在昆曲一统天下的格局下,各种地方戏却因为贴近百姓、贴近生活而不断地散发着魅力,后来它们更是逐渐从农村走向城市,由偏远的小城市走向繁荣的大城市,最终与昆曲遭遇,进而产生了激烈的对抗。清代人将昆曲与诸种地方戏种分别称为雅部和花部,清代吴长元《燕兰小谱》"例言":"今以弋腔、梆子等曰花部,昆腔曰雅部。"雅部的剧本一般由文士创作,文辞典雅、深奥,内容不出才子佳人的爱情故事,一般都在庭堂里演出,节奏缓慢,一唱三叹,因而深受文人及贵族们的推崇,享有极高的社会地位。花部,亦称为"乱弹",包含的曲种极广。清代李斗《扬州画舫录》卷5"新城北录下":"两淮盐务例蓄花、雅两部以备大戏。雅部即昆山腔,花部为京腔、秦腔、弋阳腔、梆子腔、罗罗腔、二黄调,统谓之乱弹。"(图3-14和图3-15)花部的剧本一般由优伶创作,语言平浅通俗,情节紧凑,故事集中,舞台戏剧性强,因而在民间大众层有着深厚的根基。雅部与花部彼此竞争的历史,在清代大致经历了三个阶段:首先是顺治、康熙、雍正三朝,此时占据主体地位、影响最大的仍然是昆曲;其次是乾隆、嘉庆两朝,此时地方剧种与昆曲进行了竞争,虽然此时朝廷站在昆曲一边,对其进行百般保护,如在扬州设置删改戏曲局,对剧本进行严格的审查;如禁止花部声腔的演出,但是随着表演二黄的四大徽班,即三庆班、四喜班、和春班和春台班的相继进京并大获成功,花部最终在这场角逐中胜出;最后是道光朝至清末,昆曲完全被地方剧种压住了风头,彻底走向衰落,它仅仅只在其发源地苏州一带以及宫廷里有所活动(图3-16)。

图3-14 秦腔戏《查关》　　图3-15 梆子、乱弹腔戏《蝴蝶杯》　　图3-16 宁寿宫内畅音阁戏台

同时地方戏种中的"西皮"与"二黄"在北京成功合流,从而形成了后来取得很高艺术成就、并迅速产生全国性影响、扮演着中国剧坛主角近二百年的京剧。

二、清代的传奇

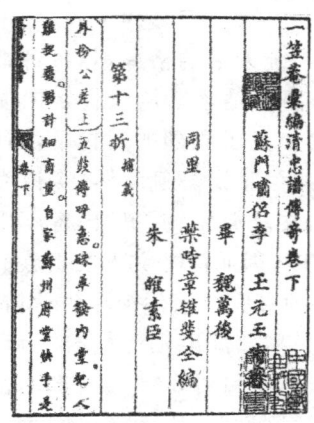

图3-17 《一笠庵汇编清忠谱传奇》书影

在清代传奇史上,以李玉为代表的苏州作家群、吴伟业与尤侗、李渔、洪昇、孔尚任等人的作品最具影响力。

李玉,是由明入清的苏州籍作家,曾作有传奇42种,代表作为"一人永占"和《清忠谱》(图3-17)。所谓"一人永占"是指《一捧雪》、《人兽关》、《永团圆》、《占花魁》四部作品。这些作品带有非常鲜明的道德意识,反映了作者对社会道德伦理建构的强烈参与意识。其中《一捧雪》的题材来源于现实生活:明代嘉靖年间,首辅严嵩与儿子严世蕃二人弄权专政,称霸朝廷。严世蕃想得到名画《清明上河图》,收藏者以赝品进之,结果被其门客揭穿,严世蕃因此将收藏者加以莫须有的罪名投入监狱。李玉在作品中将名画改为玉杯,然后围绕着玉杯的归属,刻画了两组在道德水准上截然相反、对比鲜明的人物,以激发起人们的道德忧患。另外《人兽关》里恩将仇报的桂薪一家人最后变成了狗，善良仁义的施济则最终得到好报。而《永团圆》里嫌贫爱富的江纳最后是人财两空，被逼退婚的穷书生蔡文英则进士及第，一夫二妻大团圆。《占花魁》则通过特殊的情节描写来宣扬待人诚恳忠厚的世道水准，不以玩弄之心而以钟情之意对待歌妓的卖油郎秦钟，最终赢得名妓莘瑶琴的芳心。《清忠谱》是李玉入清之后的作品，它以天启年间东林党人和苏州人民反对阉党的斗争为题材，暴露了魏忠贤等专横残暴、祸国殃民的罪行，歌颂了"一忠五义"（东林党人周顺昌和苏州平民颜佩韦等五人）和苏州人民不畏权势、勇于斗争、大义凛然的高尚品德，所涉及的亦是朝臣的伦理道德。由于李玉的传奇创作是从现实生活与真实的历史中选取材料，塑造了不少下层百姓的形象，且在语言上，一改典雅、流丽之风，大量地采用日常语言，所以在当时产生了巨大的影响。除了李玉之外，苏州地区还活跃着不少作家，如朱确、朱佐朝、丘园、毕魏、叶时章等，他们与李玉一样，关注现实，作品不但多产，而且还极富生活气息，舞台表演效果极佳，因而人们将之称为"苏州作家群"。

与苏州作家群同时的还有一类，有些学者将之称为正统派传奇作家，其代表为吴伟业（图3-18）与尤侗。他们的身份与平民出生的苏州作家群不一样，都是由明入清的文坛名士，他们的作品带有非常强的个人主观色彩，抒发兴亡之叹、故国之思及身世之感等，是他们自我精神苦闷、人生矛盾以及身历两朝尴尬处境的曲折展示。如吴伟业《秣陵春》，写的是五代南唐学士徐铉之子徐适入宋以后的功名及婚姻故事。剧中的背景为南唐亡国，主人公亦是身历两朝，与吴伟业的人生遭遇相似。再如尤侗的《钧天乐》与杂剧五种：《钧天乐》分上下两本，上本写颇有文才的沈子虚应试落第，不学无术的贾斯文却高中，沈子虚上书揭发时弊反被乱棒打出，后来到霸王庙里哭诉。下本写天界试真才，沈遂中状元，并得夫妻

图3-18 吴伟业画像

团圆。全剧包含着作者的牢骚与幻想。杂剧五种则分别写有关屈原、王昭君、陶渊明、聂隐娘和李白的故事，它们都是作者以此来抒发自己的怨愤和感慨。

与关注现实的苏州作家群和传统抒发个人情怀的正统派传奇作家均不一样的，是李渔（图3-19）。李渔，生于江苏如皋，在明代曾屡试科举，但始终不中，入清以后便不再赴考。他自蓄家班，自编剧本，自任教习，以戏曲表演而奔走于

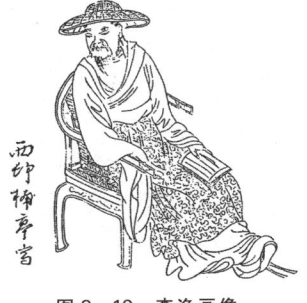

图3-19 李渔画像

权贵之门,一生足迹遍及苏、皖、赣、闽、鄂、鲁、豫、陕、甘、晋及京师等地,晚年移家杭州西湖,自号湖上笠翁。他所创作的传奇有十余种,流传至今可以确定有十种,即《笠翁十种曲》,其中尤以《风筝误》最为著名。

由于李渔的戏曲创作仅仅为了谋生,极受当时达官显贵和文人雅士审美趣味的制约,所以他的作品明显远离明清易代之际的铁马金戈、腥风血雨的社会现实,主要以描写才子佳人的爱情为主,在形式上追求新奇、通俗而适合舞台演出,体现出风趣、诙谐的喜剧风格。

李渔不仅是位传奇创作家,而且还是位戏曲理论家,他的理论主要见于《闲情偶寄》中的"词曲"部和"演习"部,前者涉及到结构、词采、音律、宾白、科诨、格局等戏曲文学的六个方面,后者则包括选剧、变调、授曲、教白、脱套等戏曲排演与表演的五个方面。他的戏曲理论具有极强的系统性和实践性。

代表清代传奇最高水平的是洪昇的《长生殿》与孔尚任的《桃花扇》,两人在当时被人们视为戏曲的两座高峰,有"南洪北孔"之美誉。他们创作的两部作品将戏曲传统的爱情与历史的主题作了有机的融合,不但剧本结构宏大,情节曲折多变,形象生动传神,主题深远,而且舞台表演性极强,所以震撼人心,自产生以后便好评如潮。关于这两位作家的生平、创作及其代表作品,下文会作详细的诠释,此处不赘。

第四讲 关汉卿与《窦娥冤》

第一节 关汉卿

图4-1 关汉卿画像

虽然关汉卿（图4-1）是中国戏曲史上第一颗耀眼的明星，但是人们对他却知之甚少，因为关于他的记载留存极少，而且还值得存疑。如元代钟嗣成《录鬼簿》在"前辈才人"载其为"太医院尹，号已斋叟"，但据学者考察，元代根本就没有"太医院尹"这一官职。造成关汉卿生平资料缺乏的根本原因是他的平民身份。

关于他的平民身份，可以从最早记录他的《录鬼簿》的性质看出来。《录鬼簿》是元代人钟嗣成所著的关于元代曲家生平及创作的重要典籍。钟嗣成在提及他的创作动机时，曾言所收录的曲家都是"门第卑微，职位不振"之流，而关汉卿又居于"前辈才人"之首，所谓"才人"在元代又特指那些活跃于城市书会中的布衣文人，以此可推断出他的平民身份。

证明关汉卿平民身份的还不止这一条。如元代朱经《青楼集·序》："我皇元初并海宇，而金之遗民若杜散人、白兰谷、关已斋辈，皆不屑仕进。乃嘲弄风月，留连光景，庸俗易之，用世者嗤之。三君之心，固难识也"；如元末明初贾仲名《书〈录鬼簿〉后》亦曰：《录鬼簿》"载其前辈玉京书会燕赵才人……自金之解元董先生，并元初关汉卿已斋"；如明代胡侍《真珠船》卷4《元曲》条云："中州人……每沉郁下僚，志不得伸。如关汉卿……"等。这些史料中所谓的"不屑仕进"、"书会才人"及"沉郁下僚"等均是元代曲家平民身份的婉转表达。

中国古代封建社会，存在着非常严格的等级观念，能够被著书立说的一般都是统治阶级。如中国第一部纪传体通史《史记》,其涉及到人物生平的主要是本纪、世家与列传三类,其中本纪讲的是帝王,世家讲的是诸侯,而列传则涉及朝臣,平民根本没有资格入选其中。虽然《汉书》增加了"儒林传",文人因而有机会进入正史,但是被记录的均是恪守儒家思想的正统文人,他们不但忠诚地为统治阶级服务,而且不少人后来还成为其中的一员。关汉卿虽然也是文人,但他却不是恪守传统的文人。

关于关汉卿非传统文人的身份,可以从与他同时代人的评价看出。如元人熊自得《析津志》(图4-2)描述他"生而倜傥,博学能文,滑稽风流,为一时之冠",所谓的"滑稽",显然与封建文化中所强调的肩负家国重任、垂襟危坐、严肃认真的正统文人相去甚远。除此以外,关汉卿自己也有这方面生动传神的描述,如他的【南吕·一枝花】《不伏老》:

图4-2 《析津志》书影

【梁州】我是个普天下郎君领袖,盖世界浪子班头。愿朱颜不改常依旧,花中消遣,酒内忘忧。分茶攧竹,打马藏阄;通五音六律滑熟,甚闲愁到我心头!……占排场风月功名首,更玲珑又剔透。我是个锦阵花营都帅头,曾玩府游州。……

【尾】我是个蒸不烂、煮不熟、捶不匾、炒不爆、响珰珰一粒铜豌豆,恁子弟每谁教你钻入他锄不断、斫不下、解不开、顿不脱、慢腾腾千层锦套头?我玩的是梁园月,饮的是东京酒,赏的是洛阳花,攀的是章台柳。我也会围棋、会蹴鞠、会打围、会插科、会歌舞、会吹弹、会咽作、会吟诗、会双陆。你便是落了我牙、歪了我嘴、瘸了我腿、折了我手,天赐与我这几般儿歹症候,尚兀自不肯休。则除是阎王亲自唤,神鬼自来勾。三魂归地府,七魄丧冥幽。天哪,那其间才不向烟花路儿上走。

此曲是关汉卿的自画像。其中"浪子"、"烟花路儿"乃是古典文学中最常见的比喻手法,意指自己过着放浪形骸的生活。从曲子的内容来看,他的生活内容极为丰富,气氛喧闹,与正统文人所着力追求的价值观大相径庭。正统文人,有着一贯的人生理想,那就是"修身、齐家、治国、平天下",那就是"学成文武艺,货与帝王家",即将自己的才华最终奉献给君王,辅助帝王治理天下。关汉卿所热衷的、且全身心投入的却是艺术生活,他还以"铜豌豆"自喻,表明自己执著于这种生活方式的坚定信念。虽然文人以文艺来实现人生不朽,早在曹魏时代就被曹丕大力倡导过,如《典论·论文》曰:"文章,经国之大业,不朽之盛事",虽然文学活动到了元代已经为统治阶级所认可,在正史中也会给有文学才华的文人腾出一些空间，为他们著书列传，但关汉卿所从事的文学创作，却不是统治者所推尊的阳春白雪的诗赋，而是源自下里巴人的北曲。从此曲的描写也可以看出，关汉卿活跃的场所不是肃静的科举业场或书斋，而是热闹繁荣的都市，结交的对象不是硕公名流，而是下层的歌舞艺人。因此，他是一位非传统的文人。

关汉卿以飞扬飘逸的笔法表达了自己非传统的文人身份。但在他酣畅淋漓的表述背后，我们应当看出他的人生选择实际上是历史的必然。前文在讲述元代戏曲历史时曾言，蒙古统治者由于对汉文化极为排斥，因而长时间里取缔了科举制，并且又推行民族歧视政策，这造成了以汉族为主的元代士人悲惨的生存状况。他们已经无法继续传统的读圣贤书、考科举以入仕的人生道路，如元代刘郁《庚申外史》："惜乎夷狄之法，取士用人，惟论脚根，其所与图大政为将为相者，皆根脚人也。而负大器、抱大才、蕴道艺者举不得与其政事"；如元代叶子奇《草木子》："天下治平之时，台省要官皆北为之，汉人、南人，万中无一二。"这种状况在关汉卿所生活的元初时期更加糟糕，所以他想做个恪守传统的文人，已经难若登天。所以关汉卿不论主动与否，他都做不成正统文人。只是面对这样全新的生存状况，关汉卿表现出了与众不同的态度，他并不像一般的文人那样总是沉浸在对传统的无限缅怀中，抱怨、悲伤地对待已有的生活，而是索性放弃旧的传统，与时俱进，乐观开朗地生活在"当下"，因而成为一位全新的文人。

关汉卿作为一位平民、一位非传统的文人，这注定他很难为正史所记载。他之所以能够在浩如烟海的典籍里有吉光片羽的存在，完全是因为他卓越的杂剧创作才华。关汉卿在元代就有极高的知名度，元代钟嗣成《录鬼簿》赞之曰："姓名香，四大神洲。"元人及后世都曾对元代文人的元曲创作水平进行过排序，提出"四大家"之说，尽管说法不一，但关汉卿总是被排在第一位。元代周德清《中原音韵》："乐府之备，之盛，之难，莫如今时……其备则自关、郑、白、马，一新制作"；如明代王骥德《曲律》："世称曲手，必曰关、郑、白、马"；如王国维《宋元戏曲史·元剧之文章》："元代曲家，自明以来，称关、马、郑、白，然以其年代及造诣论之，宁称关、白、马、郑为妥也。"关汉卿在当时的影响之大，还表现为人们在评价其他杂剧作家时会冠以他的名字以示敬重，如称水浒戏作家高文秀为"小汉卿"，称南方杂剧家沈和甫为"蛮子汉卿"等。关汉卿的影响，正随着人们对戏曲艺术本质及其价值的不断深入了解而越发深远。

总之，我们依据现存资料，唯一能得出的结论是：关汉卿是金末元初的一位非传统的平民文人。

从【南吕·一枝花】《不伏老》来看，关汉卿是一位艺术修养极为全面的文人，这显然有利于他的杂剧创作。关汉卿将杂剧活动看成是文人实现自身价值的重要方式，如明代朱权《太和正音谱》载他曾言："非是他（指俳优、伶人）当行本事，我家生活，他不过为奴隶之役，供笑戏勤，以奉我辈耳。子弟全扮，是我一家风月。"在杂剧方面，他是一位艺术全才，不仅会创作,会表演,而且还会导演。如元代钟嗣成《录鬼簿》赞曰:"驱梨园领袖,总编修帅首,捻杂剧班头";明代臧晋叔《〈元曲选〉序》言其:"躬践排场,面傅粉墨,以为我家生活,偶倡优而不辞"等。他创作的杂剧作品高达67部,现存18种。它们是:《窦娥冤》、《鲁斋郎》(图4-3)、《救风尘》(图4-4)、《望江亭》、《蝴蝶梦》(图4-5)、《金线池》、《谢天香》、《玉镜台》、

图4-3 《元曲选·鲁斋郎》插图

图4-4 《元曲选·救风尘》插图

图4-5 《元曲选·蝴蝶梦》插图

《单鞭夺槊》、《单刀会》、《绯衣梦》、《五侯宴》、《哭存孝》、《裴度还带》、《陈母教子》、《西蜀梦》、《拜月亭》、《诈妮子》。这些杂剧作品不但内容丰富,既有反映社会现实的,又有描述历史的,同时还有专门描写女性的;而且类型多样,包括悲剧、喜剧与正剧三种类型。在这些作品中,受关注程度最高、影响最深远的是《窦娥冤》。著名国学大师王国维在《宋元戏曲史·元剧之文章》中曾赞誉道:"其最有悲剧之性质者,则如关汉卿之《窦娥冤》,纪君祥之《赵氏孤儿》,剧中虽有恶人交构其间,而其蹈汤赴火者,仍出于其主人翁之意志,即列之世界大悲剧中,亦无愧色也。"下文就重点分析《窦娥冤》。

第二节 《窦娥冤》

一、主要剧情

作品讲述的是一位名为窦娥的女子的苦难人生遭遇。窦娥原名为端云,出生在一个贫穷的书生家庭,三岁失去了母亲;七岁因父亲窦天章无力偿还蔡婆婆的高利贷而被抵债

到蔡婆婆家做童养媳,被迫与父亲分离;十七岁与丈夫成亲,但不到两年丈夫就去世了。故事发生时,她刚二十岁。尽管她对于造成自身接二连三不幸命运的原因颇为困惑,尽管她对于孤独凄凉的寡居生活充满着无限忧愁,但她仍然决定将这样的生活继续下去,好好侍养婆婆,并为丈夫守孝。可见,她是一个对生活要求极低的善良的下层女性。但是,很快她这种近乎于无的人生愿望也破灭了。

悲剧起源于蔡婆婆的一次讨债。赛卢医还不起欠蔡婆婆的高利贷债,当蔡婆婆来找他讨债时,他心生歹念,将蔡婆婆骗至无人处,准备用绳子勒死她,结果被路过的张老和张驴儿父子救下。蔡婆婆万般惊恐,无意说出了自己与媳妇相依为命的生活境况。张驴儿听后,立刻逼迫蔡婆婆招他们父子俩为女婿,否则就重新勒死她。蔡婆婆只好答应下来,并将他们带到家中。让蔡婆婆和张驴儿他们万万没有想到的是,窦娥非但自己坚决不嫁,而且还反对蔡婆婆改嫁。面对张驴儿的调戏,窦娥勇敢地进行了反抗。张驴儿恼羞成怒,他发誓一定要让窦娥屈服。窦娥坚决的态度,让蔡婆婆对改嫁之事也有些犹豫。她将张老父子安顿在家中,好酒好菜招待,并许诺他们慢慢寻找机会做窦娥的思想工作。

张驴儿阴谋用毒药先害死蔡婆婆,再逼迫孤立无援的窦娥就范。他去买毒药时,恰好遇到了赛卢医,赛卢医被迫将毒药卖给了他。赛卢医怕受牵连,畏罪潜逃,改卖老鼠药了。

图4-6 《古今名剧合选·酹江集·窦娥冤》插图"蒙冤被斩"

得知蔡婆婆生病的消息,张老便去探望,张驴儿陪他一起去。蔡婆婆想吃羊肚汤,窦娥便去厨房盛,结果张驴儿骗窦娥去取盐不注意时将毒药放到了汤里。令他没有想到的是,蔡婆婆将汤让给张老喝了。张老喝完当场死亡,蔡婆婆万般惊慌。张驴儿趁机要挟蔡婆婆让窦娥改嫁给他,否则便以毒杀公公的罪名起诉窦娥,并且还强调一旦上了公堂法官就会动用酷刑,到时候身单体薄的窦娥会吃不了兜着走。但窦娥并没有屈服,她坚持自己是清白的。窦娥最终与张驴儿对簿公堂。面对张驴儿的诬陷,窦娥极力辩解,她否认张老是其公公,更不承认张驴儿所加的莫须有的罪名。但桃杌却听信了张驴儿的话,对窦娥动用了酷刑。看到严刑拷打对窦娥不起作用,桃杌又决定对蔡婆婆动用酷刑。为了使年迈的婆婆免受皮肉之苦,窦娥只好承认了张驴儿的栽赃嫁祸。桃杌最终判窦娥死刑,斩首示众(图4-6)。

在赴往刑场的路上,窦娥请求刽子手走后街,以免婆婆看到难过,结果还是遇到了婆婆。窦娥请求婆婆以后每年在自己的祭日供点剩饭、烧点纸钱。临刑前,窦娥极度悲愤。她发下了惊天动地的三桩誓言,要老天证明自己的清白:一是自己的鲜血全部飞溅到高举的一丈二尺的白练上,不受尘土的玷污;二是在三伏天,降三尺厚的积雪,以证其冤;三是楚州大旱三年。前两桩誓言当场就应验了。后来楚州果然又大旱三年。

第三年,窦娥的父亲窦天章来到楚州。此时他已经官拜参知政事,并被升为两淮提刑肃政廉访使,被派到楚州负责审查案件,帮助朝廷整顿乾坤。窦娥的冤魂于是托梦给父亲,向他详细讲述了自己的冤情。窦天章悲痛之余决定重审此案。张驴儿与赛卢医很快就被捉拿归案,赛卢医供出了张驴儿当年强迫自己卖毒药的事实。在真相面前,张驴儿再也无法抵赖。结果,张驴儿被判凌迟处死,赛卢医被判充军,当年糊涂判案的桃杌则永不叙用,窦娥冤案最终被平反昭雪。窦娥的灵魂在被超度之前,将年迈的婆婆郑重地托付给父亲窦天章,请他代为照顾。

二、悲剧原因

从上面叙述的情节看,窦娥短暂的一生几乎充满悲剧:三岁失去母亲,七岁与父亲别离,十九岁死了丈夫,二十岁蒙冤被斩,作品重点描述的是她二十岁时的不幸(图4-7)。对于造成窦娥蒙冤被斩的原因,人们历来多有思考。总结之,观点不外乎三种:

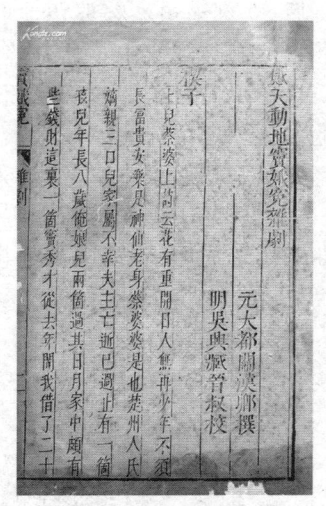

图4-7 《窦娥冤》书影

一是黑暗的社会,尤其是腐败的吏制。从作品来看,窦娥所生活的时代,是一个异常混乱的时代:作为执法者,桃杌根本就没有敏锐的判断力,他对张驴儿的起诉偏听偏信,对窦娥的辩解充耳不闻。窦娥在公堂上提出,自己作为一位年轻的居家寡妇是不能够轻易买到毒药的。毒药来自何处?显然是这件人命案的关键所在。但是桃杌却对此不加追究。不仅如此,他还滥用酷刑,不仅对年轻的窦娥如此,而且连年迈的蔡婆婆也不放过。就是这样一位平庸糊涂的法官,却被如期升职了。再如作为医生,赛卢医非但没有高明的医术治病救人,反而还会借机害人,并且在药品使用上根本没有原则性可言。再如作为家长,蔡婆婆做抉择时从不顾及晚辈窦娥的意愿与感受。当她在荒郊野外受到张驴儿威胁时,轻易就替窦娥答应了改嫁之事;当窦娥明确表示不愿意改嫁,而张驴儿当着她的面调戏窦娥时,她仍然坚持将张老父子留在家中,并承诺做窦娥的思想工作;张老被毒死后,她明明知道这是张驴儿的阴谋,但仍然劝说窦娥嫁给张驴儿。她的所作所为极端自私,缺乏长辈对晚辈的关心与慈爱。而像张驴儿这样的集暴力与阴谋于一身的无业游民,在社会上横行霸道,为非作歹,但却能够长期逍遥法外。生活在这种社会里,像窦娥这样一位善良、正直的女子,不可能有好的归宿。对于造成窦娥悲剧人生的这种社会,作品给予非常强烈的批判,如窦娥赴刑场时,控诉道:"为善的受贫穷更命短,造恶的享富贵又寿延。天地也,做得个怕硬欺软,却原来也这般顺水推船";又如其灵魂见到窦天章时,控诉道:"我不肯顺他人,倒着我赴法场;我不肯辱祖上,倒把我残生坏","本一点孝顺的心怀,倒做了惹祸的胚胎。我只道官吏每还覆勘,怎将咱斩首在长街"等。

二是高利贷者的剥削。高利贷者,是元代新兴的一种人群,他们的出现给时人的生活造成了巨大的困扰。作品中对此有着形象的描述。如赛卢医,借了蔡婆婆十两银子,结果要还二十两银子,在无力偿还的情况下,他蒙生了杀人的歹念,谋杀未遂后又被张驴儿逼迫着卖毒药,从此走上了漫长的逃亡生活,最后成为罪犯被判刑。如窦娥,其苦难的一生,显然与高利贷者的剥削密不可分。她的父亲窦天章是一位有着远大理想的贫困书生,向蔡婆婆借了二十两作为进京赶考的旅费,结果一年下来要还四十两。蔡婆婆见窦天章无钱可还,便提出用他唯一的亲人——女儿来抵债。这使得年幼的窦娥从此与父亲生死离别,过着悲苦的童养媳生活。对于窦娥从七岁到十七岁的漫长的童养媳生涯,虽然作品没有直接描述,但是我们可以从窦天章临别时所作的一番言语看出来其极悲惨的处境:"婆婆,端云孩儿该打呵,看小生面则骂几句;当骂呵,则处分几句","孩儿,你也不比在我跟前,我是你亲爷,将就你;你如今在这里,早晚若顽劣呵,你只讨打骂吃"等。窦娥与窦天章被逼分离后,人生便再也没有了亲情的慰藉,变得无比痛苦、悲凉。如窦娥临死前对刽子手悲叹道:"可怜我孤身只影无亲眷,则落得吞声忍气空嗟怨"。再如窦天章,十六年后回到楚州,他尽管已经遂了功成之心,但内心却充满浓郁的忧愁:"老夫为端云孩儿,啼哭的眼目昏花,忧愁的须发斑白。"他们再次相遇时,已是人鬼殊途。

三是窦娥刚烈不屈的性格。窦娥的性格是复杂的,既有柔弱温情的一面,也有刚烈不屈的一面。柔弱表现在她对于自身所遭受到的诸种不幸的困惑与无助,"似这等忧愁,不知几时是了也呵","莫不是八字儿该载着一世忧,谁似我无尽头","莫不是前世里烧香不到头,今也波生招祸尤"。温情表现在她对于相依为命的蔡婆婆的无限关爱。当蔡婆婆讨债哭着回来时,她会担心地询问;当蔡婆婆将被法官施以酷刑时,她会立刻屈招,不惜牺牲自己的性命去保护婆婆;即便是赴刑场,她也会考虑到婆婆的感受而请求衙役改道而行;当她的灵魂要离开人世前,还不忘将婆婆托付给父亲代为照顾。当然,与柔弱温情相比,刚烈不屈是其性格的主导面,这尤其表现在她遭遇到张驴儿的暴力与阴谋逼迫的时候。张驴儿来到她家,对其动手动脚,她毫不畏惧地将之推倒在地;张驴儿以张老之死要挟她,说到了公堂会"把你三推六问,你这等瘦弱身子,当不过拷打",她仍没有屈服;她临死时不但对历来为百姓所敬畏的天地进行了控诉,而且还发出三桩誓言要求老天见证她的冤屈;死后三年,她的灵魂更是一直四处漂泊,寻找替自己平反昭雪的机会。

以上三种解释,对于作品的悲剧内涵显然作出了非常好的解释,有助于加深对作品的阅读与理解。除此以外,其实还有一个重要的却一直为人忽略的原因,那就是剧中人在婚姻观念上所存在的巨大差异。窦娥出生于儒士家庭,早年受到过非常严格的教育,父亲要求她按"三从四德"的封建伦理观念去生活。她虽然在年幼就离开父亲,但是她的一生却在不断地践行着这种伦理观念。在婚姻方面,窦娥严格地恪守着传统的贞节观念。如丈夫死后,她过着守寡的生活,将照顾婆婆看成人生最重要的使命,打算与婆婆相依为命安静地过一辈子。尽管她对蔡婆婆极其尊敬,但是当蔡婆婆要其改嫁时,她断然拒绝了,"我一马难将两鞍鞴,想男儿在日,曾两年匹配,却教我改嫁别人,其实做不得","你孩儿便道:'好马不鞴双鞍,烈女不更一夫。我至死不与你做媳妇,我情愿和你见官去。'"不仅如此,她也不赞成蔡婆婆改嫁。她非常耐心地向蔡婆婆道出了不应当改嫁的理由:一是蔡婆婆年事已高,都六十几岁了,不适合再婚;二是此举会引起街坊邻里的议论,被大家嘲笑;三是有违于公公的意愿,因为公公在世时,为了家庭努力打拼,去世时给家人留下了足够的钱财生活。如果他在天有灵,一定会很伤心。除了反对改嫁以外,她对于招婿之事的态度也极为传统,认为只有家境贫穷的人家才需要招女婿,"婆婆,这个怕不中么?你再寻思咱:俺家里又不是没有饭吃,没有衣穿,又不是少欠钱债,被人催逼不过",这显然是传统的观念。这种观念渊源极久,如汉代班固《汉书·贾谊传》有"家富子壮则出分,家贫子壮则出赘",颜师古注之曰:"……家贫无有聘财,以身为质也。"

但是这场人命案中的其他人,虽然与窦娥生活在同一屋檐下,却持有不同的婚姻观念。如张老父子不但主动要求蔡婆婆招赘他们,而且为了达到这个目的,还想使用迷信(如张老想让张驴儿找个算命的测测自已能否与蔡婆婆结婚)、暴力(张驴儿要重新用绳子勒死蔡婆婆)与阴谋(张驴儿企图用毒药毒死蔡婆婆逼窦娥就范)等诸种手段。从作品内容来看,他们此举的动机与窦娥所认为的经济贫困没有任何关系,作品没有一处表明张老父子的经济状况是贫困的。再如蔡婆婆,虽然当初她在荒郊野外答应改嫁是出于被逼无奈,但是到了家中已经处于安全状况时,她完全可以用金钱打发张老父子,但她却没有这样做,相反,她将张老父子留在家中,打算寻找机会慢慢劝说窦娥。当张老前来探病时,她对张老表现出极大的热情,并且还将汤给他喝,其亲亲热热的场面,连窦娥都看不下去。"一个道你请吃,一个道婆先吃,这言语听也难听,我可是气也不气!"张老突然去世时,她会禁不住伤心地痛哭。蔡婆婆的这些举动均表明她内心实际上是想改嫁的。由此可见,窦娥与这场命案的其他三位当事人在婚姻观念上是完全对立的,一为"传统",一为"现代"。

造成他们婚姻观念差异的原因在于,他们处在新旧时代的交叉口,因为社会身份及主要生活的场所不同,故对当时新生观念的接受存在差异。

窦娥儿时便受父亲的影响,接受过传统的封建伦理道德教育,离开父亲后,来到蔡婆婆家做了好长一段时间的童养媳,丈夫去世后,她一直在家照顾蔡婆婆的生活,因而她的生活圈子非常封闭。当蔡婆婆跟她说起改嫁的事以及张老父子入住她家后,她反复强调,要蔡婆婆注意街坊邻里的言论,"旧恩爱一笔勾,新夫妻两意投,枉教人笑破口"、"非亲非眷，一家儿同住，岂不惹外人谈议"，"有一等妇女每相随，并不说家克计，则打听些闲是非；说一会儿不明白打风的机关，使了些调虚嚣捞龙的见识"，可见，她平时能够接触到的人群，基本上都是与她一样深受传统影响的人。

图 4-8 元代游牧民画像

但其他三位当事人却跟她不一样。如蔡婆婆，是位高利贷者，这种职业注定她需要与社会上形形色色的人群打交道，作品中她放贷的对象既有书生也有医生等。而张老父子，据学者们考证，他们的身份为游民（图 4-8），是元代社会极特殊的人群，战争期间，他们会受雇于朝廷到前线打仗，和平时期则散落到各处。统治者为了安抚他们，会给他们一些特权，因而他们在当时社会横行霸道，严重骚扰到当时的社会治安。这些人常常居无定所，过着漂泊不定的生活。所以这三位当事人与外界有着广泛交流与接触，对于当时新生的观念自然容易接触到并接受。结合蒙古人的习俗及元初的社会状况，我们知道，在蒙古人的习俗里，赘婚是极常见的婚姻类型，男子并非是因为经济贫困才去选择，赘婿身份并不会降低男子的社会地位，蒙古贵族甚至帝王都有过做赘婿的经历，而改嫁在蒙古人那里也不会受到歧视。随着蒙古人入主中原，这些新观念自然会在社会上扩散开来，引起中原人的效仿，比如作品中的蔡婆婆与张老父子等这类在社会上极为活跃的人群。

由于他们在婚姻观念上各执一方，互不相让，最终导致了不可调和的冲突。这种冲突最初因为蔡婆婆从中斡旋而有所缓和，但最终还是爆发了，张老的死、窦娥的蒙冤被斩均是它所引发的直接结果。由于在当时社会，改嫁与招赘之风极为常见，法官听到张驴儿反驳窦娥道"他自姓蔡，我自姓张，他婆婆不招俺父亲接脚，他养我父子两个在家做甚么"，便依据常理，轻易地相信了张驴儿。窦娥的被斩，表明元初新的婚姻观念暂时占据了上风。窦娥三桩誓言的实现以及最终冤屈由朝廷权力的最高代表同时也是自己父亲的窦天章所平反，又表明在当时的底层社会百姓心中，传统观念有着根深蒂固的影响。作品写窦娥三桩誓言的实现，以及死后鬼魂仍在活动，均是浪漫主义手法，其意义在于表达众多如窦娥一样的底层百姓内心对于传统观念的执著与坚守。关汉卿本人对此亦持有同样的立场，这可以从他在作品中所塑造的代表不同观念的人物形象上看出来。作为传统观念的代表，窦娥是善良的、勇敢的，其形象是正面的、光辉的。作为新观念的代表，张驴儿是暴力的、阴谋的，其形象是反面的、卑劣的，作品直言他"好色荒淫漏面贼"，认为"那厮乱纲常当合败"。

以上是对窦娥蒙冤被斩悲剧成因的多种解释。相信，随着人们对作品的不断深入，答案还会不断地推陈出新。经典就是这样,历代读者都会基于自身所处的时代特点以及个人的生命遭遇,不断对之进行思考、探讨,而读者的热情参与使经典的价值得以不断地被叠加。

三、当代价值

随着古典戏曲研究的不断深入,关汉卿以及其代表作品《窦娥冤》越来越受到人们的关注,其价值不断地被挖掘和凸现。最初给予它高度评价的王国维先生是一位学贯中西的国学大师,他将《窦娥冤》放入到世界戏剧之林中进行对比审视,认为它是一部悲剧,可以与西方悲剧的经典作品相媲美,而且毫不逊色(图4-9)。众所周知,中国文学最具代表性的是抒情艺术——诗歌,其辉煌的历史几乎妇孺皆知,如经孔子删定的《诗经》、想象绚烂的楚辞、返璞归真抒写真性情的陶渊明、"诗仙"李白、"诗圣"杜甫、出入于儒释道三家的苏轼以及留存诗篇数量极丰的陆游等,所以中国又常常被誉为诗歌的国度。西方的文学传统却不同,最具代表性的是叙事艺术——戏剧,其中尤以悲剧成就最高。在西方漫长的戏剧历史上,涌现过众多卓越的悲

图4-9 《传世名著窦娥冤》书影

剧大师以及令人荡气回肠的作品,大家熟悉的如古希腊三大悲剧等。基于这样的东西方文学发展状况,王国维独具慧眼,发现了《窦娥冤》乃是一部杰出的悲剧。此后,不少学者紧随王国维之后,对《窦娥冤》的悲剧艺术进行了更加缜密深入的探讨。所以《窦娥冤》可以让我们以新的视角深入理解悲剧的本质及价值,了解中国戏曲的特点以及东西方戏剧艺术的异同,提高民族的自豪感。

同时,元代是中国古代历史上第一个由非汉民族统治的统一政权。由于它存在的时间较短,仅有七十多年的历史,加上执政期间战争频繁、灾难不断,得以留存下来的典籍相对甚少,所以人们对元代产生的印象常常是陌生的、模糊的。不过,有一点却非常鲜明,那就是蒙古帝国武力的强盛,如成吉思汗用铁骑征服了金代,而忽必烈则跨过长江天堑,吞并了南宋,但就是这样一个横跨亚欧的大帝国很快就分崩离析,个中的原因何在?这实在值得后人好好深究。关汉卿作为一位由金入元的戏曲家,他以戏曲的形式向我们描述自身所处时代的风貌。在描述和再现历史时,成功的文学作品有着较一般的历史文献的独特性,那就是它能形象直观有机地揭示出历史发展的某些必然规律。《窦娥冤》通过描述蔡婆婆与窦娥婆媳俩的人生遭遇,向我们展示了这样的社会风貌:这是一个新旧交替的时代,一切看似平静,却处处暗流涌动,暴力与阴谋一触即发,老百姓的生活与命运充满变

数,一旦卷进不幸的洪流,即便呼天抢地也无济于事。在这样一个失序、混乱、动荡的时代,百姓亟需像窦天章那样的清官替君行道、重振朝纲。尽管这只是一个美好的梦想,但苦难的百姓却能够借此来获得些许内心的温暖。因而,通过阅读这部经典,我们会清晰地领悟到:靠武力起家的大元帝国,它的强盛其实只是表面的,当占绝大多数的底层百姓连生存都没法保障时,当社会上各种矛盾纠结在一起却总是没有得到及时公正合理的解决时,它的最终衰落是必然的。马上得天下易,马上治天下难!这条历史法则在元代又一次得到了生动的印证!一个真正强大的国家,首先应当关怀弱势群体、底层百姓,让他们过上安宁、富足的日子。因而,这部经典又具有独特的历史价值,使我们对元代社会风貌有着明晰的了解,并且对历史有着深刻的启悟。

除此以外,《窦娥冤》还具有独特的文化价值。通过前文对窦娥悲剧命运原因的分析,我们了解到窦娥与张驴儿之间存在不可调和的婚姻观念冲突,这种冲突是作品情节发展最根本的推动力。其实,中国作为一个拥有五千年历史渊源的国度,传统与现代的冲突从未停止过,更何况现在又处于世界大融合的形势下。关汉卿作为那个时代的见证人,不但以艺术的形式成功地再现了这种观念冲突的激烈程度,它甚至可以危及到人的生命,摧毁掉一个原本富足安宁的家庭。同时他还在具体事件的描述中,表明了自己的文化立场。传统与现代,究竟谁为先进,谁为保守,谁又更有利于社会的发展与人民的生活,这些问题在今天仍然值得我们进一步积极沉思。当我们看到恪守封建传统"三从四德"生活的窦娥一出场便心怀忧愁,在无人处暗自悲泣,柔软的肩膀几乎再也不能承受起生活的重荷时,我们会对封建伦理纲常中不合乎人性的成分产生本能的排斥和深刻的反思。当我们被窦娥在苦难面前仍然表现出孝顺、善良等美好品德所感动时;当我们看到她年纪轻轻就被糊涂的桃杌误判以至蒙冤斩首时,我们在万分悲伤的同时又会对先进人士所鼓吹的"传统的即为保守的、落后的"等极端言论产生质疑。当我们看到张驴儿以暴力和阴谋的方式向弱小者示威,以逼迫他们接受新的婚姻观念时,我们又会对"凡是现代的就是进步"的言论万分警惕。作品生动地揭示了传统并不意味着保守、现代并不意味着先进,应当充分尊重每位社会成员的内心感受以及他们所能接受的道德归属,方是最佳的出路。通过此剧,我们发现幸福的社会、强大的国家在文化上应当是多元共存的。

第五讲　王实甫与《西厢记》

第一节　王实甫

王实甫,名德信,大都人,生卒时间与生平事迹俱不详。元代钟嗣成《录鬼簿》将他列在"前辈才人"里,并排在关汉卿之后,可见他应当与关汉卿同时代或略晚一些。据近人推断,他创作杂剧的时期大约在元成宗元贞、大德年间。从王实甫留存的散曲【商调·集贤宾】《退隐》来看,他一生中可能也有过宦场沉浮的经历,最后隐退,活到60岁以上。贾仲明曾作《凌波仙》追吊之:

风月营,密匝匝,列旌旗。莺花寨,明飚飚,排剑戟。翠红乡,雄赳赳,施谋智。作词章,风韵美。士林中,等辈伏低。新杂剧,旧传奇,《西厢记》,天下夺魁。

由此可见,王实甫是一位混迹于歌栏瓦肆的落拓文人,与艺人官妓们有着密切的交往,他的创作才华得到了书会才人的一致认可。

王实甫创作的杂剧,有13部与14部两种说法,而实际得以完整保留下来的约有4部,除《西厢记》外,还有《破窑记》四折和《贩茶船》、《芙蓉亭》曲文各一折。其中真正奠定王实甫在戏曲史上崇高地位的是《西厢记》。除元代贾仲明有"《西厢记》,天下夺魁"之赞誉外,明清人对此作品亦有高度的认可,如明代何良俊《曲论》:"近代人杂剧以王实甫之《西厢记》、戏文以高则诚之《琵琶记》为绝唱";又如清代李调元《雨村曲话》卷上:"《西厢》工于骈俪,美不胜收……宜乎为北曲压卷也"等。

关于《西厢记》的作者,存在着种种异说,有关汉卿作、关汉卿作王实甫续、王实甫作关汉卿续,甚至认为作者为无名氏等,这些说法均无确切的根据。迄今为止,《录鬼簿》和《太和正音谱》记王实甫为《西厢记》的作者,依旧是最可信的权威记载。

第二节 《西厢记》

一、故事来源

《西厢记》描述的是唐代书生张君瑞与前相国小姐崔莺莺(图5-1)的一段曲折动人的爱情故事。与大多数元代杂剧作品一样,《西厢记》亦有题材来源。张生与莺莺的故事,最早见于唐代元稹的《莺莺传》。据学者考证,它是元稹根据自己生命中一段真实的情感经历谱写成的文言短篇小说,故事真挚动人。

《莺莺传》描写的是中唐贞元年间发生的故事。一位张姓书生,二十三岁,性格孤介,不近女色。一次,他到蒲关游宦,在普救寺里遇到了寡居于此的崔夫人,攀谈后发现她与自己有亲戚关系。适值当地军人作乱,张生请友人保护了崔夫人一家,崔夫人因此设宴款待张生以示谢意。在宴会上,张生与崔夫人的女儿莺莺初次见面,立刻为她的美貌所倾倒。张生想托莺莺的婢女红娘转达自己的相思之情,结果被对方拒绝了。张生非常尴尬,再次见面时向红娘道歉,结果红娘却建议张生写情诗给莺莺,而莺莺收信后立刻作了回复,她约张生夜晚在西厢见面。令

图5-1 崔莺莺画像

张生没有想到的是,两人见面后莺莺"端服严容"地对他作了一番强烈的道德谴责,张生自此不再对莺莺存有欲念。但不久以后,莺莺却主动深夜来到张生居处与之私定终生。张生与莺莺暗中交往一个月后到长安去谋求功名,后来又再次回到莺莺身边,但数月后又与之分别,再次前往长安。因为科场失利,张生决定留在长安,他写信给莺莺决定分手。莺莺满怀深情地回信给张生,想挽留这段感情,但张生并不为所动。张生将莺莺的回信给好友看,他们的感情因此为时人所知晓。友人们对张生所作的分手决定表示不解,张生的解释是"红颜祸水",为避免自己人生遭遇不幸,只能"忍情"。时人赞誉张生是位"善补过者"。后来张生与莺莺各自都有了归宿。一次张生路过莺莺居所时,以外兄的身份请求与莺莺见面,但被莺莺写信拒绝了。从此两人不再联系。

总之,《莺莺传》讲述的是一场爱情悲剧。在这场爱情里,两位青年男女的诸多行为令人困惑。如张生,他最初对莺莺追求之痴情、热烈,与后来回到长安之后的绝情、冷漠,形成强烈的对比。他对于背叛行为的解释,在今人看来,不但突兀、生硬,简直是厚颜无耻,

图5-2 《中国小说史略》书影

如鲁迅先生《中国小说史略》(图5-2)评价道:"惟篇末文过饰非,遂堕恶趣。"但是此举在当时却赢得了上流社会的普遍赞誉,这引发了后世读者的万般不解。再如莺莺,她最初对张生的热情追求有抗拒、有挣扎,但后来在张生绝望之际却主动献身,显得前后不一。不仅如此,她竟然对自己被抛弃的结局早有预料,甚至还说如果张生能够不放弃这段感情是对她莫大的恩惠,在张生面前尽显卑微。这又与文中对她家世的描述极不符合。文中说她姓崔,她母亲姓郑,长安人氏,且家中"财产甚厚,多奴仆",显然是位贵族小姐。在唐代,读书人有三大幸事,其中之一便是娶"崔、卢、李、郑"四大家族的女子为妻,所以在贫寒未遇的张生面前,她不应该如此屈就。

前文已言,这个故事与元稹本人的人生经历密切相关,所以元稹在创作时,可能会顾虑到社会影响和个人隐私而采用曲折与隐晦的笔法,从而造成故事中人物行为的诸多难以理解之处。而这些恰恰造成了《莺莺传》的独特魅力,引发后人不断地作出阐释。所以张生与莺莺的爱情故事成了中国古代文学中一个非常重要的母题,鲁迅先生《中国小说史略》有"唐人传奇留遗不少,而后煊赫如是者,惟此《莺莺传》及李朝威《柳毅传》而已"。

张生与莺莺的爱情故事,到了宋金时期,从小说进入到说唱艺术领域。在《西厢记》出现之前,对这个爱情故事描写得最成功,影响力最大的,当算金代董解元的《西厢记诸宫调》,又称为"董西厢"。所谓"解元",是当时社会对一般读书人的尊称,未必即是科举中的乡试第一名。所谓诸宫调,是一种有说有唱、以唱为主的文艺样式。它说的部分使用散文,唱的部分用宫调。相传它由北宋民间艺人孔三传所创。诸宫调因为所用伴奏乐奏不一样而有南北之分,董解元用的是北诸宫调,因此《董西厢》又称为《西厢搊弹词》或《弦索西厢》。董解元用14宫调、191套套曲和2支单曲,以5万余字的篇幅,将崔张爱情故事敷演成一部气势宏伟、叙事曲折、文辞富丽的艺术作品。与元稹《莺莺传》相比,它最大的不同有三:一是在艺术形式上,将此段爱情故事从纯文学转换成了音乐文学,并将之成功地搬上了舞台;二是在故事主题上,以大团圆的结局代替了原本的悲剧性结局;三是在戏曲冲突上,将之描写成捍卫封建礼教的家长与追求自由爱情的青年人之间的冲突。

二、主要剧情

王实甫《西厢记》与元杂剧"一本四折"、一人主唱的传统体制不同,它是五本二十一折、多人主唱。其剧情主要围绕张生与莺莺的爱情展开,其间险象环生、节外生枝、又高潮迭起,有着很强烈的喜剧效果。

《西厢记》叙述了父母双亡、书剑飘零的贫困书生张君瑞,打算到蒲关看望弃文从武、已经官拜征西大元帅的好朋友杜确,然后再赴长安求取功名。到了蒲关后,他去当时名刹普救寺游览,结果突然遇见到大殿散心的前相国小姐崔莺莺。此时崔莺莺父亲刚去世,崔夫人打算带着女儿和儿子扶柩到博陵安葬,结果路途受阻,因此暂时居住在寺里。张生顿时为莺莺的容貌所倾倒,决定不去科举。他随即搬到普救寺院的西厢居住,以谋求接近莺莺的机会,但莺莺的婢女红娘和寺院的长老法本都对他说崔母治家极严,这令他万般焦虑。后来莺莺夜晚到后花园烧香许愿,张生借此机会隔墙作诗以表达自己的相思之情,莺莺当即与之酬唱(图5-3)。正当张生想越墙与莺莺见面时,红娘却将莺莺催走。在长老主持的追奠死者的法事上,张生再次见到莺莺,张生的竭力表现引起了莺莺的格外关注。

图5-3 《西厢记》插图"隔墙酬唱"

图5-4 《西厢记》插图"宴会悔婚"

正在这时,镇守河桥的孙飞虎趁主将失政作乱,带五千士兵包围普救寺,欲抢莺莺为妻。危难之际,崔夫人当众许诺谁能退兵,就将莺莺许配给谁。张生应声而出,他写信给好友杜确请求援助。杜确接到张生的信后连夜带兵前来镇压孙飞虎,崔夫人一家因此转危为安。崔夫人设宴单独款待张生,张生以为是与莺莺的婚宴便欣然赴约,结果崔夫人却让莺莺与之兄妹相称。张生不堪其苦,托醉告辞,临走时他对崔夫人悔婚行为进行了责问(图5-4)。崔夫人告诉张生莺莺先前就已经被许配给了自己的侄儿郑恒,所以只能用重金来酬谢他,张生严辞拒绝,拂袖而去。绝望之际,张生想一死了之,红娘见状深表同情,建议张生不妨以琴传情,来试探莺莺的心迹,然后再想其他办法。莺莺被张生的琴声、歌声和真情深深打动,张生因此又燃起了爱情的希望。

莺莺听说张生病重,便请求红娘前去探望,张生托红娘传情书给莺莺。莺莺的反应大大出乎红娘的意料,她看完信后不但勃然大怒地责备红娘,而且还扬言要将红娘交给崔夫人处置。最后,莺莺要红娘送信给张生,要求张生从此不得对她再有非分之想。红娘见到张生,劝他放弃对莺莺的追求,今后人生当以功名为重。张生拆信后却异常兴奋,原来那是莺莺写的约会情书。张生如期跳墙而至,结果却受到莺莺的道德谴责,他后来在红娘的求情下才狼狈脱身。张生相思病害得更严重了。莺莺央请红娘送一个药方给张生,结果又是约会张生。

图5-5 《元本西厢记》
插图"秋暮离怀"

张生与莺莺终于在红娘的帮助下结合,但他们的暗中往来很快就被崔夫人知道了。崔夫人打算拷打红娘。面对严酷的家法,红娘并不惧怕,她为张生和莺莺的爱情据理力争,对崔夫人晓之以情,动之以理,告诉她只有成全他们方为上策。崔夫人虽然为了维护家族的声誉,答应让张生与莺莺成亲,但却对张生提出一个非常苛刻的要求,即第二天清晨必须赴京赶考,如果没有取得功名,就不要回来了。张生与莺莺万般悲伤地在长亭离别(图5-5)。在驿店里,张生梦见莺莺深夜背着崔夫人渡河来寻找自己,结果两人刚相逢莺莺就被官差们抓走,梦醒后张生非常悲伤,继续赴考。

张生离别莺莺半年后,一举及第,得了个头名状元。张生立刻将此好消息写信派人送给莺莺,以安其心。莺莺收信后,万般开心,不但回信给张生,而且还送上爱情的信物。张生在驿店因思念莺莺而生病。崔夫人的侄儿郑恒来到普救寺后,听说莺莺已经被崔夫人许配给了张生,于是便编造谎言,说张生在京城中举后被卫尚书家奉旨招了女婿。崔夫人相信了郑恒的谎言,决定将莺莺重新嫁给郑恒。张生被授予河中府尹,衣锦还乡,回到家中却受到了众人的责问,有口难辩。最后杜确将军及时赶到,出面揭穿了郑恒的谎言。最终郑恒怀羞触树而死,张生与莺莺夫妻团圆,夫富妻荣。

三、作品主题

从上面剧情的描述来看,《西厢记》主要以华美的词采、细腻的笔法对张生和莺莺俩的相见、相恋、结婚、分离、重逢的全过程作了绘声绘色的描写。虽然它所讲述的是人们极熟悉的青年男女的爱情故事,同时有着源远流长的题材来源与艺术积累,但却成为元代杂剧中极耀眼的篇章之一,有着经久不衰的魅力。它的成功与其所高扬的"愿普天下有情人终成眷属"的主题密切相关。

《西厢记》中存在着两种对立的婚姻模式,一种是以门当户对为基础的,一种是以爱情为基础的。作品着力描写并赞颂的是后者,猛烈批判的是前者。不仅如此,作品还通过丰富的剧情,揭示了爱情的具体内涵。

首先它是一见钟情的。"情不知所起,一往而深"就是青年才子张生与贵族小姐莺莺最初在普救寺里偶然相逢时的感受。作品将张生置于明处,写他一下子被莺莺的美貌和气质所吸引,当下便决定搬到西厢,寻找接近莺莺的机会(图5-6)。可能读者与陪伴张生参观寺庙的法聪和尚一样,认为张生太过于冲动,完全一厢情愿。但实际情况并非如此。张生的决定是对莺莺的反应仔细观察后作出的。张生认为莺莺对他也充满好感,他对法聪这样解释道:莺莺见到他后,面对陌生男子的突然出现,尽管有红娘的催促,尽管离开得比较

图5-6 《西厢记》插图"幽会西厢"

匆忙,但是她在临消失时却回头看了自己一眼,作品原文有"旦回顾觑末下";同时莺莺离开时,她留下的足迹流露了内心的情思,"且休题眼角儿留情处,只这脚踪儿将心事传。慢俄延,投至到栊门儿前面,刚那了一步远"。正是看到"眼角儿留情处",以及"临去秋波那一转"和"慢俄延"等旁人不易察觉到莺莺的细微举动,张生才作出大胆追求的决定。

关于莺莺对张生的好感,除了张生的分析以外,还可以从莺莺后来的言行中得到印证。如当红娘在她面前提起张生对自己所作的莽撞的未婚介绍时,"【旦笑云】红娘,休对夫人说",一个"笑"字、一个"休"字流露出莺莺对张生的好感,对于张生的主动追求内心并不排斥。如在长老主持的法事上,两人再次相见时,莺莺对张生格外关注,"那小姐好生顾盼小生",后来莺莺出场时更直言道:"自见了张生,神魂荡漾,情思不快,茶饭少进","从见了那人,兜的便亲"等。同时还可以从红娘的观察看出,她说莺莺"自见了那生,便觉心事不宁"等。

其次是心灵相通的。虽然作品与一般爱情剧一样,也强调郎才女貌,如张生初次见到莺莺后,对其外貌、神态作出了充分的赞美。而张生的才华则通过多次写给莺莺的情书、在解救普救寺之围时写给杜确的书信以及最终科举考试时一举成名天下知等具体事件展现的。但是与一般作品又有所区别,作品中又不限于郎才女貌。作品中,容貌突出者,不仅是莺莺,也包括张生。如莺莺在法事上仔细地端详张生后赞叹道:"外像儿风流,青春年少;内性儿聪明,冠世才学";如莺莺与张生酬诗后,感叹道:"他脸儿清秀身儿俊,性儿温克情儿顺,不由人口儿里作念心儿里印";如红娘在邀请张生赴崔夫人宴会时,有"据相貌,凭

才性,我从来心硬,一见了也留情"等。同样,有才华的也不仅是张生,而且还有莺莺。如与张生酬唱时的敏捷,所作之诗的清新感人,离别后所写家书的浓热奔放与文辞华丽等。张生对莺莺的才华多次赞誉过,言其"聪明"、"佳人才思"、"这般才思"等。

剧中的爱情除了打破传统的郎才女貌的描写以外,还特别强调两人的心灵相通。这尤其体现在两处,一处是他们隔墙和诗,一处是隔墙弹琴。诗歌与音乐都是人类情感交流的最佳方式。当张生隔墙听到莺莺烧香许愿时说道"心中无限伤心事,尽在深深两拜中",并且还"长吁"时,张生立刻觉得莺莺"似有动情之意",于是便高吟一绝,替莺莺道出了青春的孤寂和情感的落寞,"如何临皓魄,不见月中人",莺莺听后立刻回应了一首,"料得行吟者,应怜长叹人",一个"怜",体现出张生对莺莺深情的关切,以及莺莺内心由衷的感动。酬诗之举也使两人对彼此的才华极为欣赏,如莺莺道"好清新之诗","吟得句儿匀,念得字儿真,咏月新诗,煞强似织锦迴",而张生则曰"好应酬得快也呵","那堪那心儿里埋没着聪明。他把那新诗和得太应声,一字字,诉衷情,堪听",等等。当张生隔墙弹琴、唱歌以诉衷肠时,莺莺立刻近窗聆听,并且感动得泪如雨下,"是弹得好也呵!其词哀,其意切,凄凄然如鹤唳天;故使妾闻之,不觉泪下",由此更加敬重张生,甚至不顾身份请求红娘向张生转达她内心对于母亲悔婚一事的歉意和自己的百般无奈(图5-7)。

图5-7 《西厢记》插图"别后思念"

他们心灵相通的基础是有着共同的人生观与价值观,即都珍视爱情,轻视功名利禄。如张生,原本正在追求功名,但见到莺莺后,便将科举之事抛置脑后,"十年不识君王面,始信婵娟解误人"。在崔夫人的逼迫下,虽然勉强进京赶考,内心却堆满了相思,抱怨道"都只为一官半职,阻隔得千山万水",中举后写给莺莺的信中亦反思道"重功名而薄恩爱者,诚有浅见贪饕之罪"等。再如莺莺,与张生道别时,强调"但得一个并头莲,煞强如状元及第"。所谓"并头莲",在元代是一个非常著名的典故:一对年轻人为了对抗家人的干涉,追求爱情而双双投河自杀,结果第二年河里的莲花一个头上开出了两朵,人们因此以"并头莲"来颂扬美好的爱情。她称功名为"蜗角虚名,蝇头微利",与张生离别后,备受相思折磨,因而感叹"到如今'悔教夫婿觅封侯'"等。

正因为如此,虽然被世俗的礼教所阻隔,难以相见,但他们却心有灵犀:"虽然是眼角儿传情,嗒两个口不言心自省","情引眉梢,心绪你知道;愁种心苗,情思我猜着","我相思为他,他相思为我","我恰待目转秋波,谁想那识空便的灵心儿早瞧破"。在势利冷漠的人世间,他们视对方为知音,人生因而感觉温暖,"知音者芳心自懂,感怀者断肠悲痛","不遇知音者,谁怜长叹人"。他们彼此生命息息相连,同甘共苦,为相思饱受折磨,却终不言弃。

最后是彼此的忠诚。虽然两人的爱情进行得极为坎坷,但最终还是走到了一起。但是结婚之后,在崔夫人的严命下,两人被迫分离。分别时,莺莺对张生充满担心,怕他"停妻再娶妻",要求他"若见了那异乡花草,再休似此处栖迟"时,张生坚定地回答道:"再谁似小姐?小生又生此念。"在他心里,莺莺是唯一的、不可替代的,"佳人才思,俺莺莺世间无二"。张生说到做到,不但"从离了蒲关路,来到京兆府,见个佳人不曾回顾",而且中了状元,脱去布衣,成为官员,人生有了新变化,仍然对莺莺忠诚不二。从郑恒编造张生入赘权贵的谎言能骗过精明的崔夫人、连长老法本都没法替张生辩解等来看,当时书生发达后停妻再娶绝非个别社会现象,但张生却不受时俗污染,及时向莺莺报告了中举的消息,授官后立刻回家与莺莺团圆,发现崔夫人要将莺莺嫁给郑恒时,还竭力辩解。他自言:"我不比游荡轻薄子,轻夫妇的琴瑟,拆鸾凤的雄雌。"

与这样以深挚的爱情为基础的幸福婚姻相对立的,还有符合封建礼法的门当户对的婚姻。崔夫人是封建礼法的严格践行者。她以此来教育与约束莺莺,但结果却是在扼杀莺莺活泼快乐的天性,使她对生活提不起激情,内心充满忧伤。崔夫人以封建礼法为标准所选中的理想女婿是郑恒。虽然作品对郑恒着笔不多,但是其性格、品德与才华显然与张生相去甚远。如当崔夫人孤儿寡母扶柩去博陵安葬时,他并没有陪同;当莺莺全家停滞在普救寺写信要求他前来时,他收到信后"数月"才动身出发;当莺莺一家遭受巨大劫难时,他也不在场。对此,他非但没有歉意,而且还打算骗婚,甚至还打算在骗婚不成功的情况下,派人抢婚。可见郑恒是位品性恶劣的纨绔子弟,作者借红娘之口对其猥琐的行径进行了辛辣的讽刺与嘲笑。试想,莺莺当初如果没有遇到过张生,或是张生面对崔夫人两次反悔没有努力争取,那么她必然在崔夫人的安排下,与这样的小人结合,那她此后人生的悲凉是可以想见的。

所以作品虽然产生于封建社会,却能够对封建礼教进行深刻的批判,并且张扬以纯真的爱情为基础的婚姻,主题显然是超越时代,贴近人性的。这是《西厢记》产生之后,一直到今天,广受欢迎的根本原因。

四、戏曲冲突

《西厢记》的成功,除了与其越超时代的主题相关以外,还与其戏曲冲突的巧妙安排密切相关。作品中的戏曲冲突有两个:一个是崔夫人与年轻人的冲突;一个是年轻人之间的冲突。崔夫人与年轻人之间的冲突是主线。崔夫人,作为一位名门望族的封建家长,以治家极严著称。她对莺莺的管教非常严格,不但对她灌输封建礼教思想,而且还严格约束她的行为,同时她还将红娘安排在莺莺的身边,日夜监视莺莺的活动。关于崔夫人的严厉,可以从最初红娘以及寺庙长老的介绍看出来。崔夫人对于莺莺的婚姻问题,一直坚守"门当户对"的封建礼教传统,她最初将莺莺许配给郑恒,是因为郑恒"祖代是相国之门",父亲又曾任过"礼部尚书"。所以,她怎么也看不上出生寒微、功名无成的张生。这就是为什么张生帮她度过普救寺危机后,她会违背当众许下的承诺,作出了悔婚的决定。这就是为什么她虽然被迫答应两人成亲,接着便安排张生第二天就上路追求功名(图5-8)。"只是俺三辈儿不招白衣女婿"成了她的口头禅。这也是她会轻信郑恒随便编造的谎言,也不愿意听张生真心解释的原因。

图5-8 《董西厢》插图

崔夫人对莺莺的培养和未来婚姻谋划,完全是为了维护家族的声誉,她从不关心莺莺的内心世界,更谈不上了解,所以她处事态度强硬、粗暴,手段极度无情。但是,年轻人并没有因此知难而退。如张生最初从红娘和长老法本听到关于她家教甚严的说法,仍然搬到西厢,寻找接近莺莺的机会。又如莺莺,并没有对崔夫人唯命是从,在没有遇到张生之前,会悄悄背着她独自出来活动。遇到张生后,在他的痴情追求下,不但向张生吟诗诉说自己内心的孤寂,而且还多次巧妙地避过红娘写信约会张生,机智地追求爱情。再如红娘,虽然她非常了解崔夫人的严厉,以及自己卷入这场爱情后可能遭遇到的严重后果,但当她看到张生和莺莺因为相爱而饱受相思折磨、在爱情路上坎坎坷坷时,毅然站到了他们一边,即便面临拷打的威胁也毫不屈服,为他们的爱情据理力争。正因为三位年轻人的团结,才有了崔夫人的最终让步,才有了爱情的最终大团圆结局。

其次,年轻人之间的冲突,这是辅线。三位青年人基于自身的处境、性格和心境对其他人有试探、猜疑与误解。如莺莺与张生,尽管张生对莺莺极尽痴情,但莺莺起初对其并不确信,所以她的行为充满试探性与矛盾性。她初次写诗约会张生,但张生如约而至时,她却一反常态,站在封建礼教的立场上,对张生作出极严厉的训斥,让张生碰了一鼻子灰,心生绝望。如莺莺与红娘,当莺莺发现张生深爱自己而自己内心也有强烈呼应时,她极渴望身边有人能够给他们传情达意。但她身边的红娘却是母亲派来监视自己的,所以她既寄希望于红娘,又不得不提防着红娘。这种提防最显著的表现是她明明托红娘送信约会张生,却故意装出一副严肃的样子,让不识字的红娘以为是绝交书和药方单。红娘对莺莺在这场爱情中的言行不一,即她称之为"假处"与"奸"也是有提防的。如当张生托她给莺莺送情书时,她并没有直接给莺莺,而是悄悄地放在妆台上,莺莺看后假装生气,扬言要将信送给老夫人,她顺势也假装害怕,要到老夫人那里主动自首,此举使莺莺变得极为惊慌,连忙夸赞她"口稳"来讨好她。如红娘与张崔两人的冲突。红娘作为婢女,受崔夫人指派,负责监督莺莺,所以她完全明白一旦莺莺越礼,自己将会承担的严重后果。最初当她发现张生有意要追求莺莺,并且莺莺对张生也有好感时,她对两个人的爱情常常是加以阻挠的。如张生最初与莺莺在大殿里相逢时,当莺莺回头看张生时,红娘连忙催莺莺走;如莺莺与张生隔墙酬诗,张生打算跳过墙头而莺莺又欲上前迎接时,她也将莺莺给催走等,这使两人失去了多次亲密相处的机会。如张生与红娘,张生在追求莺莺的过程中,多次受拒绝,受打击,红娘不但鼓励他,还帮他出主意。正是因为有红娘,这场爱情常常看似走入绝境,但最终又峰回路转。对于红娘的帮助,张生心怀感谢,但是他对于红娘热情帮助的动机却存有误解,认为是贪图物质回报,所以对红娘言:"小生久后多以金帛拜酬小娘子",这对心志高洁的红娘造成了很深的伤害,"哎,你个饿穷酸俫没意儿,卖弄你有家私,莫不图谋你的东西来到此,先生的钱物,与红娘做赏赐,是我爱你的金赀","我虽是个婆娘有志气"。

作品中两个冲突一主一辅:主线氛围严肃、凝重,旨在张扬爱情主题;辅线轻松活泼,充满喜感,旨在调节氛围。这种设计使整部作品"冷""热"相间,有着很好的舞台观赏效果。

五、人物形象

作品塑造了不少惟妙惟肖的人物形象,给读者留下了极深刻的印象。首先是痴情的张生。他满腹才华,追求功名易如反掌,但是当爱情降临时,他毫不犹豫地就放弃了功名。此后虽然也去赴考,都是崔夫人逼迫的结果,并非他本意。所以他对功名一点儿热情也没有,心里想的全是莺莺,在驿店里梦到的是莺莺,等待授官时,会因为思念莺莺而生病。在追求莺莺的过程,虽屡遭挫折却百折不挠。如起初听到大家言及崔夫人治家极严时,虽然焦虑但仍然搬到了西厢;如尽管莺莺对其追求,最初非但没有明显的回应,甚至还对他进行过沉重的打击,但这些并没有消减他对莺莺的百般热情等。所以红娘称其为"志诚种"、"傻角",叹道"普天下害相思的不似你这个傻角"(图5-9)。

专注于爱情中的张生举止率真,行为可爱。如初

图5-9 《西厢记》插图"书馆相思"

次见到红娘,为了能从红娘那里打听到莺莺的消息,他竟不顾身份唐突地向红娘作起了自我介绍,特别强调了自己二十三岁未曾婚娶的现状,结果遭到了红娘的一番奚落。如他与寺院长老法本见面时,看到红娘来找长老,便因为自己爱慕莺莺,所以"推己及人",认为长老与红娘有暧昧关系,主动提出替他做掩护工作,结果弄得长老极尴尬。如接到莺莺的约会情书后,他因为激动在深夜将红娘错当作莺莺紧紧地抱在怀里,倾诉相思。如普救寺之围解除后,他把崔夫人的宴会邀请误当成是成亲的宴会,刻意精心地打扮了一下自己,"皂角也使过两个也,水也换了两桶也,乌纱帽擦得光挣挣的",临走时还不放心,又请红娘把把关,此番举措让红娘捧腹大笑,"来回顾影,文魔秀士,风欠酸丁。下工夫将额颅十分挣,迟和疾擦倒苍蝇,光油油耀花人眼睛,酸溜溜螫得人牙疼。"他会用手抵着牙齿,努力地回想莺莺的样子;他会依着门用手抵着腮帮子在心里数着脚步,焦虑地等待着莺莺的来临;他会为自己无钱作聘礼而焦虑;会因为崔夫人的悔婚而伤心地喝醉;会为了争取机会,给婢女红娘下跪;会装病卧床;会寻死觅活;会当众指天发毒誓。

其次是由含蓄内敛到热情奔放的莺莺(图5-10)。与张生的单纯可爱不同,莺莺个性相对复杂。作为一位受过礼教浸染和严格家教约束的贵族小姐,她最初表现出温和顺从、含蓄内敛的个性。虽然她对自由极向往,曾背着母亲走出闺房,但一旦受到母亲的严训,便立刻谢罪。虽然她在寺院散心看到落花无数会无限伤感,夜晚在花园里烧香许愿时会百般惆怅,但她却将这些情感深藏于心,从不找人倾诉,即便是日夜相随的红娘。但是当她遇到张生,为其才情所打动时,她逐渐表现出叛逆、勇敢与热情奔放。

图5-10 《北西厢秘本》插图"红娘传书"

当她从红娘那里得知张生爱慕自己时,她让红娘不要告诉母亲;与张生酬诗后,为其才华所倾倒,开始抱怨红娘的形影不离和母亲的严格约束;崔夫人悔婚时,她当场表现出悲伤,对母亲的失信行为表示了万分的愤慨;隔墙听琴时,对于张生的埋怨,她真诚地作出解释:"这是俺娘的机变,非干是妾身脱空;若由得我呵,乞求得效鸾凤。俺娘无夜无明并女工,我若得些儿闲空,怎教你无人处把妾身作诵",称母亲为"狠毒娘";后来她更是多次背着母亲与红娘写信约会张生。

莺莺的热情奔放在长亭送别时表现得最为突出。在告别宴会上,她万般伤心,面对满桌佳肴,却口不能咽。她含泪地嘱咐张生不要贪恋功名,要感情专一、心无旁骛,出门在外千万珍重。收到张生书信后,她更是寄去爱情的信物,托物言志,希望张生能像自己一样坚守爱情。她对张生的珍视、担心、牵挂再也不去隐藏,而是如火山喷发似的一股脑儿脱口而出。

再次,是热心肠的红娘。在这场爱情中,如果没有红娘的帮助和从中斡旋,两位年轻人是很难走到一起的。最初是红娘告诉莺莺:张生对她有爱慕之情。崔夫人悔婚后,莺莺虽然愤慨却无计可施,张生感到绝望后只想一死了之,是红娘出了主意,让他们通过琴声、歌声来互诉衷肠,再次坚定了对爱情的信念。虽然莺莺多次写信约张生,但总是放不下大小姐的架子,不能完全突破礼教的束缚,是红娘借着要去老夫人处自首的恐吓将莺莺的心思挑明。当莺莺与张生得知崔夫人知晓他们暗中来往的情况时,只是害怕,是红娘勇敢地与老夫人对话,抓住老夫人重视家风和社会声誉的虚荣心理,入情入理地作出了一番利弊分析,使这场地下的爱情终于浮出水面,变得合法。红娘冒着被崔夫人打下半截的巨大危险,承受着莺莺不信任的巨大委屈和张生的诸多误解,为这场爱情日夜奔走,只是基于对两位当事人为爱憔悴的同情,只是为了成人之美,并非为了谋取任何个人私利,"我向这筵席头上整扮,做一个缝了口的撮合山"。红娘身上除了热心以外,还有伶俐可爱、机智勇敢、敢做敢当等特点。

最后,是固执无情的崔夫人。关于崔夫人,上文在分析作品主题与戏曲冲突时,已经对她多有论述。总之,她是一位恪守封建礼教的家长,为此她可以牺牲莺莺一生的幸福,其个性的顽固、无情且伪善令人生厌。对于她的描写,作品有直接的,也有间接。间接的,如红娘与长老法本先后对张生所作的描述;直接的,如她的两次悔婚,如她逼新婚的张生立刻赶考等。

除了这些主要人物以外,其他一些人物虽然着笔不多,却也很生动,如不守清规戒律而充满侠义精神的惠明,仗势欺人却外强中干的郑恒等。

六、当代价值

《西厢记》以贫寒的书生为描写对象,讲述了一位父母双亡、飘零江湖的张生,以其满腹的才华和缠绵的痴情打动了相国小姐崔莺莺,最终经历了诸多坎坷后结成秦晋之好,拥有了美满的婚姻和得意的仕途(图5-11)。如果我们将这部传神动人的爱情故事放到它产生的社会去考察,会发现它产生的土壤其实极为贫瘠。前面在描述元代杂剧兴盛的原因以及分析关汉卿平民文人的身份时,已经言及元代文人悲凉的生存状况。元代统治者取缔科举制后,实行举荐制,明代王圻《续文献通考》卷37:"元时用人,多由荐举。后虽科举间行,而以征授官者,正未可一二。"此举迫使得绝大多数文人走上了传统的游士之路,元代袁桷《赠陈太初序》:"世祖皇帝,大一海宇,招徕四方,俾尽计划以自效,虽诞谬无所罪,游复广于昔。……朝廷固未尝拔一人以劝,使果拔一人,将倾南北之士,老于游而不止也。"但做游士的结果却往往是奔走无门,最终只能在贫穷、悲凉中度过一生。元代戴表元

《送方中全北行序》:"仕又必须材望,虽有家门之行,乡曲之誉,而非官府公荐、公卿通和,则不可必得,往往沉埋窜伏,没世而无闻者多矣。"元代马致远【越调·天净沙】《秋思》中所描写的"断肠人",其实就是元代前途窘迫、人生迷茫的知识分子的真实缩影。所以《西厢记》所描述的张生幸福美满生活其实距离元代读书人非常遥远。它实际上是由强烈的感情和美好的想象所熔铸出来,故带有极强的浪漫气息,表现出以王实甫为代表的身处逆境的元代文人对美好生活的执着向往和不懈追求。文学就是如此神奇,既基于现实又超越现实,能给苦难者带来美好的心灵慰藉,给后来者指明人生应当努力的正确方向!

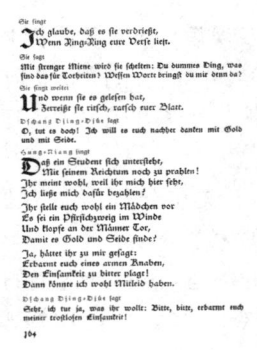 

图 5-11 《西厢记》外文书影(德语)

《西厢记》因为高举反封建旗帜,所以在封建时代命运多舛,多次遭到禁毁与歧视。如清朝乾隆十年朝廷将之列为"秽恶之书",认为"愚民之惑于邪教亲近匪人者,概由看此恶书所致";如清同治七年,江苏巡抚丁日昌下令查禁"淫词",其中就有《西厢记》,提出当时"几于家置一编,人怀一箧"、"若不严行禁毁,流毒依于胡底"。尽管如此,它却始终成为封建时代被压抑被束缚的青年人追求个性解放和婚姻幸福的巨大精神支柱。如被誉为中国古典小说四大名著之一的《红楼梦》,就有贾宝玉与林黛玉相伴共读《西厢记》的温馨镜头,他们以此来婉约含蓄地传递出内心对于爱人的强烈爱慕。所以《西厢记》自问世以来,便家喻户晓,人们甚至将之与《春秋》相提并论。其流传之广、影响之大,仅从刊本流传便可以看出。据不完全统计,明代《西厢记》的刊本就高达110种,而清刊亦有70多种。作为舞台艺术,它还被多种剧种改编上演,一直深受大众喜爱。如今,随着时代的进步和文明的发展,《西厢记》直接抨击的封建礼教已经退出了历史舞台,但是作为一部经典,仍然焕发着活力,滋补我们的精神。因为其所言及的爱情,作为人类永恒的不懈追求,所遭受的阻力从未消失过。就当下而言,物欲横流,金钱崇拜,这种不良之风会对人的精神产生巨大的腐蚀,爱情正在与大众渐行渐远。此时,当我们去亲近并阅读《西厢记》,无疑可以唤起人们对爱情的珍视,激发对精神的美好向往,追求纯美至善的人生。

第六讲　高明与《琵琶记》

第一节　高明

高明（图6-1），字则诚，元代著名的戏曲家。自号菜根道人，出生在浙江省瑞安县崇儒里阁巷树。至正年间中进士，后在浙江处州、杭州等地做过录事、都事等小官。元末战乱时期，归隐在宁波南乡的栎社，以词曲自娱。《琵琶记》大概就写于此时。

图6-1　高明画像

第二节　《琵琶记》

一、故事来源

《琵琶记》是高明根据在民间长期盛传的南戏《赵贞女蔡二郎》改编而来的。在元代，杂剧由于极受时人的喜好且有众多文人参与创作，因此盛行天下。相比之下，南戏则发展缓慢，《赵贞女蔡二郎》与《王魁》一起被视为南戏最初的代表作品，明代徐渭《南词叙录》："南戏始于宋光宗朝，永嘉人所作《赵贞女》、《王魁》二种实首之"，它们讲的都是男子负心的故事。

《赵贞女蔡二郎》讲述的是读书人蔡伯喈的故事。这个故事早在宋代就在民间广为流行，如陆游《小舟游近村，舍舟步归》："斜阳古柳赵家庄，负鼓盲翁正做场。身后是非谁管得？满村听说蔡中郎"；而明代徐渭《南词叙录》亦有："即旧篇伯喈弃亲背妇，为暴雷震死"等。其实这里的"蔡伯喈"只是借用了东汉名士蔡邕的姓名，所讲故事与历史上的蔡邕没有任何关系。

其故事梗概如下:蔡伯喈上京赶考,贪恋富贵功名,长期不归,赵五娘独力支撑门户,在蔡家父母死后到京师寻访蔡伯喈,结果蔡伯喈非但不相认,而且还以马踩赵五娘,他最终被暴雷震死。故事中的蔡伯喈是个不忠不孝的反面人物,与此相反,赵五娘则孝顺公婆,艰苦持家,公婆去世,她罗裙包土,替公婆筑坟,背着琵琶上京寻夫,丈夫却不相认,是个孝顺贤惠的苦命妇女。

《赵贞女蔡二郎》所反映的是宋代科举兴盛以后,读书人发迹变态、富贵易妻的不正常社会现象,虽然故事中融入了迷信的成分,但表达的却是下层百姓的伦理道德观念,即对此类读书人的强烈批评和对不幸女性的巨大同情。

二、创作动机

高明《琵琶记》虽然有故事来源,但却不受它的束缚,进行了全新的创作。高明《琵琶记》有着非常明确的创作动机:一是替蔡伯喈平反。明代徐渭《南词叙录》:"惜伯喈之被谤,乃作《琵琶记》雪之。"这种主旨有着深厚的社会现实背景。关于元代读书人悲惨的生活状况,在前面分析元杂剧繁荣的原因以及《西厢记》时已经多有涉及。据现存典籍来看,元代读书人生活贫困、长期漂泊江湖、客死异乡者比比皆是。如《录鬼簿》所载的曲家几乎都为"沉抑下僚"者,如著名的散曲家张可久为了生计七十八岁还在外做幕僚为生,著名画家王冕年迈后因为个性耿介且生病,不能够干谒权贵,结果常常饱受饥饿和病痛的折磨。所以对元代文人而言,非但没有靠科举制"发迹"、"变态"的机会,而且自身命运还值得人们同情。因此,再继续宋时对读书人的批判与声讨,显然不符合元代的现实。除此以外,高明还想借助《琵琶记》来宣扬封建伦理道德。高明认为戏曲的价值在于教化人心,而不是为了娱乐,因此戏曲内容的重要性要远远高于它的艺术性,"今来古往,其间故事几多般。少甚佳人才子,也有神仙幽怪,琐碎不堪观。正是:不关风化体,纵好也徒然","论传奇,乐人易,动人难","休论插科打诨,也不寻宫有选举权调,只看子孝共妻贤"。

《琵琶记》最终将原本在民间盛行的不忠不孝的蔡伯喈塑造成了全忠全孝的文人。从《琵琶记》的接受来看,高明的这种追求显然得到了很好的实现。《琵琶记》不但与王实甫的《西厢记》一并成为元明时期最受欢迎的戏曲作品,如明代王骥德《曲律》称之曰:"古戏必以《西厢》、《琵琶》称者,遽为恒文";再如明代何良俊《曲论》也言:"近代人杂剧以王实甫《西厢记》,戏文以高则诚之《琵琶记》为绝唱";而且还受到明代开国皇帝朱元璋的高度赞誉,《南词叙录》:"时有以《琵琶记》进呈者,高皇笑曰:……高明《琵琶记》,如山珍、海错,贵富家不可无。"

三、主要情节

《琵琶记》的结构相当宏大,共有四十二出,其情节大致如下:

东汉蔡邕字伯喈,深于经学,兼能诗文,生于圣明之世,怀抱经济之才,但因为其父母皆年迈,所以绝了功名之心。他与赵五娘新婚二月后,朝廷下榜招贤,太守把他的名字报了上去。考期将近,蔡伯喈因舍不得双亲,决心辞考。但他父亲却不顾母亲的强烈反对坚决逼其赴京赶考。迫于父亲的严命,他只好与新婚的妻子作别。他进了京城后,一举中了状元。此时正逢位高权重的牛太师选婿,皇帝于是建议牛太师招蔡伯喈为婿。但蔡伯喈以父母年老在家乡且有妻赵氏为由坚决拒绝,并且还上表皇帝请求辞官,归乡养亲。牛太师被激怒,上奏朝廷,最终将蔡伯喈强行招赘到牛府。蔡伯喈在牛府里度日如年,知晓家乡遭受饥荒后更是万般担忧,他暗中托人送信给家人,结果却遇到了骗子,从此与家人失去了联系。牛小姐知晓了蔡伯喈心思后,跟父亲据理力争,牛太师最终答应派人将蔡伯喈家人全部接到京城。

图6-2 《琵琶记》插图"开仓赈济"

面对极严重的饥荒,赵五娘一人苦苦支撑着家庭的重担,生活极为艰难。为了度过难关,她先是典卖钗梳首饰,后来又走出深闺,去领朝廷发放的救济粮(图6-2),结果却被贪污的里正暴力抢走。公公非常后悔自己当初的行为,面对苦难,想一死了之,赵五娘苦苦相劝,后来得到邻居张大公的慷慨相济,才得到了些米,艰难度日。眼看家中粮食殆尽,赵五娘便把米给公婆吃,自己躲到一边吃米糠,结果反而被公婆的误解,以为她在背着他们吃好的。真相大白后,公婆非常羞愧。公公、婆婆不久相继得病去世。为了给两位老人安葬送终,赵五娘先是剪发沿街叫卖,后来又独自用罗裙包土给公、婆筑坟。赵五娘的行为感动了神灵。在神灵的相助下,她筑坟成功。又在神灵的启示下,赵五娘扮成道姑,背着公婆的肖像,沿途弹唱乞讨,千里迢迢地去京城寻找蔡伯喈。

到了京城,恰逢弥陀寺开会,赵五娘便把公婆的肖像放置到供坛上礼拜。此时,蔡伯喈亦来寺中为父母祈福,赵五娘回避时匆忙间来不及收拾肖像便避去,结果肖像被蔡伯喈的随从取走,放进蔡伯喈的书房。赵五娘得知遇到的就是丈夫蔡伯喈,便登门探讯。恰逢牛府要招收使女,她于是被牛小姐留了下来。后来经过深入的交谈,牛小姐知晓赵五娘就是丈夫的前妻。听完赵五娘的苦难经历后,牛小姐非常难过,深表同情,以姐姐称呼赵五娘。赵五娘按照牛小姐的吩咐在公婆的肖像上题诗一首,蔡伯喈公务归来后读到这首诗后非常奇怪。在牛小姐的引见之下,他们夫妻最终相认(图6-3),百感交集。蔡伯喈于是请示太师及朝廷,带着两位妻子归乡守孝。三年后,太师奏闻朝廷,奉旨去蔡伯喈的家乡,授予他们一门旌表,蔡伯喈最终也被授予中郎将之官职。

四、作品主题

从上述剧情来看,蔡伯喈不能赡养父母,致使他们在荒年饿死,并且让他的妻子承受了巨大的生活苦难,都不是他个人的主观意愿。蔡伯喈因为父母年纪高迈,所以尽管满腹才华,却打算与家人誓守在一起,过田园生活,"真乐在田园,何必当今公与侯"。但他的

图6-3 《琵琶记》插图"书馆悲逢"

行为却不为父亲所理解。他父亲认为孝有大小、始终之分,其中登朝入仕、荣耀父母是大孝,"以家贫亲老,不为禄仕,所以为不孝"、"你去做官时节,也显得父母好处,不是大孝,却是甚么"。他认为蔡伯喈无心功名并不是真心出于孝道,而是因为新婚燕尔,贪恋妻子。父亲的话使蔡伯喈有口难辩,无奈之下,只好进京赴考。尽管蔡伯喈离家时,对家事作了妥当的安排,不但将年迈的父母和娇弱的妻子托付给邻居张大公,而且与妻子分别时,又万般嘱咐她要赡待公婆。临别前,他仍然对家人充满担忧,"只怕万里关山,那更音信难凭","正是马行十步九回头。归家只恐伤亲意,阁泪汪汪不敢流"。

到了京城,他一举即中,但从此人生却不能自主。先是牛太师逼婚,后来他想辞官,皇帝又不允许。入赘到牛府后,尽管蔡伯喈生活上锦衣玉食,仕途上如鱼得水,身边还伴有美艳贤慧的牛小姐,但他却因为思念家人而终日双眉紧锁、愁肠百结、度日如年。新婚之夜,虽然惊于牛小姐的美貌,但心中想的却是千里之外音信全无的家人,"细思之,此事岂吾意欲?有人在高堂孤独。可惜新人笑语喧,不知我旧人哭。兀的东床,难教我坦腹"。独处时,他常常弹琴来排遣内心的忧愁,当牛小姐要他弹奏时,他虽然强作欢颜,但演奏的都是那些表达失去伴侣和思念家乡之类的忧伤乐曲。后来他听说家乡发生饥荒,尽管他十分惧怕牛太师,但是仍然暗中花重金找人寄信给家人。当牛太师同意派人去接他家人时,他还虔诚地到寺庙里为家人的平安到来祈福。

可见,造成蔡伯喈人生悲剧的原因是他所处的社会,概括而言,即"三不从":辞考,父亲不从;辞婚,牛太师不从;辞官,皇帝不从。可见,作品中蔡伯喈的个人愿望与社会要求之间始终存在着巨大冲突。面对强大的社会压力,蔡伯喈先是进行坚决的抗争,抗争无果后,内心充满着无穷的忧愁。他的忧愁深深地打动了身边的牛小姐,在牛小姐的劝说下,不但牛太师转变了心意,而且蔡伯喈还与赵五娘团圆,同时又在牛太师的帮助下,蔡伯喈

携妻回乡替父母守孝,最终得到朝廷的表彰。所以蔡伯喈始终是一位全忠全孝的读书人形象。作品借蔡伯喈宣扬了封建的伦理道德观念。

正因为如此,作品中除蔡伯喈以外,不少被歌颂的正面人物身上也体现出非常浓厚的封建伦理道德意识。如牛小姐,虽然正值青春年少,却清心寡欲,心如止水,独爱清幽,整日里藏在深闺,埋头做女红。她不仅自己如此,对婢女也作如此严格的要求,惜春曾报怨道:"我伏侍着你时节,见男儿也不许我抬头看一看。"唯一让她内心起波动的是蔡伯喈的辞婚,她当即向父亲表示不愿强人所难。后来知道蔡伯喈已经有妻子、且父母远在他乡的真相后,她也极通情达理,不但请求牛太师放她跟蔡伯喈一起回乡,而且还愿意以小妾的身份去照顾公婆以尽妇道,被牛太师拒绝后,她更打算以死的方式让蔡伯喈摆脱牛太师的逼迫,从巨大的痛苦中解放出来。牛太师正是在她的劝说下才顿悟过来。后来她与赵五娘相认后,非但不嫉妒、不迫害,而且还不顾相府小姐的尊贵身份,称之为姐姐。可见,牛小姐是封建伦理道德的不折不扣的践行者。

除了牛小姐以外,赵五娘身上也留有这样的烙印。她对于蔡伯喈新婚不久便赴京求取功名,虽然也有埋怨,但是其出发点却不是基于自己的幸福考虑,而是觉得蔡伯喈没有尽到孝道。蔡伯喈走后,她自觉地承担起照顾公婆的重任,其出发点是"索性做个孝妇贤妻,也落得名标青史","奴家一来要成丈夫之名,二来要尽为妇之道,尽心竭力,朝夕奉养"。她公公去世前,出于对蔡伯喈一去不归的愤慨和对赵五娘孝心的真诚感动,邻居张大公写书让她不要守孝,早点嫁人,她毅然拒绝道:"自古道:忠臣不事二君,烈女不嫁二夫,休写,公公","我一鞍一马,誓无他志"等。同样,她千里寻夫,也不是为了自己的未来考虑,而是为了公婆,"非是奴寻夫远游,只怕我公婆绝后"。作品中,将蔡伯喈称为"全忠全孝",将赵五娘誉为"有贞有烈",所谓"忠"、"孝"、"贞"、"烈"都隶属于封建伦理道德的高度范畴。

作品最终以蔡伯喈辞官携二妻回家为父母守孝三年,朝廷派牛太师亲自前往进行表扬,并且让蔡伯喈重新做官,以报忠朝廷,这种美满的大团圆结局安排所体现的也是对封建伦理道德的高度颂扬。

五、人物形象

高明《琵琶记》着力塑造的人物形象主要有两个,一个是蔡伯喈,一个是赵五娘,前者是作者着力塑造的。蔡伯喈是一位书生,饱读经书,深受封建礼教思想的影响,竭力践行封建伦理道德,但是此时封建伦理道德本身却出现了不可调和的矛盾,即守孝便不能尽忠,尽忠便不能守孝。面对这种矛盾,蔡伯喈显然找不到解决的办法,因此他在行动上常处于进退两难的境界。面对严父、权臣以及至高无上的皇上,他虽然也有对抗,但最终都选择了妥协,过着委曲求全的日子。他入赘牛府后,面对强权,尽管他知道牛小姐是位通情达理之人，但是也不敢向其倾诉，以防激怒牛太师后，永远失去与家人团圆的机会。他只是幻想任满后，能够申请归乡任职。牛小姐要与牛太师据理抗争，他也不同意，牛小姐要自杀时，他也坚决反对。因此他是一位性格极怯懦的书生。

他的这种软弱个性，在剧中最鲜明的体现，便是常常与泪水相伴。如他内心不愿意赴考，但是迫于父亲的严命，只好含泪前行；如当牛太师逼婚时，他上朝向皇帝请愿，结果连觐见的机会也没有，他只能在朝廷上痛哭；如遭遇逼婚后，他在牛小姐面前强颜欢笑，但背地里却以泪流面等。他常常提醒自己要"隐忍"，"不如姑且隐忍，和夫人都瞒了，且待任满，寻个归计"，"不如姑且隐忍，改日求一乡郡除授，那时却回去见双亲便了"。可是他"隐忍"的结果却是自己滞留在牛府，与家人失去联系，而家人则处于水深火热之中，最终父母双亡，妻子饱尽折磨。如果不是牛小姐替其出面，如果不是赵五娘一路艰难地来到京城，他连家人生死存亡的信息也无从知晓。

蔡伯喈虽有满腹才华却缺乏行动能力，他是封建时代绝大部分知识分子的代表。面对无情的社会压力和不合理的社会现状，他们往往不是采取抗争的态度，而是隐忍，幻想着去调和。但是这样做的结果，往往铸就的都是悲剧。所以蔡伯喈这一形象极富典型性，在封建时代具有警示性与批判性。

与蔡伯喈的怯懦相比，赵五娘这一形象则显得极为高大、光辉。虽然在作者的意图中，她与蔡伯喈一样，是作为封建伦理道德的模范而塑造的，因而作品中时常会突现她对于封建礼教的践行。关于这点，前文在分析作品主题时已经详细论及。但是赵五娘身上所展现出来的诸多美德却不是封建伦理道德所能完全包容的。她身上同时具有中国传统女性的坚强、善良和强烈的自我牺牲精神等优秀品德。面对可怕且遥遥无期的饥荒，在无人可依靠的情况下，她勇敢地走出深闺，独自一人承担起家庭的重担。在粮食殆尽时，她也曾绝望地想到一死了之，但始终没有这样做，因为自己此时是两位老人唯一的依靠，"几番拼死了奴身己，争奈没主公婆教谁看取"，"只一件，公婆老年纪，靠奴家相依倚，只得苟活片时"。为了让公婆死后有尊严，她不但剪发筹钱而且还用手挖土以罗裙裹土来筑坟，为了让两位老人在天之灵得以安息，她还卖唱乞讨千里寻找蔡伯喈的行踪。在苦难面前，为了年迈的老人能够活下去，她可以牺牲自己的首饰、衣服、身体与容貌。可见，灾难非但没有把赵五娘打垮，反而起激发她人性中的可贵品德。这些优秀品德至今令每位读者感动。

六、结构与曲辞

1. 双线条的艺术结构

《琵琶记》在叙事结构上非常独特，采用了双线条（图 6-4）。这使得它尽管结构宏大，但叙事却井然有序，脉络分明。作品一条线以蔡伯喈为叙事主体，描写他辞亲、赴考、

图 6-4 琵琶像

高中、入赘与作官;一条以赵五娘为叙事主体,描写她在家乡,面临饥荒,如何苦难挣扎,竭尽全力侍养公婆,公婆去世后,又如何艰难安葬,以及后来不畏艰难千里寻夫。这两条线索交错发展,不但使全剧结构显得极为紧凑,同时两条线索还构成鲜明的对比:一边是赵五娘全家在饥荒中的苦苦挣扎,不但要吃糠度日,而且两位老人还因此被夺去了生命,生活充满忧愁与痛苦;一边是蔡伯喈入赘牛府后,与牛小姐过着张灯结彩、雍容华贵的新婚生活,赏月、弹琴、饮酒等极尽风雅。这种对比不但强化了戏剧的冲突,而且还增强了作品的悲剧感。

除了这两条主线以外,作者还在其中穿插了诸多细琐的情节,从而将故事置于更开阔的社会环境中展示,使观众能够对产生此悲剧的社会有更加丰富的认识。如写里正和社长,他们在和平时以公济私,在危难时损人利己,朝廷官员对他们劣迹虽然了如指掌却并不加以严惩,凸现了当时社会底层百姓所遭受到的苦难,不仅是天灾,更是人祸。如写张太公为人仗义,极重然诺,在蔡伯喈离家后,面临可怕的饥荒,多次在赵五娘绝望之际伸出援助之手;当容貌俱损的赵五娘要进京寻夫前来与之道别时,他对赵五娘的未来充满了担忧,提醒她要借机行事等。这不但展现了乡村百姓间可贵的邻里之情,而且还反衬出当时社会普遍的世态炎凉。同时,还有不少情节描写,与故事的整体发展看起来关系似乎并不大。如牛小姐婢女惜春的青春难耐,院公与婢女在牛太师不在时的嬉闹,科举设制的科目为做对、猜谜与唱曲的荒诞,状元游街的滑稽可笑,媒婆行走于达官权贵家的花言巧语等。这些描写轻松搞笑,增强了作品的观赏性。

2. 戏曲曲辞

除了结构上的双线索以外,作品在曲词方面也显示了作者高超的语言驾驭能力,深受人们的赞誉。如明代徐渭《南词叙录》:"用清丽之词,一洗作者之陋,于是村坊小伎,进与作者相参,卓乎不可及也";如明代徐复祚《曲论》亦赞道:"文章至此,真如九天咳唾,非食烟火人所能辨矣"等。

《琵琶记》曲辞的成功在于高明能够紧扣住人物的身份和特定的场景,真切地描摹和刻画人物的内心世界。如明代王世贞(图 6-5)《曲藻》:"则诚所以冠绝诸剧者,不唯其琢句之工、使事之美而已,其体贴人情,委曲居尽,描写物态,仿佛如生;问答之际,了不见扭造,所以佳耳";又如清代李调元(图 6-6)《雨村曲话》:"此曲体贴人情,描写物态,皆有生气,且有稗风教,宜乎冠绝诸南曲,为元美之极赞也。"因而曲辞中"本色"与"文采"并行。"文采"体现在那些描写牛府生活,以及表达蔡伯喈与牛小姐内心情怀的词曲,它们词采华

美、典雅,体现了很高的文化修养。如牛小姐在中秋望月时所唱的两支曲辞:

【念奴娇】楚天过雨,正波澄木落,秋容光净。谁驾玉轮来海底,碾破琉璃千顷。环佩风清,笙歌露冷,人在清虚境里。

【本序】长空万里,见婵娟可爱,全无一点纤凝。十二栏杆,光满处,凉浸珠箔银屏。偏称,身在瑶台,笑斟玉斝,人生几见此佳景?(合)惟愿取,年年此夜,人月双清。

图6-5 王世贞画像

图6-6 李调元画像

在她的眼前,世界如此清澈、透明而高洁。此曲展示了一位深处侯门、有着很高文化修养的贵族小姐内心世界的至善纯美。

"本色"主要体现在描写蔡伯喈家人在陈留的生活,特别是赵五娘的内心感受,曲辞往往朴实无华,但却情感充沛,感人至深。明代徐渭《南词叙录》:"惟《食糠》、《尝药》、《筑坟》、《写真》诸作,从人心流出。"如赵五娘吃糟糠时所唱的曲子:

【山坡羊】【旦上】乱荒荒不丰稔的年岁,远迢迢不回来的夫婿。急煎煎不耐烦的二亲,软怯怯不济事的孤身己。

【孝顺歌】呕得我肝肠痛,珠泪垂,喉咙尚兀自牢嘎住。糠啊,你遭磨被舂杵,筛你簸扬你,吃尽控持,好似奴家身狼狈,千辛万苦皆经历。苦人吃着苦味,两苦相逢,可知道欲吞不去。

【前腔】糠和米本是相依倚,被簸扬作两处飞,一贱与一贵,好似奴家与夫婿,终无见期。丈夫,你便是米呵,米在他方没处寻;奴家恰便是糠啊,怎得把糠来救得人饥馁,好似儿夫出去,怎得教奴供膳得公婆甘旨。

每句的开头均用叠字手法,如"乱荒荒"、"远迢迢"、"急煎煎"及"软怯怯"等,既传神地再现了赵五娘饱受饥饿折磨后的神智恍惚,又传递了赵五娘作为一位弱女子,在可怕的灾难面前内心的焦虑与六神无主。并且用乡村日常生活中最常见的米与糠来比喻赵五娘与蔡伯喈迥然不同的人生境况,传递出赵五娘内心巨大的悲痛,极形象生动,真切感人。

七、当代的价值

高明将原本在民间广为流传的故事进行改编,最终将造成蔡伯喈父母双亡、妻子背井离乡千里乞讨的人生悲剧归之于社会,从而突现出个人与社会在伦理道德方面所存在的巨大分歧。高明在此剧中有着明显的道德意图。

将此剧放到它所产生的元代这一特定社会背景中去考察,我们会发现自汉代以来所形成的以儒家思想为主体的传统文化受到了前所未有的极大冲击。之所以如此,与执政者为蒙古人密切相关。当蒙古人以破竹之势灭金、灭南宋,进而统一全国成为统治者时,正处在奴隶社会,而此时被统治者已经走过了漫长的封建时代,所以在文明程度上,两者显然存在着巨大的差距。元代统治者对于底蕴深厚的汉文化始终存在着巨大的隔膜。以元代帝王忽必烈为例,虽然他曾被《元史》的修撰者赞誉为"度量弘广,知人善任使,信用儒术,用能以夏变夷,立经陈纪,所以为一代之制者,规模宏远矣",但是他对于汉文化却始终持存疑态度。如他未登基时曾向窦默询问"何为三纲五常",并且对于当时在蒙古贵族当中盛传的"云辽以释废,金以儒亡"的言论也持半信半疑的态度,还专门就此询问过张德辉;登基以后,还对赵良弼言"汉人只是课赋吟诗,将何用"等(元代苏天爵《元代名臣事略》)。忽必烈尚且如此,其他元代蒙古贵族的情况更是可想而知了。

实际上,元代蒙古贵族对于汉文化的隔膜、不理解以及由此产生的排斥情绪一直到元末仍然存在。如元末人们对于如何教育太子仍然存在着巨大分歧,帝师曾向太子的母亲道:"向者太子学佛法,顿觉开情,今乃受孔子之教,恐损太子真性"(元代陶宗仪《辍耕录》),而太子本人也表示难以接受儒家文化,"李先生教我读儒书许多年,我不省书中何意。西番僧教我佛经,我一夕便晓"(《庚申外史笺证》卷下)。因而终元一代,积极倡导和推行汉文化的朝臣会受到蒙古贵族的集体排斥。如耶律楚材,这位曾效忠过成吉思汗和窝阔台两位帝王将近三十年的大臣,虽然满腹经纶、被选誉为"治天下匠",但逝世后人们却如此评价他:"而公以一书生,孤立于庙堂之上,而欲行其所学,夐夐乎其难哉",由此可见他的孤掌难鸣和壮志难酬(元代苏天爵《元代名臣事略》)。

与汉文化的受排斥与被破坏相对,蒙古人的诸多文化习俗又在当时社会扩散开来。如前面《窦娥冤》一讲中提及到的男子乐于入赘,而女子亦不以改嫁为耻。另外蒙古人没有守孝的习俗,并且贵幼贱老,普遍实行过继婚,即女子丈夫死后,可以被丈夫家族中的晚辈男子过继为妻子等。不同文化习俗的多元共存且冲突不断,造成了元代社会伦理道德极度混乱的局面,进而对社会的稳定构成巨大的威胁。《窦娥冤》反映的是元初状况,《琵琶记》反映的是元末情况。所以终元一代,许多有识之士出于忧国忧民的情怀,针对这种混乱状况,纷纷上奏朝廷,献计献策,要求进行道德整治,以企挽求岌岌可危的局势。

高明创作此剧,通过描述社会道德混乱对于儒生所造成的人生不幸,通过对蔡伯喈、赵五娘和牛小姐三位光辉形象的塑造,以及最终一夫二妻大团圆和夫贵妻荣结局的描写,表达了对当时道德建构的积极参与以及所持的明确立场。显然他主张弘扬传统文化,以此作为基石,建造美好和谐的人生和社会。高明的这种道德意图,在元末因为时局动荡并没有受到统治者的足够重视。明初朱元璋独具慧眼,看出了它的伦理道德价值,进而作了大力宣扬,从而为刚刚开创的大明王朝确立了伦理道德建构的总体方向。因而高明所持的理想最终还是得到了实现,尽管来得有些晚。可见,中国古典戏曲在道德伦理建构方面曾作出过积极贡献。

如今,当我们再去阅读此剧,会发现它仍然具有独特的价值,那就是让我们学会如何对待传统。不仅元代的人面临这个问题,我们现在仍然有此困惑。"五·四"是中国现代社会文化的重要转型期,在此期间,诸多先贤为了让古老的巨龙尽早地从积贫积弱的泥潭里腾飞,或是呕心沥血地钻研古籍,以便对日益僵化的传统文化进行了力透纸背的批判,或是漂洋过海,刻苦地学习西方先进的科学,学成归报效祖国。这些努力让东方巨龙奋力腾飞的同时,也让她丧失了许多原有的特色。当下,中国正在渐渐崛起、并对这个世界越来越多地施加影响,她应当以怎样的形象展示给世人?这越来越引发了国人的思考。正如伟大的思想家和哲学家德国的歌德所言的,越是民族的越是世界的。只有每个民族与国家积极参与,世界才会精彩纷呈。虽然目前随着资讯的极度发达,"地球村"的提法越来越为人们所接受,但是这并不意味着要去消除精彩纷呈的民族性。故我们应当坚持并向世界展示我们作为炎黄子孙的民族性。从"五·四"开始,国人一直高举着"洋为中用"的旗帜,虽然也曾取得累累硕果,但随着时光的推移,不适与焦虑也越发明显。这种感受与包括高明在内的元代人的体验是何其相似!因此,阅读《琵琶记》,"鉴古而知今",我们应当将目光投向更远处的古代,对于曾经无比灿烂的传统文化,非但不应当漠视,而且还应当深入地学习与了解,挖掘出那些适合中国人特性的充满活力的部分,比如仁爱、天人合一、勤劳、素朴、节俭、坚韧、极富牺牲精神等,"古为今用",让她在当下再次焕发出迷人的光辉,使我们中华民族能够以鲜明的特色和健朗的风貌展示给世人。

第七讲　汤显祖与《牡丹亭》

第一节　汤显祖

汤显祖(1550～1616),字义仍,号海若,别号若士,晚年自号茧翁(图7-1),自署清远道人,江西临川人。

他出生于读书世家,年幼就聪明过人,5岁能属对联句,10岁学古文词,14岁补为诸生,在县学中脱颖而出,21岁以第八名的成绩中了举人,此后更是印行了三部诗集。但是在接下来的全国性进士科考中却连连失败。之所以如此,与他个人不愿趋附权势因而得罪了当朝重臣密切相关。据说汤显祖来到京城后,声名鹊起,深受首辅张居正的关注。张居正想让汤显祖陪衬自己儿子,于是派人劝说汤显祖陪同他儿子一同考试,并许诺让汤显祖高中,结果被汤显祖断然拒绝了。直到张居正病故后,汤显祖才得以跻身于进士之列。后来张四维和申时行两位内阁新要又令其子前来拉拢汤显祖,同样也被婉言谢绝。结果汤显祖中举一年后才被安排到南京做了个掌礼乐祭祀的太常寺博士这一闲职。

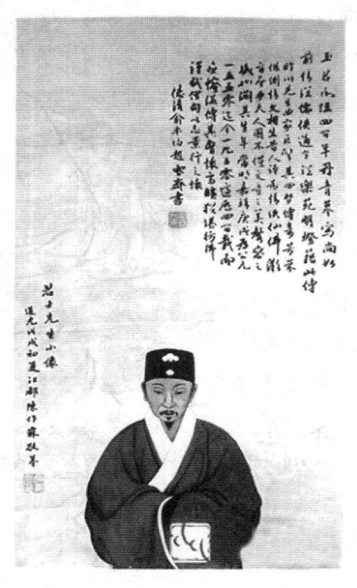

图7-1　汤显祖画像

虽然如此,汤显祖对政治仍然怀有巨大的参与热情。他在万历十九年(1591)上书《论辅臣科臣疏》,不但直接抨击首辅申时行等朝廷要员,而且还间接地批评了皇帝的褒贬失当,此举引起神宗及申时行等权要的巨大愤怒,他因此被贬到偏远的广东徐闻县任小吏典史,两年后又被调到僻远贫困的浙江遂昌任知县。近十五年的沉抑下僚,使汤显祖深慨于官场的腐败;而五年知县任满后,朝廷又没有升迁他的意向;再加之受到爱女、大弟和娇儿先后去世的巨大刺激,汤显祖最终对仕途彻底心灰意冷。万历二十六年(1598),他不顾一些同僚的挽留毅然辞官,归隐到临川玉茗堂中,专心从事文学创作,特别是戏剧创作。他先后创作了《牡丹亭》、《南柯记》、《邯郸记》,这些连同此前他所写的《紫钗记》一起被合称为"临川四梦"或"玉茗堂四梦"。

汤显祖所处的时代,正是明代历史上最腐败、最动荡的时期。皇帝纵情声色,宦官专权独断,而内阁又党争四起。除了这些内忧以外,还有严重的外患。北方有俺答部落的时时侵扰,南方有倭寇的屡屡进犯等。这种大环境造成了汤显祖壮志难酬、落宕潦倒的一生。这个时代又是各种思想滋生并发生交融碰撞的时代。汤显祖身边的人所持思想各异:他的父亲是位严正的儒者,祖父却好老庄、喜谈神仙,祖母则对佛家经文诵读不倦。他少年时所跟随的老师罗汝芳,是著名的泰州学派的代表人物之一,思想接近禅学,反对程朱理学。他在南京结识并成为挚友的达观就是著名禅僧,后来,他又接触到李贽的著作,对李贽极为倾慕,多年后与之相会于临川。在其所交往的友人中,李贽与达观在晚明思想界声望极高,被视为"两大教主",他们对当时统治者所维护的封建礼教形成了巨大的冲击,被封建统治者视为"异端",最终均被迫害至死。这些多元的思想对汤显祖的成长以及世界观的形成产生了非常重要的影响。

汤显祖的思想主要体现为"至情"。他认为"情"与人类相伴而生,因而人生是有情的人生,世界是有情的世界。世界上的事情,并不是理性所能够解释尽的,但却一定会伴随着情感。他认为有情人生的最高境界是"至情"。所谓"至情"是指情感可以超越肉体的生死界限,"生者可以死,死可以生。生而不可与死,死而不可复生者,皆非情之至也。"虽然汤显祖曾以情施政,希望建立有情的理想国,这种理想最终随着他仕途的失意而归于破灭。于是他便将满腔的热情倾注到文学创作中,他将戏曲看作是这种"至情"理想的有效实践方式。"临川四梦"之一的《牡丹亭》便是其"至情"思想的最完美呈现。

第二节 《牡丹亭》

一、主要剧情

《牡丹亭》(图7-2)的故事来源,汤显祖在《牡丹亭记题词》中自叙曰:"传杜太守事者,仿佛晋武都守李仲文、广州守冯孝将女儿事。予稍为更而演之。至于杜守收拷柳生,亦如汉睢阳王收拷谈生也。"他所言的"杜太守事"是指话本短篇小说《杜丽娘慕色还魂》。

图7-2 《牡丹亭还魂记》绘图"写真"

它讲述的是两个太守,有一双儿女,他们之间门当户对,因而最终结成连理,是一个喜剧故事。汤显祖将此故事改编以后,不但结构更加丰厚完整,而且冲突更加集中有力,同时还增加了诸多的新角色,在曲辞上也极为典丽柔美,在艺术上是一个巨大的飞跃。

《牡丹亭》共五十出。关于其剧情,第一出《标目》中【汉宫春】就做了如下概括:"杜宝黄堂,生丽娘小姐,爱踏春阳。感梦书生折柳,竟为情伤。写真留记,葬梅花道院凄凉。三年上,有梦梅柳子,于此赴高唐。果尔回生定配,赴临安取试,寇起淮扬。正把杜公围困,小姐惊惶。教柳郎行探,反遭疑激恼平章。风流况,施行正苦,报中状元郎。"

具体讲述的是杜太守为了将唯一的女儿杜丽娘培养成淑女,以便将来出嫁后能够光耀父母,将之拘于闺房之中,要求她整日做女红和读书,后来得知她白天犯困,不专心于女红,便专门聘请一位年迈迂腐的老儒陈最良到家中给她讲《诗经》。但是陈最良讲完《诗经·关雎》后,杜丽娘却情绪低落,婢女春香见她困闷,便建议她到家中花园游玩。于是她俩趁杜太守出去劝农时,悄悄地进入花园里观赏。

初次见到满园春色,杜丽娘万般感慨,联想到自己寂寞的青春和难以预测的未来,倍增伤感,回到闺房后便昏昏睡去。在梦中,她看到一位书生手持柳枝上前迎接她,向她大胆表达了爱慕之情,要跟她私定终生,杜丽娘情不自禁地答应了。事后,书生又送她回去休息。正当她似醒非醒呼唤"秀才"时,她母亲前来看望她。母亲对于她白日睡觉的举措进行了一番训斥,让她以后不要到花园中。但杜丽娘后来还是到后花园里寻梦,结果却一无所获。母亲的严训使杜丽娘受到了惊吓,而相思之情又使她情绪低落、茶饭不思,很快便一病不起。杜丽娘将自己的真容画了下来,临死前吩咐春香将它用紫檀匣儿盛着,藏在太湖石底(图7-3)。

此时正值金兵南侵,杜太守受命镇守淮扬,匆忙间

图7-3 《牡丹亭还魂记》绘图"惊梦"

将杜丽娘埋葬在后花园里,并将其安葬之地改成梅花观,安排陈最良与石道姑两人看守。三年后杜丽娘的鬼魂在地狱中接受审判,胡判官对于杜丽娘所言的因梦而亡的陈述并不相信,诸花神们前来作证,胡判官于是查阅婚姻簿,得知她与柳梦梅将相见于红梅观,决定将她的鬼魂放出来,让她寻找柳梦梅。

柳梦梅是位贫困却满腹才华的岭南书生,他在钦差识宝使臣苗舜宾的资助下赴京赶考,不幸在途中遇寒生病,于是向路人陈最良求援,陈最良将之安顿在梅花观里疗养。柳梦梅在观里四处游走,无意间发现了杜丽娘的写真,以为是观世音的画像,便将之带到书馆里把玩。打开后却有似曾相识之感,而画像旁边的绝句,又与他昔日在梦中所经历的一切相吻合,这一切使他万分惊奇。他被画中的女子所吸引,日夜对着画像玩之、拜之、叫之、赞之。杜丽娘的鬼魂被其真诚所感动,夜间来与之私会。在柳梦梅发誓要与之结成夫妻后,杜丽娘将自己的身世经历全部告诉了他。柳梦梅决定解救杜丽娘。他去找石道姑商量挖墓之事,杜丽娘的鬼魂显灵让石道姑相信柳梦梅所说的一切都是真的。石道姑让柳梦梅找陈最良弄药。坟墓打开后,杜丽娘成功复活(图7-4)。柳梦梅想与杜丽娘立刻成亲,但被她拒绝了。为了防止陈最良发现挖墓之事而遭遇不测,柳梦梅等人连夜逃往临安。柳梦梅在临安参加了科举考试。

图7-4 《牡丹亭还魂记》绘图"回生"

陈最良看到杜丽娘的坟墓被挖后,认为是柳梦梅为了图财干的,立刻向当地官府报案,同时急赴淮扬去报告杜太守。当时正值金兵再次南侵,朝廷急令杜宝从淮扬移镇到淮安迎敌,杜夫人为了避开战火,与春香一起逃往临安。杜丽娘得知淮扬硝烟四起,非常担心父母的安危,让柳梦梅前去打听他们的消息。陈最良在途中被叛徒李全捉住,李全知道他与杜宝的关系后便派其游说杜宝投敌。陈最良千辛万苦终于见到了杜太守。得知杜丽娘坟墓被挖,杜宝万分悲伤。他让陈最良去见李全,用重金收买的方法劝说李全归降朝廷,从而成功地化解了局势的危机。杜丽娘与石道姑在临安正好遇到前来避难的母亲与春香,于是大家悲泣相认。

柳梦梅到了淮扬后听说杜宝已经移镇淮安,又急忙奔赴淮安,身上盘缠因此花光。后来打听到杜宝设太平宴犒劳文武官员,便到宴会上与之相识。结果杜宝非但不认,而且还大怒,将他绑了起来送往临安府治罪。朝廷对杜宝与陈最良进行了封赏,柳梦梅也中了状元,但人们却找不到柳梦梅。此时柳梦梅正在狱中接受杜宝的审讯,杜宝咬定他是盗墓贼,对其进行了严刑拷打,并打算定他死罪,但柳梦梅拒不认罪。正在此时,众人来到狱中找到了柳梦梅,将之抢去跨马游街,以示庆贺。杜宝大怒,上奏皇帝。陈最良建议让杜宝、柳梦梅与杜丽娘到朝廷之上进行对证,结果真相大白。皇帝让杜宝与杜丽娘父女相认,并且使杜丽娘与柳梦梅夫妻团圆。

二、作品主题

作品的主题是宣扬"至情",抨击的是封建礼教。作为一位贵族小姐,杜丽娘一出生,她的一生就已经被家庭和社会规划好。她自幼被父母约束于小小的闺房之中,整天做女红,当然也会给她书读,甚至会特地聘请老师教她读书。但是无论是做女红还是读书,其目的只有一个,那就是将之培养成淑女,以便日后嫁人,给父母脸上增光,"他日嫁一书生,不枉了谈吐相称","他日到人家,知书知礼,父母光辉"。所以她完全是为了父母、家庭和社会而活着,至于她个人的生理、心理与情感等诸种自然的人性需求,完全被人们所忽略的,甚至否认。如她正值青春,面对无穷无尽的女红,倍感无聊,白天老打不起精神来、常常犯困,她父母知道情况后,并没有询问其原因,而是非常生气,觉得有损自己的颜面,"你好些时做客为儿,有一日把家当户。是为爹的疏散不儿拘,道的个为娘是女模",于是决定聘请一位老师。所选的是一位迂腐的老儒生陈最良,讲授的是儒家的经典《诗经》,目的在于约束她的心灵,"我请陈斋长教书,要他拘束身心","孟夫子说的好,圣人千言万语,则要人'收其放心'"。如她游园回来后,她母亲虽然发现她神情极不对劲,却没有追问,只是要她去看书,不要再到后花园去。如当她因相思一病不起时,她母亲虽然意识到"若早有了人家,敢没这病",但是这种看法却被她父亲断然否决,认为男女婚姻有严格的年龄规定,"古者男子三十而娶,女子二十而嫁。女儿点点年纪,知道个什么呢?"她父亲整日忙于公务,并不曾将她的生死放在心上,"我看老相公则为往来使客,把女儿病都不瞧。"即便她后来起死回生,活生生地站在父亲面前苦求相认,杜宝仍然视她为花妖狐媚,要皇上下旨打死她。后来经过检证,她并不是灵魂,但杜宝仍然不顾她与柳梦梅真心相爱的事实,严令其离婚,以便找个"门当户对"的人家。因此,杜丽娘虽然生长在贵族之家,却是笼中的金丝鸟,毫无自由可言,更不用谈内心的温暖。关于她的不自由,仅从她十六年来的活动范围就可以看出,她母亲认为"凡少年女子,最不宜艳妆戏游空冷无人之处",因而她只能呆在狭小的闺房中,连家中的后花园都不曾看过。

可见封建礼教对人性的束缚无处不在,而这种束缚又是通过每一个人来具体实施的。作品中,除了杜丽娘的父母以外,还有很多封建礼教的帮凶,如陈最良、胡判官等。但就是在这样一个非常残酷的、令人窒息的环境里,年轻人却勇敢地为自由、爱情和婚姻进行抗争,而支撑他们精神的强大武器就是"至情"。

杜丽娘游览后花园时,看到花花草草的命运便联想到了自身,倍感人生的不自由和青春的寂寞,回来后便做了一场梦。在梦里,她与柳生相见,在柳生的追求下与之私定终身。梦醒后,她对于梦中所经历的一切深信不疑,后来又再次来到后花园里寻梦。此后,她对梦中的书生便产生了强烈的相思,并因此而一病不起。她临死前将自己的真容画下来,并且在画上题诗,吩咐春香将之藏在太湖石下,坚信梦中人一定会来寻找,"有心灵翰墨春容,傥直那人知重"。她在地狱里呆了三年,面对严肃的胡判官,她并不惧怕,坚持说出自己因梦而病、慕色而亡的真相。她的鬼魂因此而获得了自由,重新回到了人间。到了梅花庵后,她得知寄宿于此的柳梦梅就是以前的梦中情人时,立刻"告过了冥府判君,趁此良宵,完其前梦"。后来更是要求柳梦梅为她打开坟墓,让自己起死回生,在人间与柳梦梅做真正的夫妻。

图 7-5 《牡丹亭还魂记》绘图"玩真"

不仅杜丽娘,柳梦梅亦是"至情"的实践者。他曾因为情思昏昏,做了一个梦,梦中有女子对他讲道"柳生,柳生,遇俺方有姻缘之分,发迹之期",他因此改名为梦梅。后来他在梅花庵里拾到杜丽娘的写真,对画中的女子顿生爱慕之情,将画如神像般地供奉着,日夜凝视,并对画中人产生了强烈的牵挂思念之情,"小生自遇春容,日夜想念"(图 7-5)。后来得知自己所爱的人是鬼魂,他非但不惧怕,而且还顶着杀头的罪名为其打开坟墓。当杜丽娘牵挂战火前线的父母时,他又不畏生死,长途跋涉到淮扬与淮安两地,打听他们的消息。找到杜宝后,杜宝对他非但不相认,而且还认定他就是盗墓贼,对他动用了酷刑。他对此并不屈服,坚持辩解,此事一直闹到了皇帝那里。直到他与杜丽娘的婚姻得到了社会的承认,他方才罢休。

杜丽娘与柳梦梅均是有情人,他们可以为了梦中人、为了鬼魂而经历千难万险,解除周围人的质疑、误解甚至迫害,最后走到了一起。这是"情"对于"理"的巨大抗争和伟大胜利。因此,作品通过这样一场由梦生情,因情而死,又由情而生的曲折传奇的爱情故事,昭示了"情"的可贵,以此来抨击封建统治者所鼓吹的违背和禁锢人性的礼教。因此,作品是汤显祖"至情"思想的生动展现。

三、杜丽娘形象

在这部作品中,最光辉的形象莫过于杜丽娘。杜丽娘性格中最闪光的便是对自由的渴望和对爱情的执著追求。虽然严父慈母的约束以及春香的日益跟随,使杜丽娘十六年一直困于闺房之中,但是这并没有泯灭她对自由的渴望。她在闺垫中听春香说家中有座大花园时,便听者有意,等老师陈最良一离开,便急切地问道:"俺且问你那花园在哪里","可有什么景致"。虽然当时她的反应只是淡淡道"原本有这等一个所在,且回衙去"。但当春香看到她读书万般困闷,再次提议到后花园走一遭时,她先是"一会沉吟,逡巡而起",后来得知父亲杜宝要出去劝农,她便"低头不语者久之",最终决定前往。当她盛装第一次出现在大自然中,春香对她赞叹不已时,她却说:"你道翠生生出落的裙衫儿茜,艳晶晶花簪八宝填,可知我常一生儿爱好是天然。"所谓"爱好天然"实际上就是指她天性喜爱过无拘无束的自由生活。她对父母所设计好的人生,一直进行着消极的对抗,如对女红一事并不热衷,在闺房里总是提不起精神,白天犯困、走神甚至睡觉(图7-6)。

图7-6 《牡丹亭还魂记》绘图"寻梦"

同时,她还执著地追求爱情。这既源于她的天然本性,如她绣的花,穿的衣服,甚至房间里的摆设都喜欢成双成对,"刚打的秋千画图,闲榻著鸳鸯绣谱","怪他裙衩上,花鸟绣双双"、"(末)这是甚么砚?是一人是两个?(旦)鸳鸯砚";同时也与她的理性认知有关。杜宝生性爱好收藏和读书,"我年将半,性喜,牙签插架三万余"。杜丽娘是他唯一的女儿,他实际上是将杜丽娘当成男孩子来培养的,因而他也鼓励杜丽娘多读书,"我伯道恐无儿,中郎有谁付?先生,他要看的书尽看"。因为生于书香门弟,所以杜丽娘自小便博览群书,这使她对事物有着很强的理解能力,所以遇事能够清除陈见,形成自己独特的见解,而不是人云亦云。当陈最良将《诗经》首篇《关雎》视为封建女性伦理道德的范本讲解时,她提出了质疑,"只因老爷延师教授,读到《毛诗》每一章:'窈窕淑女,君子好逑。'悄然废书而叹曰:'圣人之情,尽见于此矣。今古同怀,岂不然乎?'"《诗经》是中国古代最早的诗歌总集,共305篇,由儒家思想的创始人孔子从几千首诗中删选而成。它自汉代开始就便被奉为儒家思想的圭皋,但杜丽娘却不这样看待。她认为《关雎》之所以会被孔子选进《诗经》,是因为它表达了对人类天性中情感的珍视。而且她还认为,人类无论古今,在情感上的感受是相通的。所以她从《关雎》中读出来的是人类对美好情感的讴歌而不是宣扬封建伦理道德。

杜丽娘对《关雎》主题的深刻思考,不但匡清了自己向来已久的生命混沌,而且还陷入到对爱情的热烈向往,"小姐呵,为诗章,讲动情肠"。游赏完后花园后,她更是将爱情视为人生的最高追求,为自己在青春年少时不能拥有爱情而暗自垂泪,"(低首沉吟介)……吾今年已二八,未逢折桂之夫;忽慕春情,怎得蟾宫之客","(长叹介)吾生于宦族,长在名门。年已及笄,不得早成佳配,诚为虚度青春。光阴如过隙耳","(泪介)可惜妾身颜色如花,岂料命如一叶乎"。

现实的长期压抑和内心对爱情的热望,使她在梦中与柳生相遇,便非常主动、热情。如当柳生对她表示出爱慕之情时,她一系列的反应是:"惊起"、"斜视不语"、"惊喜,欲言又止"、"含笑不行"、"低问",可见她并不排斥。对于柳生提出的私定终身的请求,她虽然有几分羞怯,但更多的是惊喜,"是那处曾相见,相看俨然,早难道好处相逢无一言"。

不仅如此,她梦醒以后,非但不能忘怀于梦中所经历的美好爱情,而且还认定那书生就是自己的爱人,"(旦)春香,咱不瞒你,花园游玩之时,咱也有个人儿。(贴惊介)小姐,怎的有这等方便呵?(旦)梦哩"。此后她更是为梦中人废寝忘食,形容憔悴,一病不起。即便成了鬼魂已经三年,她也仍然没有忘却梦中人,请求判官放她出去,与梦中人重续情缘。后来真的遇到梦中人柳梦梅后,她还郑重地要求柳梦梅让自己复活,以便在人间与柳梦梅永远结为夫妻。

可见,杜丽娘虽然出生于礼教甚严的家庭,受过严格的约束,却非常清醒地意识到人生的最高主题是追求和实现爱情。作品写她因梦生情,由情而死,又因情而生,展示了她为爱情赴汤蹈火、在所不惜的反抗性格。

然而作为一位封建贵族女子,杜丽娘由于长期深受周遭环境的浸染,身上难免沾有封建礼教的一些痕迹。所以作品除了描写杜丽娘的反抗性格以外,还写到她的保守个性。如虽然她在梦中大胆地与柳梦梅私定终身,虽然她的鬼魂曾与柳梦梅无比缠绵,但是当柳梦梅向其求婚时,她明知柳梦梅是真心,仍然提出要行媒妁之言,"秀才有此心,何不请媒相聘?也省的奴家为你担慌受怕";后来她复活,柳梦梅托石道姑做媒想与之立刻成亲时,她又断然拒绝了,"姑姑,这事还早。扬州问过了老相公、老夫人,请人媒人方好",当柳梦梅言及他们之前就已经同床共枕过,她回答道"前夕鬼也,今日人也。鬼可虚情,人须实礼"。柳梦梅后来中了进士,他们也成了夫妻,但是她仍然要得到父母与社会的认可方才安心等。

当然在杜丽娘身上,最动人、最可贵、占有主导性的是她对于封建礼教束缚的大胆反抗,保守只是她性格中很微弱的一个部分。

四、浪漫主义风格

在汤显祖的时代,虽然封建统治者纵情声色,昏庸腐朽,所作所为与封建礼教严重背离,但是他们仍然不遗余力地鼓吹封建礼教,目的在于愚民以维护其统治。因此,此时封建礼教已经失去了原有的活力,成为束缚人心的工具,诸多百姓特别是女性深受其害。《牡丹亭》中刚出场的杜丽娘就是其典型之一:十六年来,未迈出闺房一步,每天所做的只是做女红,诵读的也是家长们认为符合封建礼教精神的书籍。作为一位贵族小姐,杜丽娘被严重地束缚着,不能迈出闺房半步,其行动已经极其不自由,要想追求心灵的自由、实现爱情,简直难如登天。

但汤显祖的伟大就在于他有着超乎寻常的想象力。这种想象力最突出的表现,便是用"梦"将杜丽娘与柳梦梅联系起来。他们两人一个在蜀中,一个在岭南,相隔甚远,素未谋面,却奇迹般地在梦中相遇并且私定终生。此后他们在梦中所经历的一切,又一一被现实所验证。如柳梦梅意外地得到了资助赴京赶考,却中途染病,所遇到的救命恩人恰好是杜丽娘昔日的老师陈最良,陈最良将他安顿的地方恰好又是杜丽娘安葬之地,而柳梦梅在游园时又意外地发现了杜丽娘临死时所留下来的画像。当柳梦梅看到画像后,有似曾相识之感,"成惊愕,似曾相识,向俺心头摸";读到画上的题诗后,发现与自己梦中经历完全相同,"敢则是梦魂中真个",因此心生狂喜,"拾的个人儿先庆贺,敢柳和梅有些瓜葛";他甚至想重新回到梦中,"小生自遇春容,日夜想念……倘然梦里相亲,也当春风一度";当杜丽娘鬼魂与他交谈后,他立刻顿悟道"是当初曾梦来"。而杜丽娘鬼魂三年后也被重遣到人间,她返回家园后,一听到柳梦梅深情的叫唤便立刻被其打动,后来看到柳梦梅在她画像上所作的和诗,便道"梅边柳边,岂非前定乎?"无论是他们人鬼相异后的再度相逢,还是后来杜丽娘复活后成为真正的夫妻,实际上所有的一切,只不过是"完成前梦"罢了。因此,梦构成了作品情节的主体构架。

在这两位年轻人的心里,梦就是真实。虽然身边的人对于他们在梦中所经历的一切表示了怀疑、不信甚至否定。如春香知道杜丽娘爱上的是梦中之人,劝说道,"小姐,梦儿里事,想他则甚";如杜丽娘言其因梦而死时,胡判官道:"谎也。世有一梦而亡之理";如杜宝听柳梦梅说是自己的女婿,道:"呀,我女已故三年。不说到纳采下茶,便是指腹裁襟,一些没有。何曾得有个女婿来?可笑,可恨!祇候们与我拿下"、"这贼都说的是甚么话"。但他们却执著地坚持着,如柳梦梅因此而改了姓名,杜丽娘因此而相思成病,以死抗争。最终他们用行动使梦变成了现实。

梦中的浪漫与现实的残酷构成了鲜明的对比。在梦里,青年人可以自由地交往、相爱,享受性爱与情爱的快乐,生命充满了活力与希望,梦令人无限向往;而现实则令人窒息绝望,人处其中,只会被束缚、被禁锢,如同断翅的鸟儿,生命所经历的只是苍白、贫乏与痛苦。最终梦成了现实,所谓的现实则完全被彻底地颠覆。因此"梦"不仅是作品的情节构架,而且也具有深刻的象征意味,它是对那个时代僵死的封建礼教发出了最嘹亮的宣战:只要人还拥有做梦的权利,就会执著地向往自由与爱情!

除了"梦"这一独特的艺术手法以外,作品还富含复杂深厚的感情。作品以杜丽娘为描写对象,细腻地描写了她的情感波动。当她第一次到花园中游赏时,首先是万分的惊喜,接着便是无穷的失落,没有看完就匆匆地离开了。回到闺房后,她由花花草草联想到自己美好却孤寂的青春,她将自己的命运与古代书籍中完美爱情故事的人物进行对比,顿生无限悲伤!在梦中,她生命中多年被积淀被压抑下来的情感终于大爆发,没有媒约之言,没有父母之命,她便与梦中人私定终身。此时她无比热烈奔放!梦醒后,她回忆梦中所体验的一切,充满无限柔情,"两情和合,真个是千般爱惜,万种温存"。但是当她母亲出现以后,当严训在她耳边不断回荡时,她的情绪又转为悲伤。这种悲伤凄凉,一直持续到她的死。当她变成的鬼魂回到人间,与梦中人真实重逢时,她的情绪又变得万分喜乐等。杜丽娘的每次情感波动都能深深扣动读者的心弦。

五、当代价值

《牡丹亭》以杜丽娘为描写主体,展现了以她父母和老师为代表的封建礼教对她身心所进行令人窒息的禁锢,以及她对此所进行的从生到死、由死复生的不屈抗争,最终以胜利者的姿势赢得了上至君王、下至婢女的一致赞赏。

虽然《牡丹亭》与《西厢记》的主题相同,都是反对封建礼教,高扬自由的爱情和以此为基础的婚姻,但是它对于封建礼教的批判程度较之《西厢记》显然要深刻得多,反抗程度也激烈得多。造成这种差异的原因在于,在《西厢记》所处的元代,由于统治者蒙古人对封建礼教的陌生与不理解,以及蒙古人有着自己本民族的伦理道德,所以封建礼教受到了前所未有的巨大冲击,因而它对每位个体所产生的影响相对较弱。如在《西厢记》中,像张生的朋友杜确将军、普救寺的长老以及婢女红娘,都是站在张生一边,为这场爱情仗义执言、鼎力相助。但是在《牡丹亭》中,我们发现,杜丽娘起初只能进行一个人的孤独抗争,柳梦梅出现后,也只是两位爱情当事人在并肩战斗,身边的人不是反对,就是劝阻或是质疑,可见此时封建礼建如无形的大手悄然地扼杀着每位个体。所以杜丽娘只能在梦中经历爱情,追寻梦中爱情的结果只能是痛苦地、幽怨地死去。关于封建礼教对人身心的束缚,仅仅从杜丽娘十六年漫长的人生,就可以窥见一斑。她只能在闺房与书房这样狭小的天地里活动,春天百花盛开的情形从未目睹过。之所以如此,一方面与大明王朝建国初期就非常重视封建伦理道德在治国中的重要性有关,同时还与晚明时期统治者本身已经堕落腐败到极至,他们声乐犬马,荒于朝政,重用宦官,面对国内一派混乱的局势,他们只会将封建礼教作为工具来愚弄百姓,禁锢人心,以达到继续维持统治的目的。

前文已言,封建礼教的内核是儒家思想。儒家思想提倡每位个体主动地进行道德的修炼和完备,力图通过每位个体的积极努力,最终达到整个社会的有秩和谐。但到了宋、明时代,随着理学的昌盛进而又成为官学,儒家思想所倡导的具体的丰富的生命实践被抽象成干枯的教条和理念,如"三从四德"等,这些所谓的伦理纲常被重视和强调到无以复加的程度,最终造成的流弊是:它要求扼杀人的自然欲望,以适应社会的需要,结果造成了个人与社会的严重对立,它典型的口号便是"存天理灭人欲"。如《牡丹亭》中杜丽娘活着,做女红也好、读书也好、嫁人也好，并不是因为她内心有这些方面的需要，而是父母、家庭与社会等外在力量强迫要求的结果。如果她不去抗争，那么她就会成了维持当时社会正常运行的一个部件，没有生命的温度与人性的热度！但杜丽娘对此进行了反抗，故她所反抗的已经不仅仅是封建礼教，还包括理念对人的可怕异化，她所追求的也不仅仅是爱情，而是人活着应有的尊严与价值。

　　正因为如此，《牡丹亭》对晚明社会形成巨大影响力的是它对封建礼教的反抗和对爱情的追求。它对于当时社会中那些深受封建礼教严重束缚与迫害的女性阶层影响力最大。据文献记载，当时有女子读之惋愤而死的，有女优因为联想到自己爱情的失意在舞台上表演时气绝身亡的，也有才女读后触情伤心、进而作诗遣怀的。如今它与王实甫的《西厢记》一样，所鞭挞的束缚人心的封建礼教已经退出了历史舞台，即便在大众中有所残留，也不再占主导地位。它的价值除了激励人们去追求爱情之外，还具有巨大的警示作用：它以丰富的人物形象和曲折的故事情节，揭示出观念特别是陈旧、退化的观念对人性的扼杀，手段极其隐蔽，结果非常残酷。所以我们要时刻提妨，不要被诸种流行的观念所异化。同时它还向我们表明，人的欲望和情感等天然诉求，社会非但不应当漠视或否定，而且还应当给予充分的尊重与关怀，唯此，才能真切地感受到生命的充盈与人性的温暖。

第八讲　洪昇与《长生殿》

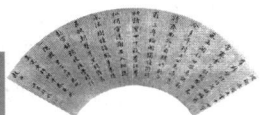

第一节　洪昇

洪昇(1645～1704)，字昉思，号稗畦，钱塘(今杭州市)人(图8-1和图8-2)。他生于世代官宦之家，后因父亲"被诬遣戍"而家道败落。他做了约二十年的太学生，生活非常贫困。尽管如此，他却有着非常幸福的婚姻，妻子是官至大学士黄机的孙女。同时，他还与当时的京中名流如王士禛、李天馥、朱彝尊、吴天章、赵执信等有着密切的交往和诗歌酬唱，因而在当时极富诗名。他在康熙二十七年(1688)写成了《长生殿》，此剧不但耗费了他大量的心血，"盖经十余年，三易稿而成"，而且还关乎到他的个人命运。《长生殿》刚完稿，便在京城盛演，清代查为仁《莲坡诗话》："朱门绮席，酒社歌楼，非此曲不奏，缠头为之增价。"连康熙皇帝都在宫中观看过，并且还给予过赞誉。洪昇因此声名鹊起。但很快他就由此而受祸，被革去了国子监学籍。起因是他召伶人在宅中演《长生殿》，引来都下名士多去前往观看，当时正值孝懿皇后刚死一个月，犹未"除服"，所以被人告发，言其"国孝"张乐。洪昇后来返回故乡杭州生活。六十岁时他赴南京，由此一时名流盛会，《长生殿》表演长达三昼夜。后来他兴尽坐船返回杭州，途中不幸堕水而死。

图8-1　洪昇画像

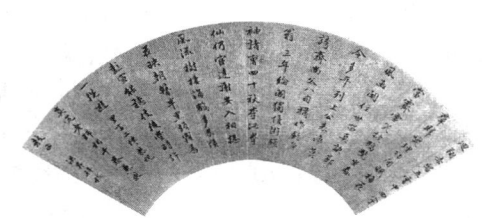

图8-2　洪昇手书扇

他创作的杂剧有《四婵娟》,传奇有《廻文锦》《长生殿》《廻龙记》《锦绣图》《闹高唐》《孝节坊》《天涯泪》《青衫湿》《长虹桥》等。而现在流传下来的只有《长生殿》和《四婵娟》。《四婵娟》寄托了他对于自己婚姻生活的幸福情怀。《长生殿》在中国戏曲史上占有极重要的地位,洪昇也因此成为我国古代戏曲史上最著名的作家之一。

第二节 《长生殿》

一、故事来源

《长生殿》(图8-3)讲述的是盛唐李隆基与杨玉环的帝妃之恋。关于李隆基与杨玉环之间的故事,从盛唐开始就大量地出现在正史、野史与文学作品中。就文学作品而言,最为突出的有唐代杜甫的诗篇、白居易《长恨歌》、陈鸿《长恨歌传》、元代白朴《梧桐雨》等,其中白居易《长恨歌》与白朴《梧桐雨》对洪昇创作《长生殿》影响最大。

图8-3 《长生殿》绘图

白居易《长恨歌》对《长生殿》的影响主要有二:首先,对李杨故事的态度由批判转向了同情。虽然白居易在诗篇的开始亦有"汉皇重色思倾国",在篇中亦有"君王从此不早朝","遂令天下父母心,不重生男重生女"之句,但是就整个诗篇来看,两人在人世间的缠绵眷恋和生死别离后的刻骨相思显然是作品描述的重点。诗篇大量华美凝练的诗句无不流露出诗人白居易对他们悲凉结局的深切同情,特别是句末"天长地久有时尽,此恨绵绵无绝期",所谓的"长恨"乃是对这样美好的爱情不能善终的强烈遗憾。

之所以如此,这既与白居易所处的时代有关,又与《长恨歌》特定的创作情境有关。中唐离盛唐已经有一段历史,人们对于安史之乱已经不如盛唐人那样怀有切肤之痛,面对日益衰落的国势,他们内心涌动的只是对盛唐的无限缅怀。这种向往之情使有关盛唐的一切都被镀上了一层浪漫的色彩,包括曾经备受传统人士批判的李杨故事。同时由于《长恨歌》与《长恨歌传》同时产生,后者已经自觉地承担起对统治者耽于女色的政治批判,而前者则是白居易应友人特定的要求而创作的,"夫希代之事,非遇出世之才润色之,则与时消没,不闻于世。乐天深于诗,多于情者,试为歌之",友人们希望白居易用卓越的诗歌创作才华,深情地描写盛唐时所发生的这场轰轰烈烈的爱情,以便使之万世长存。白居易友人们的愿望显然是美好的,这种特定的创作情境自然会感染白居易,使之立场发生改变。

其次,白居易用天才的想象对李杨两人死别后的情形进行了丰富的虚构,从而构筑出了一个与现实相对的飘渺神奇的神仙世界:杨玉环死后成了仙女,居住在蓬莱仙岛,最终被李隆基派去的道士找到。李杨故事因此从世俗生活延伸到了神仙世界,从而出现了两个叙事空间。

除了《长恨歌》以外,元人白朴《梧桐雨》对《长生殿》的影响也很大。首先,它将李杨的故事从纯文学的样式转换成了舞台样式。其次,它设置了诸多生动的情节来表现李杨爱情,如密誓、惊变、埋玉及雨梦等,这些剧情后来都成了《长生殿》的主体叙事框架。最后,它对李隆基赐死杨贵妃的原因作了新的描述。作品将之归于朝廷百官的逼迫:国难当头,身受浩浩皇恩的百官们非但没有承担起保护君王的重任,反而逼迫李隆基下达了赐死杨玉环的诏令,从而使帝王失去了伴侣,成了孤独之人。此种处理不但成功地将李隆基从爱情背叛者角色中摆脱出来,而且还通过对李隆基回到西宫后,晚年凄凉孤寂生活的描写,表达出对他的深切同情。

洪昇曾言:"我览白乐天《长恨歌》及元人《秋雨梧桐》剧,辄作数日恶"(《长生殿·自序》),这里的"恶",有着特定的含义,是指"伤感、情绪极坏"之义。此句不但表明《长恨歌》与《梧桐雨》对洪昇所产生的巨大影响,而且还说明洪昇的创作目标在于越超前人已有的佳作。事实表明,洪昇的《长生殿》成了所有描写李杨故事的巅峰之作。

二、主要情节

《长生殿》规模相当大,总共有50出之多,生动传神地描述了李隆基与杨玉环在人世间相识、相恋以及最终在仙界团圆,永为夫妻的故事。李隆基年轻时励精图治、任用贤相,迎来了开元盛世,但多年的太平生活使之晚年渐生骄奢之心,逐渐荒废政事,留意声色。后来他偶遇到宫女杨玉环,如获至宝,立刻册封其为贵妃,并在定情之时赠以金钗钿盒,以示专爱之心,此后更与之恩爱缠绵。爱乌及屋,杨贵妃的家人也因此"一人得道,鸡犬升天",哥哥杨国忠被授予右丞相一职,三个姊妹相继封为夫人。杨国忠任职后专权行奸,穷奢极欲。胡人边将安禄山临阵失机,理应死罪,主将出于同情,没有立刻正法,而是将他押送到京师,听候皇上和朝廷的处置。安禄山通过贿赂杨国忠,不但被免除了死罪,而且还意外地得到了李隆基的恩宠。

李隆基赐宴杨玉环姐妹,暗召虢国夫人幽会。杨玉环知晓后,非常生气,立刻回宫。李隆基龙颜大怒,将杨玉环谪出宫庭,遣送回家。杨玉环离开后,李隆基万分懊悔,心情大坏。高力士见状,让杨玉环送情物以示悔意,杨玉环于是剪下青丝相赠。李隆基见后顿生怜爱之心,立刻下诏将杨玉环连夜召回宫。两人的感情弥加深厚,终日在宫中形影不离,纵情欢乐。正当李隆基与杨玉环肆意享受爱情时,杨国忠窃弄威权,安禄山滥用宠眷,使得朝纲大坏,许多忠诚之士因而报国无门,心生悲愤,其中之一便是郭子仪。

月宫中的嫦娥知道李隆基是知音好乐的君王,便想将《霓裳羽衣曲》传于人间,因为杨玉环前世是蓬莱玉妃,所以便引杨玉环入梦倾听此曲。杨玉环为了跟梅妃争宠,将梦中所闻仙乐制成曲谱,李隆基因而惊叹于杨玉环的灵慧,更加宠爱她。安禄山受到皇上的恩宠后,不再把杨国忠放在眼里。杨国忠恼羞成怒,便在皇上面前极言安禄山有叛变之心,明皇虽然不相信杨国忠的话,但为了调和他俩的矛盾,将安禄山调离朝廷,出镇范阳。

唐明皇为了博得杨玉环的开心,下旨涪州与海南每年在杨玉环的生日进贡荔枝。为了使荔枝不在中途坏掉,使臣只得快马加鞭,一路抄近道,结果沿途不但踩坏了庄稼、累死了马匹,而且还踏死了行人,给百姓带来了深重的灾难。在杨玉环的生日宴会上,荔枝被准时送到,她所制的《霓裳羽衣曲谱》也成功地编成了舞蹈,由她亲自领舞表演给李隆基看。李隆基非常开心,大加赏赐,杨玉环所得赏物有香囊一枚(图8-4)。放归后的安禄山怀有狼子野心,他上奏朝廷,将边将都换成番将,不久便兵强马壮。羽翼养成后,他便打着清君侧的旗号进犯长安,以图篡位。

图8-4 《长生殿》绘图"定情"

李隆基原本非常宠爱梅妃,虽然杨玉环进宫后对之有所冷落,但内心却没有真正忘怀。他背着杨玉环赐赏梅妃一斛珍珠,后来又在夜间召之入宫共度良宵。杨玉环得知情况后非常生气,不等天亮就强行闯进去大闹。李隆基情急之下只好撒谎,并暗中派人将梅妃送走。杨玉环悲痛欲绝,她哀求李隆基将自己放归,以摆脱内心的煎熬与痛苦。李隆基真诚地道歉,并安慰了她,两人又和好如初。郭子仪被明皇重用后,一直提防着安禄山。杨国忠为了争宠逞权,屡次上奏朝廷要诛戮安禄山,以激安禄山速反。获悉安禄山要进犯京城的消息,郭子仪作了积极的防备。

杨玉环在七夕之夜,对自己与李隆基的爱情能否天长地久充满担忧,于是独自对月祈祷。李隆基见状便对着牛郎、织女二星,与之立下盟约,要"在天愿为比翼鸟,在地愿为连理枝"。安禄山很快带兵攻陷了长安。李隆基得到消息时,已经无法抵抗,只好听从杨国忠的建议,带着杨玉环一行驾幸西蜀。

图 8-5 《长生殿》绘图"赐死"

在逃亡途中,负责护卫的士兵们被激怒,当场杀死杨国忠,接着又要将杨贵妃正法。李隆基替杨玉环辩护,命令陈元礼去安抚三军,但陈元礼表示无能为力。杨贵妃于是主动要求李隆基将自己赐死,以定军心,以保社稷。在高力士的劝说下,李隆基迫于危情,万般悲伤地下达了赐死的命令(图 8-5)。杨玉环要求高力士将李隆基赐给自己的定情物随身陪葬。李隆基在士兵们的保护下,继续前行。野老郭从谨前来献饭,李隆基与之交谈后,方知自己恩宠杨国忠、安禄山后所带来的巨大灾难,万般后悔。

杨玉环灵魂一路追随着李隆基,后遭遇狂风未能遂愿,她看到了虢国夫人与杨国忠的鬼魂后,想起自己生前行径,顿感罪孽深重,因此心生忏悔。她从土地神那里得知自己前身是蓬莱仙子,因微过谪落人间。安禄山称帝后宴请伪官,乐人雷海青在宴会上大骂其背恩弃义、倒行逆施,结果惨遭杀害。

杨玉环的灵魂对天哀祷,表示宁愿放弃回归仙班的机会,来换取与爱人李隆基团聚的机会。李隆基此时正赴往西蜀的途中,行影孤单,对自己下令赐死杨贵妃的举措万般后悔。郭子仪不负皇恩,誓死保家卫国,带领大兵讨伐安禄山,结果凯旋。

李隆基在西蜀非常思念杨玉环,后悔自己当初没有与之一起赴难。他将皇位传给太子,做了太上皇,下令在成都为杨玉环建庙塑像,他对塑像如真人般地敬重极为感动人心,连塑像也流下了眼泪。天上的织女遇到杨玉环灵魂,得知其是被李隆基赐死的,便认为李隆基是位负心郎,杨玉环灵魂对此作了解释,指出这是自己主动索求的结果,是出于对李隆基的爱,是为国捐躯,而且表示自己死后仍然坚守着长生殿的誓言。织女对杨玉环的行为极为赞赏,她从土地神那里得知杨玉环灵魂已经为自己生前的所作所为表示了深切的忏悔,于是决定上奏天庭,让杨玉环回归仙位。安禄山宠爱段夫子,想立其子庆恩为太子,这引起了长子庆绪的忿恨,他派安禄山义子李猪儿将安禄山暗杀掉,安禄山阵营因此方寸大乱。郭子仪趁机反击,很快便收复了长安,将皇帝、太上皇分别从灵武与西蜀迎回京师。

杨玉环灵魂因为思念李隆基,所以重返西宫,结果触景伤情,万般难过。她到了马嵬坡后看到了自己的真身,因而尸解。升天前,她想到李隆基回京时会来改葬,便将香囊留在墓中,同时将当年李隆基所赠的爱情信物金钗与钿盒随身带到仙界。虽然重归仙籍,但杨玉环却并无欢乐可言,她仍然不能忘怀与李隆基许下的爱情誓言,面对寒簧仙子的寻问,她泪雨纷飞。此时,李隆基正在回归的途中,他睹月思人,非常痛苦,一心只想早赴黄泉,以践行当年的爱情盟约。他派高力士去找到杨玉环的墓地,打算重新改葬,结果坟墓打开后,却发现仅存一只香囊。李隆基当众痛哭。

又到了七夕节,牛郎、织女再度相会,他们谈及李杨两人在长生殿的密誓以及后来的遭遇,唏嘘不已。牛郎认为织女虽然帮助杨玉环复归仙籍,但是并没有使杨玉环获得真正的快乐,他请织女帮助李隆基成仙,让两人永远做夫妻。织女认为李隆基是爱情的背叛者,牛郎对此作了耐心的解释,认为李隆基当时作出抉择纯属被迫无奈,而且他事后也一直悔恨不已,始终没有忘记当年的誓言。织女最终同意帮助他俩完成夙愿。

李隆基在西宫听到张野狐演唱他在蜀中所创作的《雨霖铃》,倍感凄凉,梦中欲寻找杨玉环又不能如愿,于是传旨天下,遍觅方士,帮他招魂(图8-6)。杨通幽受旨后,上穷碧落下黄泉都找不到杨玉环的踪影,最终在织女的指引下,才来到了蓬莱,见到杨玉环。最后,李隆基在织女的帮助下,经杨通幽的引导,来到月宫,两人团聚,从此便居于仙界,永不分离。

图8-6 《长生殿》绘图"觅魂"

三、作品主题

《长生殿》旨在表现李杨真挚的爱情（图8-7）。李杨两人的身份非常特殊，一为帝王，一为贵妃，由于人们对于身处权力核心圈的人是否会拥有爱情一向持怀疑态度，所以洪昇之前，人们很少将之作爱情来对待。并且由于他们的故事发生的时间又恰恰与唐代盛极而衰同步，所以人们即便认为是爱情，也会基于历史反思的惯性，而对之持批判态度；即便后来人们将此事与历史有所剥离，但所持态度最多也不过是"同情"，如前文提及的白居易与白朴等。洪昇的伟大贡献在于，他不但认为这是一场真正的爱情，而且还对之进行了由衷的赞美与真诚的讴歌。作品通过对两人相识、相恋、死别与重逢的全过程描述，凸现出这场爱情始终如一的真挚！

图8-7 《长生殿》绘图"重圆"

李杨爱情以马嵬坡事变为界分为两段，前段发生在杨玉环生前，后段发生在其死后，前者运用现实主义的手法，后者运用浪漫主义的手法，一实一虚，所叙之事真切感人，可歌可泣。在杨玉环生前，重点描述了李隆基从滥情到专情的曲折历程。对于一位坐拥"三千佳丽"的帝王，李隆基对于女性持有无上的权力，所以易受欲望的支配而无法做到忠贞专一。可是如果缺失了忠贞专一，爱情便成了无源之泉，根本无从谈起。洪昇认为李隆基的独特之处在于"情之所钟，在帝王家罕有"，而从作品来看，完成他对杨玉环从最初的欲望层面上升到爱情层面的根本要素，乃是杨玉环对爱情的坚决捍卫。杨玉环以宫女的身份赢得了李隆基的宠爱后，便将全部的爱意倾注到李隆基身上，但她的举措却没有赢得李隆基平等的回应。李隆基当初只是将杨玉环视为其帝王情感生活的一部分而并非全部。虽然与杨玉环定情之初，他对于欲望有所克制，但随着时间的推移，这种被压抑的本能便故态复发，他不但喜新厌旧，而且还滥情怀旧。他背着杨玉环，利用赐宴杨玉环姐妹的机会，暗召虢国夫人幽会；他给旧日宠爱的梅妃赠赐珍珠，后来又将之召到宫中共度良宵。杨玉环知晓后，完全忘记自己所面对的是一位高高在上可以操纵她生死的帝王，毫无克制地表达了恋爱中女人常有的嫉妒、愤怒与悲伤等情绪。她不顾及李隆基的面子立刻提前回宫，甚至到李隆基的寝宫大哭大闹。杨玉环为了捍卫爱情可以不顾及自己的荣辱得失及生死存亡，这引起了周围人的惊讶和不理解，但却撼动了李隆基久已麻木的心灵。杨玉环离开后，他才意识到了爱情对于人生的美好；面对杨玉环无法抑制的悲伤,才顿悟到背叛对于爱人精神所造成的巨大伤害。因此杨玉环得以征服李隆基的,不仅仅是年轻、貌美,而且还有追求爱情的平等精神。李隆基是因为明白了爱人的可贵与爱情的美好,所以才最终放下帝王的九重之尊,在七夕之夜,像普通恋爱中的男子一样,与杨玉环对天盟誓,要永远做夫妻。

但正当他们在宫廷里如胶似漆、恩爱不离时,安史之乱爆发了。他们因此踏上了逃亡之路。他们所发下的地老天荒的爱情誓言也因此面临着最严峻的考验。

历史显示,杨玉环最终被李隆基赐死,此举引起了人们对于其是否忠诚于这场感情的怀疑。《长生殿》处理此事件时独具匠心。面对六军的逼迫,李隆基并没有屈服。他非但没有下令赐死杨玉环,而且还将首谋陈元礼呵退。就在君臣之间激烈对抗时,杨玉环主动请求李隆基将自己赐死,"臣妾受皇上深恩,杀身难报。今事势危急,望赐自尽,以定之军心。陛下得安稳至蜀,妾虽死尤生也",李隆基坚决不答应,慷慨陈词道:"你若捐生,朕虽有九重之尊,四海之富,要他则甚!宁可国破家亡,决不肯抛舍你也",但杨玉环继续坚持:"望陛下拾妾之身,以保宗社。"李隆基最终因杨玉环抱有必死之心,才在高力士的竭力劝说下,下诏赐死杨贵妃。在整个事件中,杨玉环之死是其主动索取的结果,李隆基的主观意愿是宁愿放弃国家也不愿意抛弃爱人,所以他非但不是爱情的背叛者,而且还是爱情的坚决捍卫者。不仅李隆基如此,杨玉环亦是如此,她主动请死最根本的目的也是为了保护自己所爱的人。最终李隆基没有玉石俱焚,而是强忍悲伤继续前行,也是为了不忍辜负爱人的一片苦心(图8-8)。所以马嵬坡事件非但没有损害他们的爱情,反而使之得以升华。

图8-8 《长生殿》绘图"见月"

他们的爱情并没有随着杨玉环肉体的消亡而中断、减弱,反而愈加浓烈。李隆基下诏赐死杨玉环后,形影孤单,除了日益思念杨玉环,后悔当初赐死爱人没有与之一起赴难之外,他还采取了一系列的实际行动,以寄托对杨玉环刻骨铭心的爱恋。他在成都为杨玉环塑像、建庙;回京路过马嵬坡时,又为之改葬;到西宫后,更是效仿汉武帝诏书全国,招纳方士,为之招魂。同时,杨玉环灵魂也作出了极大的努力。当土地神将其灵魂放出后,她首先想到的就是去寻找李隆基,与之一起前行;当其被告知可以复归仙籍时,她想到的却是以之来换取与李隆基的厮守相伴。她回到仙界时,仍然将爱情信物金钗与钿盒随身携带,睹物思人。他俩一个在仙界,神情低落,整日以泪洗面;一个在西宫,充满悔恨,彻夜无眠,只想早赴黄泉。

他们爱情的真挚性,还表现在不掺有任何世俗的杂质。由于两人的交往发生在安史之乱前后,所以自唐人开始,不少人便将这场灾难归罪于杨玉环,认为是她引诱了李隆基,使之无暇打理朝廷事务,如唐代陈鸿《长恨歌传》称其为"尤物",描写"非徒殊艳尤态致是,益才智明慧,善巧便佞,先意希旨,有不可形容者",如白居易《长恨歌》有"春宵苦短日高起,从此君王不早朝"等。这种理解使两人关系夹杂了欲望、金钱、权利等成分,因而远离了纯洁,所以根本谈不上爱情。洪昇将杨玉环与安史之乱完全分离。作品中她完全是一位处于深宫之中的贵妃,所做之事,仅仅是如何赢得君王的爱情,人生的理想是在宫中与相爱的君王朝夕相伴,从没顾问过朝政要务。当六军要求将其赐死时,李隆基的辩护有:"妃子在深宫自随驾,有何六军疑讶!"

洪昇将安史之乱归于李隆基作为帝王用人的严重失职。受他恩宠的杨国忠升为丞相后一手遮天,大肆接受贿赂、买官卖官,甚至还为死罪的安禄山开脱。而安禄山本为狼子野心之徒,受到恩宠后,立刻与杨国忠争宠。对于两人激烈的矛盾,李隆基并没有解决,只是将两人分开。杨国忠竟然为了印证自己的预言,在安禄山出镇后千方百计地激其叛乱,而安禄山则心怀阴谋,出镇后便暗中蓄积力量,以篡王位。洪昇的这种理解,不仅体现在具体事件的描述上,而且还借作品中人物的口吻突出之。作品中李隆基本人有承认,除此以外,郭子仪起初作为一介平民时,曾悲愤道:"正值杨国忠窃弄威权,安禄山滥膺宠眷",为边将时亦长叹曰:"外有逆藩,内有奸相,好教人发指也。"如李謩,当李龟年安史之乱以后弹唱这段历史时,道:"那君王看承得似明珠没两,镇日里高擎在掌……弛了朝纲,占了情场,百支笔写不了风流账",他表示了异议,反驳道:"老丈,休只埋怨贵妃娘娘。当日只为误任边将,委政权奸,以致庙谟颠倒,四海分崩处摇。"

可见在洪昇的笔下,两位当事人对爱情的追求,并不是安史之乱发生的直接原因。安史之乱爆发以后,作为国家的统治者,他们非但没有逃避责任,反而积极行动挽救危亡,并对自己的昔日行为进行了深刻的忏悔。如面对六军的骚乱,杨玉环不再儿女情长,她勇敢地以死来换取国家和社稷的安宁,"只念妃子为国捐躯","一霎时如花命悬三尺组,生擦擦为国捐躯"。李隆基受杨贵妃精神的感染,一时也放下与六军对抗,并与杨玉环一起赴难的打算,带着大军继续前往西蜀。在逃亡途中,李隆基还与百姓进行交谈,明白了自己的过失,"寡人不道,误宠逆臣,至此播迁,悔之无及","此乃朕之不明,以致于此",作出了遣散士军,自己与子孙及朝臣们继续前行的决定。杨玉环的灵魂后来看到兄弟姊妹的灵魂一一被鬼怪抓走后,发出了这样的感叹:"只想我在生所为,那一桩不是罪案。况且弟兄姊妹,挟势弄权,罪恶滔天,总皆由我,如何忏悔得尽",因此她对月哀祷。这些举措不但彰显了他们高尚的灵魂,而且突现了他们爱情的纯洁。

总之,他们一旦认定对方就真诚盟誓,盟誓后就全力坚守,无论千山万水还是阴阳相隔,都不会让他们放弃对方。这样的爱情穿越生死,始终不变,何等真挚!作品中无论是天上的牛郎、织女与寒簧,还是人间的杨幽通,或地里的土地神,无一例外地都被这种爱情所打动,纷纷鼎力相助,最终使他们双双升天成仙,实现了永为夫妻的愿望。

所以《长生殿》尽管规模宏大,结构复杂,既涉及安史之乱前后开阔的社会大背景,又叙及神奇飘渺的神仙世界,但这些都是为了生动地展现李隆基与杨贵妃的爱情,讴歌它的真挚。关于《长生殿》的这种爱情主题,洪昇本人有过明晰的阐述,"但果有精诚不散,终成连理","借太真外传谱新词,情而已"等(第一出《传概》);当时名流梁清标亦有"是剧乃一部闹热《牡丹亭》"之的评价(《长生殿·例言》)。

四、艺术特色

《长生殿》在艺术上的最大特点便是"求真",即追求所描写爱情的真实性。戏曲作为一门涉及到文学的艺术,离不开想象。但想象并非等同于漫无边际的虚构,而是有其自身的原则。到了洪昇生活的时代,虽然爱情已经成了戏曲所表现的常见主题,"从来传奇家非言情之文,不能擅长",但戏曲家们在描写爱情时却流入俗套,造成"失真"现象,"近乃子虚乌有,动写情词赠曾,数见不鲜,兼乖典则"(《长生殿·自序》)(图8-9)。洪昇意识到这种弊端后努力避免,在描写李杨爱情时,努力追求其真实。

为此,《长生殿》首先将李杨爱情放在盛唐安史之乱前后的历史大背景中去描述。洪昇对于盛唐历史并不陌生,此前他已经创作过多部关于此段历史的戏曲,"忆……谈及开元、天宝间事,偶感李白之遇,作《沉香亭》传奇,……亡友毛玉斯谓排场近熟,因去李白,入李泌辅肃宗

图8-9 稗畦草堂本《长生殿》书影

中兴,更名《舞霓裳》"(《长生殿·例言》)。对于这段浩如烟海的历史史料,洪昇有着自己的舍取原则:首先,他只选择与李杨爱情相关的史料;其次,虽然有关但如果有损于李杨爱情的真挚性,则一律不选,"凡史家秽语,概削不书"(《长生殿·自序》),"而中间点染处,多采《天宝遗事》、《杨妃全会传》……今载《长恨歌传》,以表所由,其杨妃本传、外传、及《天宝遗事》诸书,既不便删削,故概置不录焉"(《长生殿·例言》)。如对于杨玉环最初为李隆基之子寿王的妻子这则正史材料,作品就没有用,《长生殿》中的杨玉环身份非常单纯,在没有被李隆基恩宠时,只是一位宫女,这点显然是受到白居易《长恨歌》的影响。如对于那些描述安禄山与杨贵妃有私情、甚至安禄山叛变是因为贪于杨贵妃的美色而叛乱等野史也

不用，作品中只是写到安禄山受到李隆基恩宠后，曾在杨贵妃与其姊妹游曲江时，身着便装饱看了一番，但看到的也不是杨贵妃，作品中他连杨玉环的面都没有机会见到。最后，对于所选中的史料，叙述时力求保持历史的真实原貌。作品中的这场爱情在宫廷、贵族、边塞及市井等多层空间展开，涉及的人物既有上层的，除了李隆基、杨玉环以外，还有杨国忠、安禄山、郭子仪、高力士等；也有下层的，如梨园乐人李龟年、念奴、永新、雷海青、李谟等人。虽然人物众多，但是关于他们的事件，绝大部分都有史可证，如杨玉环舞《霓裳羽衣曲》、地方州县在杨玉环生日时进献荔枝、杨国忠与安禄山的争宠、哥舒翰被逼出兵以致使潼关失守、安禄山的被暗杀、郭子仪收复两京、李谟夜偷宫庭之曲、李龟年流落江南等。作品对安史之乱前后社会背景所作的符合历史真实的描写，是李杨爱情真实的基石。

其次，在具体述及李杨爱情时，作品对于当事人的行为活动及内心感受进行描述时，做到贴近生活、符合人性。作品在波澜壮阔的历史画卷中展开了这场爱情。对于爱情本身的叙述，洪昇努力使人物的行为和内心活动贴近现实生活和普通人性，做到入情入理。如同写相爱，杨玉环与李隆基所经历的过程是不一样的，杨玉环作为一位宫女，自从册封为贵妃后，便一心一意地想与李隆基相伴一生，但李隆基不一样，经历了一个非常曲折的过程，这显然与古代帝王通常的感情生活极相符合。如写杨玉环跟梅妃的竞争，既是为了捍卫自己的爱情，同时还有对一旦失宠人生将会坠入不幸深渊的本能惧怕，"江采蘋，江采蘋，非是我容你不得，只怕我容了你，你就容不得我也！"这显然与封建时代后宫嫔妃生活残酷性是完全相符的。如写她在运用美貌、才智等多种手段，赢得了李隆基"三千宠爱于一身"，过着雍容华贵的生活，但在七夕，她却情不自禁地流泪与鸣咽，在李隆基的追问下，才道出"只怕日久恩疏，不免白头之叹"。这些举措真实地再现了在一夫多妻制的封建社会里，妃嫔们伴君如伴虎的缺失安全感的悲惨人生遭遇。再如在马嵬坡事件中，当她看到六军杀死杨国忠时，"背掩泪"，是亲情的自然流露；听到六军逼迫李隆基赐死自己时，"慌牵生衣"，体现的是对死亡本能的恐惧；看到陈玄礼表示无力挽回局面时，她道"望吾皇急切抛奴罢，只一句伤心话……"，写出了她对爱人李隆基的无限眷恋；当两人独处时，她坚持要李隆基赐死自己，显示出爱情对于坚强人心的巨大力量。再如在马嵬坡事变中，李隆基曾要求陈玄礼劝退被激怒的军士，陈玄礼非但没有遵照执行，反而参与逼迫他赐死杨玉环的行动。虽然当时李隆基对此有所原谅，但是后来在梦中，当他与陈玄礼再次相逢时，却怒斥陈玄礼"暗激军士逼死贵妃，罪不容诛"，并下令"快把这乱臣贼子，首级悬枭"。李隆基在现实与梦中两种行径的巨大反差，形象地刻画了他失去爱人后的巨大悲愤。

因此，《长生殿》同样是描写爱情，但是具体描述这场爱情时，却将之与真实的历史结合起来，并且努力地使之贴近生活与人性，所以最终取得了真实动人的效果。

五、当代价值

虽然在中国古典戏曲中,爱情是极为传统的主题(图 8-10)。但是,每部作品所描写的爱情却是千姿万态的,而且对爱情的关注点也不尽相同。如元代《西厢记》和明代《牡丹亭》关注的是如何实现爱情,它们分别描写了相爱的年轻人在封建时代通过艰辛的抗争,最终使地下恋情浮出水面,得到社会的认可,从此进入婚姻的殿堂,过上幸福的生活。与这两部爱情作品不一样的是,清代洪昇《长生殿》关注的是爱情如何得以永恒。它叙述的空间跨度很大,从人间写到天上,既描写了李隆基与杨玉环如何突破封建时代帝妃间尊卑有别的关系,视对方为自己生

图 8-10 华清宫

命的唯一,同时又描写了安史之乱对他们爱情的重创,虽然阳阴相隔但仍然执着于当初的爱情盟言,最终感动了天,感动了地,得以在仙界重逢,永世结为夫妻。所以就描写爱情的深度与广度而言,《长生殿》显然要超越《西厢记》与《牡丹亭》。

《长生殿》描写的是盛唐帝妃之爱,作品中两位当事人所处时代的昌盛以及社会地位的高贵是一般恋爱男女难以企及的。但是这并不意味着他们的爱情之路就会平坦顺畅,实际上他们所经历的较之一般人还要激烈动荡、曲折艰辛得多。阻碍他们爱情走向永恒的阻力既来源于人性又来源社会。首先,就人性而言,虽然爱情与欲望关系极密切,但欲望却不能成为爱情的基石。否则,爱情不但是短暂的,而且巨大的痛苦还会接踵而来,将人席卷、淹没。如剧中的李隆基,最初之所以册封杨玉环为贵妃,更多的是着迷于杨玉环倾国倾城的容貌,但是习惯于美眷如云的他很快就厌倦了,两人因此产生了隔膜,双双陷入了痛苦。作品告诉我们,爱情只有超越了欲望,深入到对方的灵魂,才能奔向无限开阔的美好天地。

除此以外,爱情能否永恒,还与当事人的社会身份及所处的时代状况密切相关。爱情既是个人的事,同时又与社会休戚与共。即便李隆基与杨玉环彼此忠诚,海誓山盟,在后宫里如胶似漆、耳鬓厮磨,但是这并不意味着他们的爱情就能与山河共存,与日月齐光。因为当他们在后宫享受两人世界时,还有一个更大的世界存在着:朝廷之上有众多的文臣武将,朝廷之外有千万的黎民百姓。虽然李隆基皇恩浩荡,但是这并不意味着所有的大臣都能够与君王同心同德。一旦奸臣掌权,就会殃及百姓,"水能载舟亦能覆舟","城门失

火,殃及池鱼",最终他们的爱情受到震荡,两人因而踏上流亡之路,最终不得不生死分离。作品中以李隆基下诏南方官府要他们在杨玉环生日那天送上荔枝为例,展示了李杨爱情的一个小小举措,给沿途百姓所带来的巨大灾难,生动展示了这场发生在深宫里的爱情,实际上与当时社会是血脉相连的。

高高在上的帝妃在追求爱情永恒时尚且如此不自由,更何况普遍人!

但是作品在展示爱情受到重重阻力的同时,也令人信服地道出了爱情得以永恒的真谛。

作品中李隆基与杨贵妃在仙界里相依相偎,永为夫妻,这种场景曾在七夕节于长生殿里发生过,不过它在人间只是温存的一瞬间!他们爱到情深处所发下的"在天愿作比翼鸟,在地愿作连理枝"的爱情誓言只有越超了肉体的欲望、摆脱了社会对人的羁绊,才能最终实现。所以作品中的仙界,显然是个比喻,意指爱情的永恒境界。带领他们爱情走向永恒的基石乃是两人的"精诚"。杨贵妃可以为爱人的安危主动献出生命;死后灵魂还要一路追随爱人,与之同行,尸解时也不忘留下赐物,让李隆基找到自己;到了仙界还要带上定情物,每日睹物思人,以泪洗面。而李隆基则顶住禁军可能哗变的巨大压力,坚决不赐死爱人;又做出一系列举措对爱人作追悼,他最大的愿望就是早日辞世,与已逝的爱人得以重逢。可见,他们为了爱情柔肠寸断,生死不弃!作品在赞美爱情的同时,也讴歌了对待爱情应当持有的可贵态度——"精诚"。

明白了洪昇在《长生殿》中描述帝妃爱情时所要传递的这种理念,我们会发现《长生殿》在当下仍然极富价值。爱情是人类永恒的主题!相信绝大多数人对爱情心驰神往。虽然如今是张扬个性、追求自由的时代,追求爱情所受到的外界阻力与古人相比要小得多,但是我们仍然会悲伤地发现,真正领略并拥有爱情的人并没有因此数量骤增。这种不尽人意的状况实在值得好好发人反思!其实,爱情的阻力除了来自外界的社会阻力以外,还会受到来自人性深处的欲望的诱惑和干扰,它常常使我们偏离了爱情的康庄大道。应当亲近爱人的灵魂,唯有灵魂做到水乳相融,爱情才能够经得起时光的考验。真正的爱情,应当不会因为爱人容貌的摧残和社会身份的下滑而有丝毫的动摇!另外,就爱情而言,相爱容易,相守却很难。面对诸多的纷扰,应当以作品中李隆基与杨玉环为榜样,学习他们的"精诚",竭力坚持,永不言弃。人生拥有爱情是幸福的,能够让爱情与时光一起经久弥新、永恒长存更是让人无限羡慕!

第九讲　孔尚任与《桃花扇》

第一节　孔尚任

图 9-1　清人绘孔尚任像

孔尚任（1648—1718），字聘之，号东塘，别号岸堂，自称云亭山人（图 9-1）。山东曲阜人，孔子六十四孙。生于清朝，年轻时积极于仕途，曾卖田纳粟捐了监生的科名，但并没有实现理想。康熙二十三年（1684），康熙皇帝首次南巡，返程经过曲阜祭祀孔子时，孔尚任被推举为祭曲，负责给皇帝讲经，结果颇得康熙的赏识，后来又让他引驾观览孔庙、孔林。康熙随即指定吏部破格任用他。孔尚任由此成了国子监博士。孔尚任在国子监做了半年学官后，受命随同工部侍郎去淮扬治理下河，疏浚黄河海口，并于康熙二十九年奉调回京，历任国子监博士、户部主事、广东司外郎等职。康熙三十八年（1699），五十二岁的孔尚任完成了《桃花扇》，一时洛阳纸贵，王公官员竞相借抄，康熙也索去阅览。次年，《桃花扇》上演，引起了朝野轰动，但孔尚任恰在此时被罢官了。从他所作的《容美土司田舜年遣使投诗赞予〈桃花扇〉传奇，依韵却寄》："命薄忍遭文字憎，缄口金人受诽谤"来看，这次罢官很可能是因为《桃花扇》得祸。罢官后，孔尚任在京赋闲两年多，接着便回乡隐居。康熙五十七年（1718）这位享有盛誉的一代戏曲家，在曲阜石门家中与世长辞，享年七十岁。他的作品除了《桃花扇》以外，还有与顾采合著的《小忽雷》传奇及诗文集《湖海集》、《岸堂文集》、《长留集》等，均传世。

第二节 《桃花扇》

一、主要情节

倾注孔尚任毕生精力、三易其稿的《桃花扇》(图9-2)，主要通过讲述明代名士侯方域和秦淮名妓李香君悲欢离合的爱情故事，展现了南明王朝从创立到灭亡的短暂过程，从而对明朝灭亡的原因作出思考。

作品中侯方域为复社名流，科举失败后寓居金陵，一时青春难耐，欲寻一秦淮佳丽。色艺皆精的李香君也正要招客梳栊，却苦于无合适的人选。魏党余孽阮大铖失势以后，正潜伏在金陵，他广蓄声妓，企图东山再起，结果却受到了复社文人的口诛笔伐，因而极度苦恼。与他们三人都有交往的罢官县令、凤阳督抚马士英的妹夫杨龙友于是建议阮大铖抓住这个机会，出钱资助侯方域以促成侯李之好，然后让侯方域出面调和阮大铖与复社文士们之间的矛盾。阮大铖对此欣然赞同，让杨龙友暗中操办此事。

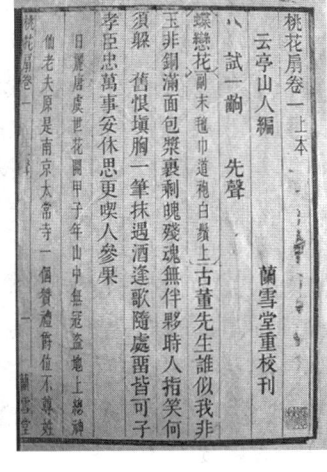

图9-2 《桃花扇》书影

李香君与侯方域结合以后，才知晓事情的真相。侯方域果然有同情阮大铖之意，但李香君却认为阮大铖寡耻鲜廉、妇孺皆知，因而断然拒绝了他所赠的丰盛妆奁(图9-3)。侯方域受其感悟，端正了立场，与阮大铖明确划清了界限。侯方域从此由衷地敬重李香君，两人的感情弥加深厚。但阮大铖阴谋没有得逞之后，便对侯方域与李香君两人怀恨在心，伺机报复。

镇守湖南的左良玉兵多粮少，为安定军心，打算借粮金陵，这使本来就岌岌可危的大明王朝雪上加霜。朝野上下顿时慌成一团。由于侯方域的父亲曾做过左良玉的恩帅，所以束手无策的兵部尚书熊明遇便请侯方域假托其父亲之名写信阻止左良玉。侯方

图9-3 《桃花扇》绘图"却奁"

域写好书信后,金陵说书人柳敬亭冒死将之送给左良玉,最终成功地劝说了左良玉。在众人合议左良玉移兵金陵一事时,阮大铖非但没有良计,反而乘机诬谄侯方域,说他与左良玉一直暗中往来。淮安漕抚史可法认为阮大铖一派胡言,但凤阳督抚马士英却听信谗言,派人去抓拿侯方域。杨龙友及时将消息告诉了侯方域。侯方域被迫与李香君分离,去投奔史可法。

马士英不顾史可法的反对,迎立福王在金陵匆匆登基。此后他又将史可法调离朝廷,到扬州督师江北,从此大权独揽。马士英任人唯亲,迫害贤良,阮大铖与杨龙友因此都被重新起用。江北四镇恃武逞强,各不相让,无奈之下,史可法只好将高杰调往开封、洛阳两地防御黄河,因为深晓高杰的使气任性,他让侯方域随行辅助。

马士英的乡党田仰托杨龙友在秦淮寻一佳妓做妾,杨龙友就去游说李香君,结果被李香君断然拒绝。阮大铖得知此事后,在马士英面前大进谗言,马士英大怒,立刻派人去抓李香君。李香君誓死反抗,撞晕在地。情急之下,杨龙友让假母李贞丽代其改嫁从良。李香君从此闭楼守志,一心等待侯方域的消息(图9-4)。杨龙友将溅在定情扇上的血迹点染成桃花。李香君老师苏昆生要回乡,得知侯方域也在此地,李香君便请他将桃花扇带给侯方域,以寄托思念之情。

李香君被当作李贞丽抓去演练阮大铖创作《燕子笺》,准备到宫廷中表演。在马士英与阮大铖的验收宴会上,李香君对他们国难当头却鼓励君王纵情声色的卑劣行径进行了唾骂,马士英恼羞成怒,不但当场痛打了李香君,而还将之派入宫中。李香君进宫后,阮大铖本打算让其演净、丑脚色,但福王却让她担任旦本脚色。李香君为了赢得与侯方域见面的机会,只好努力地念唱脚本。

图9-4 《桃花扇》绘图"守楼"

高杰被派去防河后,飞扬跋扈,不听侯方域的劝阻,羞辱总兵许定国,结果被许定国设计谋杀。许定国随后向清军投降,局势因此一片混乱。侯方域无奈之下只好回乡,途中正好遇到逃亡的苏昆生,得知李香君对自己的一片痴情后,他决定回南京去寻找李香君。但当他赶到李香君住所时,却发现人去楼空。杨龙友让侯方域立刻躲起来以免受到马士英与阮大铖的迫害。侯方域寻找到友人时,恰逢阮大铖罗织罪名迫害东林党人,结果与友人一起被捕入狱,后来因为审理此案的官员张薇的全力营救,才得以免死。

苏昆生为了营救侯方域,立刻赶往左良玉处求援。左良玉激怒于马士英与阮大铖的滔天罪恶,为了表示对崇祯皇帝的忠心,当即打着清君侧的旗号,发兵东进,前来声讨。柳敬亭替左良玉送檄文,结果被捕入狱,因而与侯方域在狱中重逢。马士英不顾国家利益,将北方兵力全部调来对抗左良玉,此举造成黄河一带千里空营。左良玉的儿子梦庚在行军中图谋不轨,擅自攻占城池,使左良玉陷于不忠之列,左良玉因此气绝身亡。左良玉死后,其军队四处逃散溃不成军。看到眼前兵荒马乱的场景,苏昆生决定回到南京,寻找侯方域。清兵趁南明王朝的这场政治内讧,兵逼淮扬。史可法带领三千士兵誓死抵抗,结果却惨败。淮扬失守后,清兵又向金陵发起猛烈的进攻。福王得知军情后,深夜逃走,马士英与阮大铖随即也带着财物与妻妾逃亡。李香君乘乱逃出宫廷,结果路上与苏昆生相逢,并跟随他一道逃出金陵,前往栖霞山避难。他们一路留心打听侯方域的消息。

图 9-5 《桃花扇》绘图"入道"

福王到黄得功的军营里避难,结果他的部将田雄却联合其他两镇的将领,将福王送给清兵邀功行赏了。史可法在扬州失陷后孤身前往金陵护驾,中途得知金陵失守、福王逃亡的消息,万念俱灰,投江而亡。侯方域与柳敬亭趁乱从狱中逃出,随老礼赞一起前往栖霞山避难(图9-5)。

张薇在栖霞山主持追荐崇祯皇帝的道会。侯方域与李香君因此悲喜相逢。侯方域打算带李香君回乡,并且表示要对所有帮助过他们的人进行报答。张薇指着眼前天翻地覆的悲凉场面,对他们进行了怒呵,这使两人最终顿悟,双双入道。

二、作品主题

这部作品是典型的历史剧。孔尚任认为戏曲的本质虽然始于文学,却终于历史,"其旨趣实本于三百篇,而义则大使馆秋,用笔行文,又左、国、太史公也"。所以他创作《桃花扇》旨在思考明王朝灭亡的根本原因,"场上歌舞,局外指点,知三百年之基业,隳于何人?败于何事?消于何年?歇于何地?不独令观者感慨涕零,亦可惩创人心,为末世之一救矣"。并且孔尚任还想以戏曲的形式来鉴古知今,指导自己所处时代的生活,"不独令观者感慨涕零,亦可惩创人心,为末世之一救矣"(引文均出自《桃花扇小引》)。

《桃花扇》重点描述的是明末在南方出现的南明小王朝的建立与灭亡的过程。故事发生时，正值清兵攻陷了明代的都城北京，正在积极向南推进。南方力量在得知崇祯皇帝驾崩、太子不知去向的消息后，便拥立福王做了弘光皇帝，成立了南明王朝，以此与清兵进行对抗。南明王朝虽然地处江南富庶之地，拥有数十万兵力，但仅存在了一年零一个月，其迅速灭亡的原因实在引人深思。

从作品的叙述来看，致使南明小王朝迅速灭亡，并使拥有近三百多年历史的大明帝国彻底退出了历史舞台的根本原因乃是统治集团的极度腐朽。作品以侯方域与李香君的爱情为线索，将明王朝统治阶层的状况都作了全面生动的描述，其中包括君王、文臣、武将及依附统治者的文士雅客等（图9-6）。他们在清军大兵压境、国难当头时的举措令人心寒而悲愤。如福王父子，其卑劣的行径路人皆知：常洵曾谋害太子，欲行自立，贪财图利，富可敌国，但"昨日寇逼河南，竟不舍一文助饷，以致国破身亡，满宫财宝，徒饱贼囊"；其子由崧，"父死贼手，暴尸未葬，竟忍心远避。还乘离乱之时，纳民妻女"，就是这样"君德全亏尽丧"的由崧却被朝臣迎立登基，成了弘光皇帝。弘光皇帝登基后，竟然将朝廷要务全部交付给奸相马士英，整日思索应当如何寻欢作乐，"只是朕独享帝王之尊，无有声色之奉，端居高拱，好不闷也"，他将粉饰太平看成自己作为帝王的第一要务，专心排演起阮大铖创作的《燕子笺》，"只因你所献

图9-6 《桃花扇》绘图"媚座"

《燕子笺》，乃中兴一代之乐，点缀太平，第一要事；今日正月初九，脚色尚未选定，万一误了灯节，岂不可恼"。接到扬州失守、金陵告急的消息后，他竟然立刻弃下百官，连夜逃出金陵，想到的只是保住自己的性命，"千计万计，走为上计"，"寡人只要苟全性命，那皇帝一席，也不愿意再做了"。

文臣如马士英，在国难当头却暗自庆幸，"幸遇国家多故，正我辈得意之秋"，迎立福王后，将史可法明升暗降，调出朝廷，从此一手遮天，结党营私，卖官鬻爵，公报私仇。如他口出狂言道："那朱紫半朝，只不过呼朋引党；这经纶满腹，也无非报怨施恩。人都说养马成群，滚尘不定；他怎知立君由我，杀人何妨"；正如杨龙友评价："而今马、阮当道，专以报仇雪恨为事"；又如左良玉愤怒谴责道："闻得旧妃童氏，跋涉寻来，马、阮不令收认；另藏私人，豫备采选，要图椒房之亲"。如阮大铖，先是投靠魏党，助纣为虐，失势后非但不闭门思

过,反而一心图谋东山再起,并且还想在死灰复燃后,"索性要倒行逆施"。他得知崇祯皇帝去世、太子不知所踪的消息后,立刻寻找福王,将之视为"奇货",以此与马士英相勾结,阴谋复官。他复官后,千方百计地迫害侯方域以及东林和复社的文士名流。马士英与阮大铖为了谋求个人的私利,完全敌我不分,置国家利益于不顾。当左良玉兴兵讨伐他们时,他们竟扬言"大丈夫烈烈轰轰,宁可叩北兵之马,不可试南贼之刀",将江北一带用以抵抗清军的全部兵力调来对付左良玉。此举使得史可法孤掌难鸣,淮扬最终失守,从此清军势如破竹。

图9-7 《桃花扇》绘图"和战"

武将如左良玉,虽然心存忠义,却缺少谋略,为应对缺粮难关,竟轻言移兵东进,致使本来就岌岌可危的大明王朝陷于更加可怕的动荡局面(图9-7)。虽然侯方域的书信和柳敬亭的劝说,使之有所顿悟,但他终究还是因为不能忍受马士英的迫害贤良而大举兴兵,面对北方四镇的堵截以及其子的阴谋自立,又不能妥善处理,结果落得个暴毙身亡、含恨而终。北方四镇将领,不但骄扈不驯,而且还互相倾轧,完全不识大体,不顾大节。如他们为了座次问题就刀拔弩张。在他们心中,私恨比国仇更重要,"国仇犹可恕,私恨最难消"。如许定国受到高杰挑衅后,便设计谋杀了高杰,面对自己无法驾驭的局面,他竟然向清兵求助,并以此作为邀功的砝码,"今夜悄悄出城,带着高杰首级献与北朝,就引着北朝人马,连夜踏冰渡河,杀退高兵。算我们下江第一功了。"不仅许定国、田雄与其他两镇将领看到明王朝大势已去,便想着卖国求荣,他们最终把弘光皇帝作为宝物献给清兵,"把弘光送与北朝,赏咱们个大大王爵,岂不是献宝么?"

再看那些东林与复社等文人墨客们。在国家快要灭亡时,他们却流连于秦淮河,与歌儿舞女们混在一起,品题娼妓,观赏新戏,作诗弄赋,以示风雅。如侯方域游览秦淮河,面对眼前的秦楼楚馆,道:"暗思想,那些莺颠燕狂,关甚兴亡";吴应箕亦曰:"中原无人,大事已不可问,我辈且看春光。"他们所作的努力只不过是对丧家之犬阮大铖进行声讨,以此沽名钓誉,洋洋得意罢了。甚至一旦受到奸人利诱,还会清浊不分,这包括侯方域在内。

在整部作品中,统治阶层里只有张薇、史可法,还尚存正义之气和爱国之心,但终因势单力簿,无法扭转大局,最后落得一个辞官出走,远离红尘,做了道长;一个悲愤绝望,投江而死,为国尽忠殉节。

与统治阶层的君昏臣奸的腐朽黑暗相对,那些生活在下层的百姓们在民族存亡之时,却心存正义,威武不屈,与恶势力作无畏的抗争。如李香君,虽然是出身于青楼楚馆的歌妓,却不贪慕财物。她先是坚决拒绝了阮大铖的丰厚妆奁,后来还誓死不嫁给奸相马士英的同僚田仰,并且还敢于大胆揭发马士英与阮大铖的丑恶嘴脸。再如艺人柳敬亭与苏昆生,能够不为重金诱惑,坚决不做阮大铖的门客。在国家危难时刻,他们能奋不顾身地奔波在战争最前线,及时传递情报等。但是这些下层百姓对于挽救国家危亡的重任,显然是心有余而力不足。李香君最终只能入道,而柳、苏二人也只好归隐山林。

以上就是作品所展现的南明王朝灭亡原因:统治阶级的极度腐朽,不能够担当起拯救国家危亡的重任,下层百姓虽然主动承担,却又不能胜任。可见,它的灭亡是历史的必然。

从上述所讲的《桃花扇》的内容以及作品产生后受欢迎的程度来看,孔尚任的创作意图基本上得到了实现。孔尚任的成功,与他所持的实证求真的创作态度密切相关。孔任尚在淮扬任职之时,曾广泛结交当地的或流寓扬州的文士,而这些名士中就有不少是前朝遗老,因而有了很多机会听到他们谈及往事,感叹兴亡,后来还借机到南京的秦淮河、明故宫及栖霞山等地进行过实地考察。这不但激发了他的创作热情,而且还为其创作提供了诸多详实的史料基础。《桃花扇》中所涉及的人物及事件绝大多数是真实的,即使是侯李爱情,其写实的成分也很重,"朝政得失,文人聚散,皆确考时地,全无假借。至于儿女钟情,宾客解嘲,虽稍有点染,亦非乌有子虚之比"(《桃花扇凡例》),"借离合之情,写兴亡之感,实事实人,有凭有据"(第一出《先声》)。孔尚任这种严谨的创作精神,使《桃花扇》能够对于明代灭亡前的社会作出令人信服的描述,从而最大程度地实现了他的创作意图。

三、情节线索

作为一部历史剧,要对南明小王朝以及明代的最终灭亡进行全面深刻的描述,势必会涉及众多的历史人物与历史事件,面对如此开阔的历史画面,孔尚任以侯李爱情作为主要线索,将之有序地呈现,这是《桃花扇》最大的艺术特点。

作品中,侯方域是位出生于官宦世家的读书人,他不仅满腹才华,而且还是复社的著名文人,在当时享有极高的社会声誉;李香君则是一位生活在下层却艺色俱佳的秦淮名妓,这两位年轻人的最初结合始于一场政治阴谋,即失势的魏党余孽阮大铖企图借侯方域的影响力来摆脱东林与复社文士的攻击,恢复社会声誉,以图政治上的东山再起。在这场事件中,李香君拒奁的义举,不但坚定了侯方域的政治立场,而且还使他对李香君的感情由表面的色艺欣赏变成为深层的人格敬重,两人由此产生了真挚的爱情。但是正当他们沉浸在爱情的幸福中,灾难却悄然而至,他们因此几经劫难,死里逃生,最终才得以重逢。

他们爱情的一路坎坷,乃是当时正邪两股势力相斗争的结果。

阮大铖因为阴谋没有得逞,便对他俩怀恨在心,后来不择手段地破坏他们的爱情。当他被招来合议如何应对左良玉举兵东移一事时,竟然当众放出侯方域与左良玉一直暗中交往,所以应当对此事负责的不当言论。此言一出,反响不一。正直的史可法坚决不信他的无稽之谈,拂袖而去,而马士英却异常愤怒,并立刻派人去追捕侯方域。两人因此被迫分离。侯方域因为久闻史可法的正直忠诚便去投奔。史可法基于对侯方域才华与声誉的了解,不但收留了他,而且还与之一起商讨如何应对当时局势,后来更是派侯方域与高杰同行,以防不测。侯方域因此得以死里逃生,并施展才华。李香君在侯方域逃亡后,便闭楼谢客,一心等待侯方域的消息。为此,她拒绝了重金诱惑,坚决不嫁给马士英的乡党田仰。阮大铖听说此事后,又将此举说成这是受侯方域背后指使的结果,目的是羞辱马士英。马士英听后大怒,派人去捉拿李香君,企图以暴力逼其改嫁。最后因为李丽娘代嫁,李香君才免于劫难。此后,李香君又被当成李贞丽被阮大铖抓到宫廷表演戏曲,这使得侯方域千辛万苦地回到南京,结果却是人去楼空。而正当侯方域准备暂时躲起来准备慢慢打听李香君消息时,阮大铖又将之抓入狱中,准备致之于死地。在如此危难之际,负责此案的官员张薇,因为极富正义感,不想帮助权奸逼害贤良,所以就将侯方域暂时关在狱中,自己进山养病,以此拖延此案的审理,侯方域这才得以虎口脱险。左良玉得知侯方域被捕入狱,愤慨于马士英、阮大铖的奸佞行径,举兵东下进行讨伐。马士英不顾一切,调集北方全部军事力量与之抗衡,结果清兵乘虚而入,淮扬、金陵相继失守。侯方域从狱中逃出,李香君从宫中逃出,两人不约而同地前往栖霞山避难,结果再次相逢。

在侯李爱情这种主线索中,还有一个串联性的道具——扇子(图9-8)。侯李爱情的每一步发展,都与扇子密切相连。两人定情之初,侯方域赠扇给李香君,并且在扇上题诗以赞誉李香君。后来侯方域逃亡,李香君为了守志,面对马士英的逼迫,不惜以死抗,结果撞地毁容,将血溅在扇子上。杨龙友有感于李

图9-8 桃花扇子图

香君对爱情的忠贞,便将血溅点染成桃花,李香君将此扇托老师苏昆生送给侯方域以表达自己强烈的相思之情。侯方域倍受感动,不顾时局动乱,毅然回金陵寻找她。最后张薇将桃花扇撕掉,这场轰轰烈烈的感人爱情也随之结束了。可见,这场爱情由赠扇、画扇、送扇与撕扇等具体情节构成。孔尚任视剧中的扇子为龙珠,对其极为珍视,"剧名《桃花扇》,则桃花扇譬则珠也,作《桃花扇》之笔譬则龙也。穿云入雾,或正或侧,而龙睛龙爪,总不离乎

珠;观者当用巨眼"(《桃花扇·凡例》)。

除了侯李爱情这条主线以外,作品还有一个串连各方面的关键性人物——杨龙友。他既是一位老于世故的政客,又是一位造诣极高的画家。他罢官后闲居在金陵,非常活跃,有着极广的社会交际圈。他既是侯方域的友人,又是阮大铖的盟弟,同时又是马士英的妹夫。因而与当时正邪两派均有密切的联系。为了仕途,他与当朝权臣马士英、阮大铖走得很近,所以会替阮大铖的政治复出出谋划策,会帮助马士英的乡党田仰张罗娶妾的事,会为马士英奔走效力,极尽谄媚之能事,甚至在马士英与阮大铖逃亡时,还会送马给他们。可是他为人又有热心仗义的一面,对于侯李两人也特别欣赏,会替李香君物色名流以谋梳栊之事,对于他们的爱情极富同情心,在他们结合时,会写诗祝贺;当马士英派人去抓侯方域时,会提前通风报信;当马士英派人去抓李香君,而李香君以死抵抗坚决不从的危急时刻,会想出让李贞丽代其改嫁的主意;在李贞丽走后,会帮忙照顾受伤的李香君;当李香君被马士英暴打时,会从旁巧妙劝解,不但最大限度地降低了对李香君的身体伤害而且还使她免于一死;当李香君被逼进宫后,又帮忙照看她的家;当侯方域再次回到金陵,会提醒对方要赶紧隐姓埋名,以防马士英与阮大铖的迫害,等等。可见,杨龙友是一位八面玲珑的人物。他每次出场,侯李爱情都会有新的发展,而整个晚明社会风起云涌、暗流涌动的社会画卷也随之呈现。

正因为有了侯李爱情的主线、桃花扇这个道具以及杨龙友这个关键性人物,作品在叙述晚明宏大历史时,才会做到节奏紧凑,井然有序。

四、人物形象

除此以外,作品在塑造人物方面还极为成功。在整部作品中,李香君的形象最为光辉。她虽然出身下层,生活在纵情声色的歌舞场所,却不追慕金钱,心存正义,讲究名节,珍视爱情,不畏强权,勇敢刚烈,时刻关注国家命运。当她得知是阮大铖出巨资促成她与侯方域结合时,便断然将丰厚的妆奁退回去,"那知道这几件钗钏,原放不到我香君","脱裙衫,穷不妨;布荆人,名自香",之所以如此,是因为阮大铖"趋附权奸,廉耻丧尽;妇人女子,无不唾骂";后来侯方域逃亡后,虽然两人长期失去联系,但她却坚决为之守节,不但不为田仰的巨资所动,而且面对马士英的强权,她还以死相抗。眼看国家快要危亡,权奸们却仍然在追欢逐乐,她义愤填膺,在宴会上不顾生命危险,对这些败类进行了严辞控诉。因此,作品中的李香君不仅是一位光辉的中国古代歌妓形象,而且还是一位光辉的中国古代女性形象。

除了李香君以外,还有侯方域。他是封建社会正统知识分子的典型形象。良好的家世与满腹的才华,使他志向高远,但社会阅历的贫乏又他心智单纯,对周围的环境缺乏应有的警惕和提防。所以国难当头,他与其他的复社文士一样,流连于青楼楚馆。他对于梳椓李香君一事颇怀热情,但对于萍水之交的杨龙友慷慨资助的动机并不深究。在李香君的寻问下,他才知道是阮大铖的资助,知晓阮大铖的动机之后,他竟然黑白不分、是非混淆,对一向疏远且为人所唾弃的阮大铖表示了同情,并欣然同意出面帮他调和与复社党人的矛盾。在李香君义举的感动下,他才有所顿悟,从而与奸人阮大铖彻底划清界限的。后来在诸多因素的促动下,他才坚定了为国排忧解难的信念。但是当飞扬跋扈的高杰与许定国产生矛盾时,他好言相劝,结果高杰非但不听反而对他进行讥讽时,文人固有的清高自尊又使他意气用事,不顾史可法的重托,拂袖归乡。这不但使高杰被谋杀,而且还使许定国弃国降敌,导致黄河防线崩溃,给南明王朝造成了非常致命的打击。

除了这两位主角以外,作品对其他人物虽然着笔不多,却也塑造得栩栩如生。如同写奸臣,马士英是霸道,阮大铖是阴险;同写忠臣,史可法是刚毅,张薇是平和;同写武臣,左良玉是忠贞却有勇无谋,高杰是鲁莽又刚愎自用,许定国怯弱而阴暗,黄得功盲从而忠诚等。同是写忧国忧民的艺人,柳敬亭勇敢机智,苏昆生重情重义;同是歌妓,李香君内心高洁,眼里揉不得半点沙子,李贞丽务实重利,但危情关头却极为仗义,在动荡的时代也能够随遇而安,等等。

五、悲剧结局

最后一个关键的艺术特色就是作品打破了一般才子佳人大团圆的结局模式,以悲剧收场。侯李两人虽然经历了曲折而相逢于栖霞山,但最终却在张薇的呵斥下,弃绝了儿女之情,双双入道。之所以如此,一方面是作品的主题所决定的。孔尚任创作此部作品,并不是为了张扬爱情,而是反思历史,他以侯李爱情为线索来有机地再现南明小王朝从建立到灭亡的全过程,从而引发读者对大明王朝的最终灭亡进行历史反思。由于这段历史是以悲剧结局的,因而从作品的艺术效果来看,爱情的悲剧结局不但与整部作品的审美风格一致,而且还有助于加强历史悲剧感。

另一方面这也与创作者及剧中人对爱情与封建伦理之关系的理解相一致。当侯方域与李香君经历了重重困难最终相逢时,侯方域决定带李香君回家乡,并报答所有帮助过他们的人。张薇却道:"当此地覆天翻,还恋情根欲种,岂不可笑!"对此,侯方域回答道:"从来男女室家,人之大伦,离合悲欢,情有所钟,先生如何管得?"张薇又曰:"你看国在那里,家在那里,君在那里,父在那里,偏是这点花月情根,割他不断么?"从这番对话来看,侯方域与张薇的观念并不相悖,侯方域认为爱情最终的指向是家庭,而张薇则进一步指出家庭的最终指向是国家。因此在他们的心里,爱情与国家之关系,乃是毛与皮的关系。所以一旦国家灭亡,爱情便失去了其存在的意义,"皮之不存毛将焉附?"

从作品的剧情发展来看,的确如此。侯方域与李香君结合当初也只是浅层次的才子佳人的结合,但在具体处理阮大铖助奁一事上,他们增强了对彼此的了解。李香君捍卫正

图9-9 《桃花扇》绘图"余韵"

义超过追求金钱,维护侯方域的声誉超过对物质挥霍的欲望,此举赢得了侯方域的由衷敬重。侯方域不但将之称为畏友,而且还将她介绍到自己的交往圈中,使她受到复社文人的普遍赞誉,两人的情感因此越过了一般的娼妓与嫖客的关系,在精神世界上有了深层次的交流与沟通。此后侯方域不但写信劝阻左良玉举兵东下,而且还追随忠诚的史可法督师江北,后来又更听从史可法的调遣,随高杰去防河。他的这些爱国行动,让深怀大义的李香君对之更加仰慕,愿意为之长期闭楼守节。柔弱的李香君在侯方域走后,独自面对马士英与阮大铖的不断迫害,毫不畏惧、勇于抗争的大无畏精神又进一步震动了侯方域的心灵,使他毅然回到战火纷飞的金陵来寻找她。心系国家危亡、愿意为之赴汤蹈火的爱国情怀是他们相知、相恋的基石。所以一旦金陵沦陷,皇帝被捕,南明小王朝灰飞烟灭,他们的爱情也被釜底抽薪,失去了赖以存在的基石(图9-9)。所以张薇的一顿呵斥只是将他俩一向所认同的、并且也一直在努力践行的理念——国家利益凌驾于个人爱情之上,给挑明了。正因为如此,侯方域听后才会"冷汗淋漓,如梦忽醒",两人最终才会作出遁出红尘的举措。

六、当代价值

《桃花扇》虽然也写爱情,但是与一般戏曲却不一样,爱情不再是它的主题。侯方域与李香君这两位才子佳人,在国家危难之际相遇,虽然也非常相爱,但是却以国家存亡作为人生的最高使命,为此可以挺身而出,奔走相救,最后还为之自愿放弃了个人的爱情。因而,《桃花扇》作为一部历史剧,充满着崇高感,读之不但催人精神振奋,而且还让人掩卷沉思。

如今,是一个倡导个性解放和个性张扬的时代,个人的权利得到了充分的尊重与关注。受此影响,有些人将追求个人幸福看成了人生理所当然的头等大事,爱情因此被很多人顶礼膜拜。这导致的结果往往使人沉溺于个人的小天地,对于身边的世界,如他人、国家或整个社会等,非常漠视。人们由此常常会感叹世风日下、世态炎凉。其实,每个人既是一个独立的个性,又是社会的一员,与周边的环境有着千丝万缕的联系。如果忽略了他人、国家与社会的利益,单纯地执着于个人的幸福,甚至对于民族的存亡都无动于衷,那么他所追寻的个人幸福,其实也是不能够实现的,正如前一讲《长生殿》中,李隆基与杨玉环在深宫中日日歌舞享受,其结果是安史之乱的突然爆发,以及可怕的天翻地覆,两人的爱情因而也受到重创。

所以,每个人都应当关注身边的世界,并且要有为之奉献和牺牲的精神。孔尚任在《桃花扇》中所宣扬的这种崇高的民族精神,始终流淌在中国人的血脉中。每每我们的民族陷入危亡之际,就会涌现出许多的仁人志士,他们用激情、鲜血与生命演绎出一幕幕可歌可泣的动人壮举。虽然,如今处于和平时期,但是我们仍然应当将此精神铭记于心,并让它世代薪火相传。唯此,我们的民族才不会沦伤,我们的国家才会一直繁荣强盛!

附录

《窦娥冤》节选　关汉卿

楔子

（卜儿蔡婆上，诗云）花有重开日，人无再少年；不须长富贵，安乐是神仙。老身蔡婆婆是也。楚州人氏，嫡亲三口儿家属。不幸夫主亡逝已过，止有一个孩儿，年长八岁；俺娘儿两个，过其日月，家中颇有些钱财。这里一个窦秀才，从去年问我借了二十两银子，如今本利该银四十两。我数次索取，那窦秀才只说贫难，没得还我。他有一个女儿，今年七岁，生得可喜，长得可爱，我有心看上他，与我家做个媳妇，就准了这四十两银子，岂不两得其便。他说今日好日辰，亲送女儿到我家来。老身且不索钱去，专在家中等候，这早晚窦秀才敢待来也。（冲末扮窦天章引正旦扮端云上，诗云）读尽缥缃万卷书，可怜贫杀马相如；汉庭一日承恩召，不说当垆说《子虚》。小生姓窦，名天章，祖贯长安京兆人也。幼习儒业，饱有文章；争奈时运不通，功名未遂。不幸浑家亡化已过，撇下这个女孩儿，小字端云，从三岁上亡了他母亲，如今孩儿七岁了也。小生一贫如洗，流落在这楚州居住。此间一个蔡婆婆，他家广有钱物；小生因无盘缠，曾借了他二十两银子，到今本利该对还他四十两。他数次问小生索取，教我把甚么还他？谁想蔡婆婆常常着人来说，要小生女孩儿做他儿媳妇。况如今春榜动，选场开，正待上朝取应，又苦盘缠缺少。小生出于无奈，只得将女孩儿端云送于蔡婆婆做儿媳妇去。（做叹科，云）嗨！这个那里是做媳妇？分明是卖与他一般。就准了他那先借的四十两银子，分外但得些少东西，勾小生应举之费，便也过望了。说话之间，早来到他家门首。婆婆在家么？（卜儿上，云）秀才，请家里坐，老身等候多时也。

（做相见科，窦天章云）小生今日一径的将女孩儿送来与婆婆，怎敢说做媳妇，只与婆婆早晚使用。小生目下就要上朝进取功名去，留下女孩儿在此，只望婆婆看觑则个。（卜儿云）这等，你是我亲家了。你本利少我四十两银子，兀的是借钱的文书，还了你；再送与你十两银子做盘缠。亲家，你休嫌轻少。（窦天章做谢科，云）多谢了，婆婆。先少你许多银子，都不要我还了；今又送我盘缠：此恩异日必当重报。婆婆，女孩儿早晚呆痴，看小生薄面，看觑女孩儿咱。（卜儿云）

亲家，这不消你嘱付，令爱到我家，就做亲女儿一般看承他，你只管放心的去。

（窦天章云）婆婆，端云孩儿该打呵，看小生面则骂几句；当骂呵，则处分几句。孩儿，你也不比在我跟前，我是你亲爷，将就的你；你如今在这里，早晚若顽劣呵，你只讨那打骂吃。儿嚛！我也是出于无奈。（做悲科，唱）

【仙吕】【赏花时】 我也只为无计营生四壁贫，因此上割舍得亲儿在两处分。从今日远践洛阳尘，又不知归期定准，则落的无语暗消魂。（下）

（卜儿云）窦秀才留下他这女孩儿与我做媳妇儿，他一径上朝应举去了。（正旦做悲科，云）爹爹，你直下的撇了我孩儿去也！（卜儿云）媳妇儿，你在我家，我是亲婆，你是亲媳妇，只当自家骨肉一般。你不要啼哭，跟着老身前后执料去来。（同下）

第一折

（净扮赛卢医上，诗云）行医有斟酌，下药依《本草》；死的医不活，活的医死了。自家姓卢，人道我一手好医，都叫做赛卢医。在这山阳县南门开着生药局。在城有个蔡婆婆，我问他借了十两银子，本利该还他二十两；数次来讨这银子，我又无的还他。他若不来便罢，若来呵，我自有个主意。我且在这药铺中坐下，看有甚么人来。（卜儿上，云）老身蔡婆婆。我一向搬在山阳县居住，尽也静办。自十三年前窦天章秀才留下端云孩儿与我做儿媳妇，改了他小名，唤做窦娥。自成亲之后，不上二年，不想我这孩儿害弱症死了。媳妇儿守寡，又早三个年头，服孝将除了也。我和媳妇儿说知，我往城外赛卢医家索钱去也。（做行科，云）蓦过隅头，转过屋角，早来到他家门首。赛卢医在家么？（卢医云）婆婆，家里来。（卜儿云）我这两个银子长远了，你还了我罢。（卢医云）婆婆，我家里无银子，你跟我庄上去取银子还你。（卜儿云）我跟你去。（做行科）（卢医云）来到此处，东也无人，西也无人，这里不下手等甚？我随身带的有绳子。兀那婆婆，谁唤你哩？（卜儿云）在那里？（做勒卜儿科。孛老同副净张驴儿冲上，赛卢医慌走下，孛老救卜儿科）（张驴儿云）爹，是个婆婆，争些勒杀了。（孛老云）兀那婆婆，你是那里人氏？姓甚名谁？因甚着这个人将你勒死？（卜儿云）老身姓蔡，在城人氏，止有个寡媳妇儿，相守过日。因为赛卢医少我二十两银子，今日与他取讨。谁想他赚我到无人去处,要勒死我,赖这银子。若不是遇着老的和哥哥呵,那得老身性命来。(张驴儿云)爹,你听的他说么?他家还有个媳妇哩。救了他性命,他少不得要谢我;不若你要这婆子,我要他媳妇儿,何等两便?你和他说去。(孛老云)兀那婆婆,你无丈夫,我无浑家,你肯与我做个老婆,意下如何?(卜儿云)是何言语!待我回家多备些钱钞相谢。(张驴儿云)你敢是不肯,故意将钱钞哄我?赛卢医的绳子还在,我仍旧勒死了你吧。(做拿绳科)(卜儿云)哥哥,待我慢慢地寻思咱。(张驴二云)你寻思些甚么?你随我老子,我便要你媳妇儿。

(卜儿背云)我不依他,他又勒杀我。罢罢罢,你爷儿两个随我到家中去来。(同下)(正旦上,云)妾身姓窦,小字端云,祖居楚州人氏。我三岁上亡了母亲,七岁上离了父亲;俺父亲将我嫁与蔡婆婆为儿媳妇,改名窦娥。至十七岁与夫成亲,不幸丈夫亡化,可早三年光景,我今二十岁也。这南门外有个赛卢医,他少俺婆婆银子,本利该二十两,数次索取不还,今日俺婆婆亲自索取去了。窦娥也,你这命好苦也呵!(唱)

【仙吕点绛唇】 满腹闲愁,数年禁受,天知否?天若是知我情由,怕不待和天瘦。

【混江龙】 则问那黄昏白昼,两般儿忘餐废寝几时休?大都来昨宵梦里,和着这今日心头。催人泪的是锦花枝横绣,断人肠的是剔,月色挂妆楼。长则是急煎煎按不住意中焦,闷沉沉展不徹眉尖皱,越觉的情怀冗冗,心绪悠悠。

(云)似这等忧愁,不知几时是了也呵!(唱)

【油葫芦】 莫不是八字儿该载着一世忧,谁似我无尽头!须知道人心不似水长流。我从三岁母亲身亡后,到七岁与父分离久,嫁的个同住人,他可又拔着短筹;撇的俺婆妇每都把空房守,端的个有谁问,有谁偢?

【天下乐】 莫不是前世里烧香不到头,今也波生招祸尤,劝今人早将来世修。我将这婆伺养,我将这服孝守,我言词须应口。

(云)婆婆索钱去了,怎生这早晚不见回来?(卜儿同孛老、张驴儿上)(卜儿云)你爷儿两个且在门首等,我先进去。(张驴儿云)奶奶,你先进去,就说女婿在门首哩。(卜儿见正旦科)(正旦云)奶奶回来了,你吃饭么?(卜儿做哭科,云)孩儿也,你教我怎生说波!(正旦唱)

【一半儿】 为甚么泪漫漫不住点儿流?莫不是为索债与人家惹争斗?我这

里连忙迎接慌问候,他那里要说缘由。(卜儿云)羞人答答的,教我怎生说波!(正旦唱)则见他一半儿徘徊一半儿丑。

(云)婆婆,你为甚么烦恼啼哭那?(卜儿云)我问赛卢医讨银子去,他赚我到无人去处,行起凶来,要勒死我。亏了一个张老并他儿子张驴儿,救得我性命。那张老就要我招他做丈夫,因这等烦恼。(正旦云)婆婆,这个怕不中么?你再寻思咱:俺家里又不是没有饭吃,没有衣穿,又不是少欠钱债,被人催逼不过;况你年纪高大,六十以外的人,怎生又招丈夫那?(卜儿云)孩儿也,你说的岂不是?但是我的性命全亏他这爷儿两个救的,我也曾说道:待我到家,多将些钱物,酬谢你救命之恩。不知他怎生知道我家里有个媳妇儿,道我婆媳妇又没老公,他爷儿两个又没老婆,正是天缘天对。若不随顺,他依旧要勒死我。那时节我就慌张了,莫说自己许了他,连你也许了他。儿也,这也是出于无奈。(正旦云)婆婆,你听我说波。(唱)

【后庭花】避凶神要择好日头,拜家堂要将香火修;梳着个霜雪般白鬏髻,怎将这云霞般锦帕兜?怪不的女大不中留。你如今六旬左右,可不道到中年万事休。旧恩爱一笔勾,新夫妻两意投,枉教人笑破口。

(卜儿云)我的性命都是他爷儿两个救的,事到如今,也顾不得别人笑话了。(正旦唱)

【青哥儿】你虽然是得他、得他营救,须不是笋条、笋条年幼,划的便巧画蛾眉成配偶?想当初你夫主遗留,替你图谋,置下田畴,早晚羹粥,寒暑衣裘;满望你鳏寡孤独,无捱无靠,母子每到白头。公公也,则落得干生受。

(卜儿云)孩儿也,他如今只待过门,喜事匆匆的,教我怎生回得他去?(正旦唱)

【寄生草】你道他匆匆喜,我替你倒细细愁:愁则愁兴阑删咽不下交欢酒,愁则愁眼昏腾扭不上同心扣,愁则愁意朦胧睡不稳芙蓉褥。你待要笙歌引至画堂前,我道这姻缘敢落在他人后。

(卜儿云)孩儿也,再不要说我了。他爷儿两个都在门首等候,事以至此,不若连你也招了女婿罢。(正旦云)婆婆,你要招你自招,我并然不要女婿。(卜儿云)那个是要女婿的。争奈他爷儿两个自家推过门来,教我如何是好?(张驴儿云)我们今日招过门去也。帽儿光光,今日做个新郎;袖儿窄窄,今日做个娇客。好女婿,好女婿!不枉了,不枉了!

(同孛老人拜科)(正旦做不理科,云)兀那厮,靠后!(唱)

【赚煞】我想这妇人每休信那男儿口,婆婆也,怕没的贞心儿自守,到今日招着个村老子,领着个半死囚。

(张驴儿做嘴脸科,云)你看我爷儿两个这等身段,尽也选得女婿过,你不要错过了好时辰,我和你早些儿拜堂罢。(正旦不理科,唱)则被你坑杀人燕侣莺俦。婆婆也,你岂不知羞!俺公公撞府冲州,挣扎的铜斗儿家缘百事有,想着俺公公置就,怎忍教张驴儿情受?(张驴儿做扯正旦拜科,正旦推跌科,唱)兀的不是俺没丈夫的妇女下场头。(下)

(卜儿云)你老人家不要恼躁。难道你有活命之恩,我岂不思量报你?只是我那媳妇儿气性最不好惹的,既是他不肯招你儿子,教我怎好招你老人家?我如今拚的好酒好饭养你爷儿两个在家,待我慢慢的劝化俺媳妇儿;待他有个回心转意,再作区处。(张驴儿云)这歪剌骨!便是黄花女儿,刚刚扯的一把,也不消这等使性,平空的推了我一交,我肯干罢!就当面赌个誓与你:我今生今世不要他做老婆,我也不算好男子!(词云)美妇人我见过万千向外,不似这小妮子生得十分念赖;我救了你老性命死里重生,怎割舍得不肯把肉身陪待?(同下)

第二折

(赛卢医上,诗云)小子太医出身,也不知道医死多人,何尝怕人告发,关了一日店门?在城有个蔡家婆子,刚少的他廿两花银,屡屡亲来索取,争些捻断脊筋。也是我一时智短,将他赚到荒村。撞见两个不识姓名男子,一声嚷道:"浪荡乾坤,怎敢行凶撒泼,擅自勒死平民!"吓得我丢了绳索,放开脚步飞奔。虽然一夜无事,终觉失精落魂;方知人命关天关地,如何看做壁上灰尘。从今改过行业,要得灭罪修因,将以前医死的性命,一个个都与他一卷超度的经文。小子赛卢医的便是。只为要赖蔡婆婆二十两银子,赚他到荒僻去处,正待勒死他,谁想遇见两个汉子,救了他去。若是再来讨债时节,教我怎生见他?常言道的好:"三十六计,走为上计。"喜得我是孤身,又无家小连累,不若收拾了细软行李,打个包儿,悄悄的躲到别处,另做营生,岂不干净?(张驴儿上,云)自家张驴儿,可奈那窦娥百般的不肯随顺我;如今那老婆子害病,我讨服毒药,与他吃了,药死那老婆子,这小妮子好歹做我的老婆。(做行科,云)且住,城里人耳目广,口舌多,倘见我讨毒药,可不嚷出事来?我前日看见南门外有个药铺,此处冷静,正好讨药。(做到科,叫云)太医哥哥,我来讨药的。(赛卢医云)你讨甚么药?

(张驴儿云)我讨服毒药。(赛卢医云)谁敢合毒药与你?这厮好大胆也。(张驴儿云)你真个不肯与我药么?(赛卢医云)我不与你,你就怎地我?(张驴儿做拖卢云)好呀,前日谋死蔡婆婆的,不是你来?你说我不认的你哩?我拖你见官去。(赛卢医做慌科,云)大哥,你放我,有药有药。(做与药科。张驴儿云)既然有了药,且饶你罢。正是:"得放手时须放手,得饶人处且饶人。"(下)(赛卢医云)可不晦气!刚刚讨药的这人,就是救那婆子的。我今日与了他这服毒药去了,以后事发,越越要连累我;趁早儿关上药铺,到涿州卖老鼠药去也。(下)(卜儿上,做病伏几科)(孛老同张驴儿上,云)老汉自到蔡婆婆家来,本望做个接脚,却被他媳妇坚执不从。那婆婆一向收留俺爷儿两个在家同住,只说好事不在忙,等慢慢里劝转他媳妇。谁想他婆婆又害起病来。孩儿,你可曾算我两个的八字,红鸾天喜几时到命哩?(张驴儿云)要看什么天喜到命!只赌本事,做得去,自去做。(孛老云)孩儿也,蔡婆婆害病好几日了,我与你去问病波。(做见卜儿问科,云)婆婆,你今日病体如何?(卜儿云)我身子十分不快哩。(孛老云)你可想些甚么吃?(卜儿云)我思量些羊肚儿汤吃。(孛老云)孩儿,你对窦娥说,做些羊肚儿汤与婆婆吃。(张驴儿向古门云)窦娥,婆婆想羊肚儿汤吃,快安排将来。(正旦持汤上,云)妾身窦娥是也。有俺婆婆不快,想羊肚汤吃,我亲自安排了与婆婆吃去。婆婆也,我这寡妇人家,凡事也要避些嫌疑,怎好收留那张驴儿父子两个?非亲非眷的,一家儿同住,岂不惹外人谈议?婆婆也,你莫要背地里许了他亲事,连我也累做不清不洁的。我想这妇人心好难保也呵!(唱)

【南吕】【一枝花】他则待一生鸳帐眠,那里肯半夜空房睡;他本是张郎妇,又做了李郎妻。有一等妇女每相随,并不说家克计,则打听些闲是非;说一会不明白打凤的机关,使了些调虚嚣捞龙的见识。

【梁州第七】这一个似卓氏般当垆涤器,这一个似孟光般举案齐眉;说的来藏头盖脚多伶俐,道着难晓,做出才知。旧恩忘却,新爱偏宜;坟头上土脉犹湿,架儿上又换新衣。那里有奔丧处哭倒长城?那里有浣纱时甘投大水?那里有上山来便化顽石?可悲,可耻!妇人家直恁的无仁义;多淫奔,少志气,亏杀前人在那里,更休说本性难移。

(云)婆婆,羊肚儿汤做成了,你吃些儿波。(张驴儿云)等我拿去。(做接尝科,云)这里面少些盐醋,你去取来。(正旦下)(张驴儿放药科)(正旦上,云)这不是盐醋?(张驴儿云)你倾下些。(正旦唱)

【隔尾】你说道少盐欠醋无滋味,加料添椒才脆美。但愿娘亲蚤痊济,饮羹汤一杯,胜甘露灌体,得一个身子平安倒大来喜。

(孛老云)孩儿,羊肚汤有了不曾?(张驴儿云)汤有了,你拿过去。(孛老将汤云)婆婆,你吃些汤儿。(卜儿云)有累你。(做呕科,云)我如今打呕,不要这汤吃了,你老人家吃罢。(孛老云)这汤特地做来与你吃的,便不要吃,也吃一口儿。(卜儿云)我不吃了,你老人家请吃。(孛老吃科)(正旦唱)

【贺新郎】　一个道你请吃,一个道婆先吃,这言语听也难听,我可是气也不气! 想他家与咱家有甚的亲和戚? 怎不记旧日夫妻情意,也曾有百纵千随? 婆婆也,你莫不为黄金浮世宝,白发故人稀,因此上把旧恩情,全不比新知契? 则待要百年同墓穴,那里肯千里送寒衣。

(孛老云)我吃下这汤去,怎觉昏昏沉沉的起来?(做倒科)(卜儿慌科,云)你老人家放精神着,你扎挣着些儿。(做哭科,云)兀的不是死了也!(正旦唱)

【斗虾蟆】　空悲戚,没理会,人生死,是轮回。感着这般病疾,值着这般时势,
　　可是风寒暑湿,或是饥饱劳役,各人症候自知,人命关天关地,别人怎生替得? 寿数非干今世,相守三朝五夕,说甚一家一计。又无羊酒缎匹,又无花红财礼;把手为活过日,撒手如同休弃。不是窦娥忤逆,生怕傍人论议。不如听咱劝你,认个自家晦气,割舍的一具棺材,停置几件布帛,收拾出了咱家门里,送入他家坟地。这不是你那从小儿年纪指脚的夫妻;我其实不关亲,无半点恓惶泪。休得要心如醉,意似痴,便这等嗟嗟怨怨,哭哭啼啼。

(张驴儿云)好也啰! 你把我老子药死了,更待干罢!(卜儿云)孩儿,这事怎了也?(正旦云)我有什么药在那里? 都是他要盐醋时,自家倾在汤儿里的。(唱)

【隔尾】　这厮搬调咱老母收留你,自药死亲爷,待要唬吓谁?

(张驴儿云)我家的老子,倒说是我做儿子的药死了,人也不信。(做叫科,云)四邻八舍听着:窦娥药杀我家老子哩!(卜儿云)罢么,你不要大惊小怪的,吓杀我也。(张驴儿云)你可怕么?(卜儿云)可知怕哩。(张驴儿云)你要饶么?(卜儿云)可知要饶哩。(张驴儿云)你教窦娥随顺了我,叫我三声的的亲亲的丈夫,我便饶了他。(卜儿云)孩儿也,你随顺了他罢。(正旦云)婆婆,你怎说这般言语!(唱)

我一马难将两鞍鞴。想男儿在日曾两年匹配,却教我改嫁别人,其实做不得。
(张驴儿云)窦娥,你药杀了俺老子,你要官休? 要私休?(正旦云)怎生是官休? 怎生

是私休?(张驴儿云)你要官休呵,拖你到官司,把你三推六问,你这等瘦弱身子,当不过拷打,怕你不招认药死我老子的罪犯!你要私休呵,你早些与我做了老婆,倒也便宜了你。(正旦云)我又不曾药死你老子,情愿和你见官去来。(张驴儿拖正旦、卜儿下)(净扮孤引祗候上,诗云)我做官人胜别人,告状来的要金银;若是上司当刷卷,在家推病不出门。下官楚州太守桃杌是也。今早升厅坐衙,左右,喝撺厢。(祗候么喝科)(张驴儿拖正旦、卜儿上,云)告状告状。(祗候云)拿过来。(做跪见,孤亦跪科,云)请起。(祗候云)相公,他是告状的,怎生跪着他?(孤云)你不知道,但来告状的,就是我衣食父母。(祗候吆喝科,孤云)那个是原告?那个是被告?从实说来。(张驴儿云)小人是原告张驴儿,告这媳妇儿,唤做窦娥,合毒药下在羊肚汤儿里,药死了俺的老子。这个唤做蔡婆婆,就是俺的后母。望大人与小人做主咱。(孤云)是那一个下的毒药?(正旦云)不干小妇人事。(卜儿云)也不干老妇人事。(张驴儿云)也不干我事。(孤云)都不是,敢是我下的毒药来?(正旦云)我婆婆也不是他后母,他自姓张,我家姓蔡。我婆婆因为与赛卢医索钱,被他赚到郊外勒死;我婆婆却得他爷儿两个救了性命,因此我婆婆收留他爷儿两个在家,养膳终身,报他的恩德。谁知他两个倒起不良之心,冒认婆婆做了接脚,要逼勒小妇人做他媳妇。小妇人元是有丈夫的,服孝未满,坚执不从。适值我婆婆患病,着小妇人安排羊肚汤儿吃。不知张驴儿那里讨得毒药在身,接过汤来,只说少些盐醋,支转小妇人,暗地倾下毒药。也是天幸,我婆婆忽然呕吐,不要汤吃,让与他老子吃,才吃的几口,便死了。与小妇人并无干涉,只望大人高抬明镜,替小妇人做主咱。(唱)

【牧羊犬】大人你明如镜,清似水,照妾身肝胆虚实。那羹本五味俱全,除了此外百事不知。他推到尝滋味,吃下去便昏迷。不是妾讼庭上胡支对,大人也,却教我平白地说甚的?

(张驴儿云)大人详情:他自姓蔡,我自姓张,他婆婆不招俺父亲接脚,他养我父子两个在家做甚么?这媳妇年纪儿虽小,极是个赖骨顽皮,不怕打的。(孤云)人是贱虫,不打不招。左右,与我选大棍子打着。(祗候打正旦,三次喷水科)(正旦唱)

【骂玉郎】这无情棍棒教我捱不的。婆婆也,须是你自做下,怨他谁!劝普天下前婚后嫁婆娘每,都看取我这般傍州例。

【感皇恩】呀!是谁人唱叫扬疾,不由我不魄散魂飞。恰消停,才苏醒,又昏迷。捱千般打拷,万种凌逼,一杖下,一道血,一层皮。

【采茶歌】打的我肉都飞,血淋漓,腹中冤枉有谁知!则我这小妇人毒药来从何处也,天哪!怎么的覆盆不照太阳晖!

（孤云）你招也不招？（正旦云）委的不是小妇人下毒药来。（孤云）既然不是你，与我打那婆子。（正旦忙云）住住住，休打我婆婆，情愿我招了罢。是我药死公公来。（孤云）既然招了，着他画了伏状，将枷来枷上，下在死囚牢里去。到来日判个斩字，押付市曹典刑。（卜儿哭科，云）窦娥孩儿，这都是我送了你性命，兀的不痛杀我也！（正旦唱）

【黄钟尾】 我做了个衔冤负屈没头鬼，怎肯便放了你好色荒淫漏面贼！想人心不可欺，冤枉事天地知，争到头，竞到底，到如今待怎的；情愿认药杀公公，与了招罪。婆婆也，我若是不死呵，如何救得你！（随祗候押下）

（张驴儿做叩头科，云）谢青天老爷做主！明日杀了窦娥，才与小人的老子报的冤。（卜儿哭科，云）明日市曹中杀窦娥孩儿也，兀的不痛杀我也！（孤云）张驴儿，蔡婆婆，都取保状，着随衙听候。左右，打散堂鼓，将马来，回私宅去也。（同下）

第三折

（外扮监斩官上，云）下官监斩官是也。今日处决犯人，着做公的把住巷口，休放往来人闲走。（净扮公人，鼓三通，锣三下科，刽子磨旗、提刀、押正旦带枷上。刽子云）行动些，行动些，监斩官去法场上多时了。（正旦唱）

【正宫】【端正好】 没来由犯王法，不提防遭刑宪，叫声屈动地惊天。顷刻间游魂先赴森罗殿，怎不将天地也生埋怨。

【滚绣球】 有日月朝暮悬，有鬼神掌著生死权。天地也，只合把清浊分辨，可怎生糊突了盗跖颜渊。为善的受贫穷更命短，造恶的享富贵又寿延。天地也，做得个怕硬欺软，却原来也这般顺水推船。地也，你不分好歹何为地。天也，你错勘贤愚枉做天！哎，只落得两泪涟涟。

（刽子云）快行动些，误了时辰也。（正旦唱）

【倘秀才】 则被这枷纽的我左侧右偏，人拥的我前合后偃。我窦娥向哥哥行有句言。（刽子云）你有甚么话说？（正旦唱）前街里去心怀恨，后街里去死无冤，休推辞路远。

（刽子云）你如今到法场上面，有甚么亲眷要见的，可教他过来，见你一面也（正旦唱）

【叨叨令】　可怜我孤身只影无亲眷,则落的吞声忍气空嗟怨。

（刽子云）难道你爷娘家也没的？（正旦云）止有个爹爹,十三年前上朝取应去了,至今杳无音信。（唱）蚤已是十年多不睹爹爹面。（刽子云）你适才要我往后街里去,是什么主意？（正旦唱）怕则怕前街里被我婆婆见。（刽子云）你的性命也顾不得,怕他见怎的？（正旦云）俺婆婆若见我披枷带锁赴法场飡刀去呵。（唱）枉将他气杀也么哥,枉将他气杀也么哥。告哥哥,临危好与人行方便。

（卜儿哭上科,云）天哪,兀的不是我媳妇儿！（刽子云）婆子靠后。（正旦云）既是俺婆婆来了,叫他来,待我嘱付他几句话咱。（刽子云）那婆子,近前来,你媳妇要嘱付你话哩。（卜儿云）孩儿,痛杀我也！（正旦云）婆婆,那张驴儿把毒药放在羊肚儿汤里,实指望药死了你,要霸占我为妻。不想婆婆让与他老子吃,倒把他老子药死了。我怕连累婆婆,屈招了药死公公,今日赴法场典刑。婆婆,此后遇着冬时年节,月一十五,有瀽不了的浆水饭,瀽半碗儿与我吃；烧不了的纸钱,与窦娥烧一陌儿。则是看你死的孩儿面上。（唱）

【快活三】　念窦娥葫芦提当罪愆,念窦娥身首不完全,念窦娥从前已往干家缘；婆婆也,你只看窦娥少爷无娘面。

【鲍老儿】　念窦娥服侍婆婆这几年,遇时节将碗凉浆奠；你去那受刑法尸骸上烈些纸钱,只当把你亡化的孩儿荐。

（卜儿哭科,云）孩儿放心,这个老身都记得。天那,兀的不痛杀我也！（正旦唱）婆婆也,再也不要啼啼哭哭,烦烦恼恼,怨气冲天。这都是我做窦娥的没时没运,不明不暗,负屈衔冤。

（刽子做喝科,云）兀那婆子靠后,时辰到了也。（正旦跪科）（刽子开枷科）（正旦云）窦娥告监斩大人,有一事肯依窦娥,便死而无怨。（监斩官云）你有什么事？你说。（正旦云）要一领净席,等我窦娥站立；又要丈二白练,挂在旗枪上：若是我窦娥委实冤枉,刀过处头落,一腔热血休半点儿沾在地下,都飞在白练上者。（监斩官云）这个就依你,打甚么不紧。（刽子做取席科,站科,又取白练挂旗上科）（正旦唱）

【耍孩儿】　不是我窦娥罚下这等无头愿,委实的冤情不浅；若没些儿灵圣与世人传,也不见得湛湛青天。我不要半星热血红尘洒,都只在八尺旗枪素练悬。等他四下里皆瞧见,这就是咱苌弘化碧,望帝啼鹃。

（刽子云）你还有甚的说话,此时不对监斩大人说,几时说那?（正旦再跪科,云）大人,如今是三伏天道,若窦娥委实冤枉,身死之后,天降三尺瑞雪,遮掩了窦娥尸首。（监斩官云）这等三伏天道,你便有冲天的怨气,也召不得一片雪来,可不胡说!（正旦唱）

【二煞】 你道是暑气暄,不是那下雪天;岂不闻飞霜六月因邹衍?若果有一腔怨气喷如火,定要感的六出冰花滚似绵,免着我尸骸现;要什么素车白马,断送出古陌荒阡!

（正旦再跪科,云）大人,我窦娥死的委实冤枉,从今以后,着这楚州亢旱三年。（监斩官云）打嘴!那有这等说话!（正旦唱）

【一煞】 你道是天公不可期,人心不可怜,不知皇天也肯从人愿。做甚么三年不见甘霖降?也只为东海曾经孝妇冤;如今轮到你山阳县。这都是官吏每无心正法,使百姓有口难言。

（刽子做磨旗科,云）怎么这一会儿天色阴了也?（内做风科,刽子云）好冷风也!（正旦唱）

【煞尾】 浮云为我阴,悲风为我旋,三桩儿誓愿明题遍。

（做哭科,云）婆婆也,直等待雪飞六月,亢旱三年呵,（唱）那其间才把你个屈死的冤魂这窦娥显。

（刽子做开刀,正旦倒科）（监斩官惊云）呀,真个下雪了,有这等异事!（刽子云）我也道平日杀人,满地都是鲜血,这个窦娥的血,都飞在那丈二白练上,并无半点落地,委实奇怪。（监斩官云）这死罪必有冤枉,早两桩儿应验了,不知亢旱三年的说话,准也不准?且看后来如何。左右,也不必等待雪晴,便与我抬他尸首,还了那蔡婆婆去罢。（众应科,抬尸下）

第四折

（窦天章冠带引丑张千、祗从上,诗云）独立空堂思黯然,高峰月出满林烟;非关有事人难睡,自是惊魂夜不眠。老夫窦天章是也。自离了我那端云孩儿,可蚤十六年光景。老夫自到京师,一举及第,官拜参知政事。只因老夫廉能清正,今日来到这淮南地面,不知这楚州为何三年不雨?老夫今在这州厅安歇。张千,说与那州中大小属官,今日免参,明日蚤见。(张千向古门云)一应大小属官,今日免参,明日蚤见。(窦天章云)张千,说与那六房吏典,但有合刷照文卷,都将来,待老夫灯下看几宗波。(张千送文卷科。窦天章云)张千,你与我掌上灯,你每都辛苦了,自去歇息罢。我唤你便来,不唤你休来。(张千点灯同祗从下,窦天章云)我将这文卷看几宗咱。"一起犯人窦娥,将毒药致死公公。"我才看头一宗文卷,就与老夫同姓;这药死公公的罪名,犯在十恶不赦,俺同姓之人也有不畏法度的。这是问结了的文书,不看他罢,我将这文卷压在底下,别看一宗咱。(做打呵欠科,云)不觉的一阵昏沉上来,皆因老夫年纪高大,鞍马劳困之故。待我搭伏定书案,歇息些儿咱。(做睡科,魂旦上,唱)

【双调】【新水令】 我每日哭啼啼守住望乡台,急煎煎把仇人等待,慢腾腾昏地里走,足律律旋风中来,则被这雾锁云埋,撺掇的鬼魂快。

(魂旦望科,云)门神户尉不放我进去。我是廉访使窦天章女孩儿,因我屈死,父亲不知,特来托一梦与他咱。(唱)

【沉醉东风】 我是那提刑的女孩,须不比现世的妖怪,怎不容我到灯影前,却拦截在门楷外?

(做叫科,云)我那爷爷呵!(唱)枉自有势剑金牌,把俺这屈死三年的腐骨骸,怎脱离无边苦海!

(做入见哭科,窦天章亦哭科,云)端云孩儿,你在那里来?(魂旦虚下)(窦天章做醒科,云)好是奇怪也!老夫才合眼去,梦见端云孩儿,恰便似来我跟前一般;如今在那里?我且再看这文卷咱。(魂旦上做弄灯科)(窦天章云)奇怪,我正要看文卷,怎生这灯忽明忽灭的?张千也睡着了,我自己剔灯咱。(做剔灯,魂旦翻文卷科,窦天章云)我剔的这灯明了也,再看几宗文卷。"一起犯人窦娥药死公公。"(做疑怪科,云)这一宗文卷,我为头看过,压在文卷底下,怎生又在这上头?这几时问结了的,还压在底下,我别看一宗文卷波。(魂旦再弄灯科。窦天章云)怎么,这灯又是半明半暗的?我再剔这灯咱。(做剔灯,魂旦再翻文卷科。窦天章云)我剔的这灯明了,我另拿一宗文卷看咱。"一起犯人窦娥药死公公。"呸!好是奇怪!我才将这文书分明压在底下,刚剔了这灯,怎生又翻在面上?莫不是楚州后厅里有鬼么?便无鬼呵,这桩事必有冤枉。将这文卷再压在底下,待我另看一宗,如何?(魂旦又弄灯科,窦天章云)怎生这灯又不明了?敢有鬼弄这灯?我再剔一剔去。(做剔灯科,魂旦上,做撞见科,窦天章举剑击桌科,云)呸!我说有鬼!兀那鬼魂,老夫是朝廷钦差带牌走马肃政廉访使,你向前来,一剑挥之两段。张千,亏你也睡的着,快起来,

有鬼有鬼。兀的不吓杀老夫也！（魂旦唱）

【乔牌儿】 则见他疑心儿胡乱猜，听了我这哭声儿转惊骇。哎，你个窦天章恁的威风大，且受我窦娥这一拜。

（窦天章云）兀那鬼魂，你道窦天章是你父亲，"受你孩儿窦娥拜"，你敢错认了也！我的女儿叫做端云，七岁上与了蔡婆婆为儿媳妇。你是窦娥，名字差了，怎生是我女孩儿？（魂旦云）父亲，你将我与了蔡婆婆家，改名做窦娥了也。（窦天章云）你便是端云孩儿？我不问你别的，这药死公公是你不是？（魂旦云）是你孩儿来。（窦天章云）嗏声！你这小妮子，老夫为你啼哭的眼也花了，忧愁的头也白了，你划地犯了十恶大罪，受了典刑！我今日官居台省，职掌刑名，来此两淮审囚刷卷，体察滥官污吏；你是我亲生之女，老夫将你治不的，怎治他人？我当初将你嫁与他家呵，要你三从四德：三从者，在家从父，出嫁从夫，夫死从子。四德者，事公姑，敬夫主，和妯娌，睦街坊。今三从四德全无，划地犯了十恶大罪。我窦家三辈无犯法之男，五世无再婚之女；到今日被你辱没祖宗世德，又连累我的清名。你快与其我细吐真情，不要虚言支对；若说的有半厘差错，牒发你城隍祠内，着你永世不得人身，罚在阴山永为饿鬼。（魂旦云）父亲停嗔息怒，暂罢狼虎之威，听你孩儿慢慢的说一遍咱。我三岁上亡了母亲，七岁上离了父亲，你将我送与蔡婆婆做儿媳妇。至十七岁与夫配合，才得两年，不幸儿夫亡化，和俺婆婆守寡。这山阳县南门外有个赛卢医，他少俺婆婆二十两银子。俺婆婆去取讨，被他赚到郊外，要将婆婆勒死；不想撞见张驴儿父子两个，救了俺婆婆性命。那张驴儿知道我家有个守寡的媳妇，便道："你婆儿媳妇既无丈夫，不若招我父子两个。"婆婆初也不肯，那张驴儿道："你若不肯，我依旧勒死你。"俺婆婆惧怕，不得已含糊许了，只得将他父子两个领到家中，养他出世。有张驴儿数次调戏你女孩儿，我坚执不从。那一日俺婆婆身子不快，想羊肚儿汤吃，你孩儿安排了汤。适值张驴儿父子两个问病，道："将汤来我尝一尝。"说："汤便好，只少些盐醋。"赚的我去取盐醋，他就暗地里下了毒药，实指望药杀俺婆婆，要强逼我成亲。不想俺婆婆偶然发呕，不要汤吃，却让与老张吃，随即七窍流血药死了。张驴儿便道："窦娥药死了俺老子，你要官休？要私休？"我便道："怎生是官休？怎生是私休？"他道："要官休，告到官司，你与俺老子偿命；若私休，你便与我做老婆。"你孩儿便道："好马不备双鞍，烈女不更二夫；我至死不与你做媳妇，我情愿和你见官去。"他将你孩儿拖到官中，受尽三推六问，吊拷绷扒，便打死孩儿，也不肯认。怎当州官见你孩儿不认，便要拷打俺婆婆；我怕婆婆年老，受刑不起，只得屈认了。因此押赴法场，将我典刑。你孩儿对天发下三桩誓愿：第一桩要丈二白练挂在旗枪上，若系冤枉，刀过头落，一腔热血休滴在地下，都飞在白练上；第二桩，现今三伏天道，下三尺瑞雪，遮掩你孩儿尸首；第三桩，着他楚州大旱三年。果然血飞上白练，六月下雪，三年不雨：都是为你孩儿来。(诗云)不告官司只告天,心中怨气口难言;防他老母遭刑宪,情愿无辞认罪愆。三尺琼花骸骨掩,一腔热血练旗悬;岂独霜飞邹衍屈,今朝方表窦娥冤。(唱)

【雁儿落】你看这文卷曾道来不道来,则我这冤枉要忍耐如何耐?我不肯顺他人,倒着我赴法场;我不肯辱祖上,倒把我残生坏。

【得胜令】呀,今日个搭伏定摄魂台,一灵儿怨哀哀。父亲也,你现掌着刑名事,亲蒙圣主差,端详这文册,那厮乱纲常当合败,便万剐了乔才,还道报冤仇不畅快。

(窦天章做泣科,云)哎!我那屈死的儿,则被你痛杀我也!我且问你:这楚州三年不雨,可真个是为你来?(魂旦云)是为你孩儿来。(窦天章云)有这等事!到来朝我与你做主。(诗云)白头亲苦痛哀哉,屈杀了你个青春女孩,只恐怕天明了,你且回去,到来日我将文卷改正明白。(魂旦暂下)(窦天章云)呀,天色明了也。张千,我昨日看几宗文卷,中间有一鬼魂来诉冤枉。我唤你好几次,你再也不应,直恁的好睡那!(张千云)我小人两个鼻子孔一夜不曾闭,并不听见女鬼诉什么冤状,也不曾听见相公呼唤。(窦天章做叱科,云)(口退)!今蚤升厅坐衙,张千,喝撺厢者。(张千做幺喝科,云)在衙人马平安,抬书案。(禀云)州官见。(外扮州官入参科)(张千云)该房吏典见。(丑扮吏入参见科)(窦天章问云)你这楚州一郡,三年不雨,是为着何来?(州官云)这个是天道亢旱,楚州百姓之灾,小官等不知其罪。(窦天章做怒科,云)你等不知罪么!那山阳县有用毒药谋死公公犯妇窦娥,他问斩之时,曾发愿道:"若是果有冤枉,着你楚州三年不雨,寸草不生。"可有这件事来?(州官云)这罪是前升任桃州守问成的,现有文卷。(窦天章云)这等糊突的官,也着他升去!你是继他任的,三年之中,可曾祭这冤妇么?(州官云)此犯系十恶大罪,元不曾有祠,所以不曾祭得。(窦天章云)昔日汉朝有一孝妇守寡,其姑自缢身死,其姑女告孝妇杀姑,东海太守将孝妇斩了。只为一妇含冤,致令三年不雨。后于公治狱,仿佛见孝妇抱卷哭于厅前,于公将文卷改正,亲祭孝妇之墓,天乃大雨。今日你楚州大旱,岂不正与此事相类?张千,分付该房金牌下山阳县,着拘张驴儿、赛卢医、蔡婆婆一起人犯,火速解审,毋得违悮片刻者。(张千云)理会的。(下)(丑扮解子押张驴儿、蔡婆婆同张千上,禀云)山阳县解到审犯听点。(窦天章云)张驴儿。(张驴儿云)有。(窦天章云)蔡婆婆。(蔡婆婆云)有。(窦天章云)怎么赛卢医是紧要人犯不到?(解子云)赛卢医三年前在逃,一面着广捕批缉拿去了,待获日解审。(窦天章云)张驴儿,那蔡婆婆是你的后母么?(张驴儿云)母亲好冒认的?委实是。(窦天章云)这药死你父亲的毒药,卷上不见有合药的人,是那个的毒药?(张驴儿云)是窦娥自合就的毒药。(窦天章云)这毒药必有一个卖药的医铺,想窦娥是个少年寡妇,那里讨这药来;张驴儿,敢是你合的毒药么?(张驴儿云)若是小人合的毒药,不药别人,倒药死自家老子?(窦天章云)我那屈死的儿(口乐),这一节是紧要公案,你不自来折辩,怎得一个明白,你如今冤魂却在那里?(魂旦上,云)张驴儿,这药不是你合的,是那个合的?(张驴儿做怕科,云)有鬼有鬼,撮盐入水,太上老君,急急如律令,救!(魂旦云)张驴儿,你当日下毒药在羊肚儿汤里,本意药死俺婆婆,要逼勒我做浑家。不想俺婆婆不吃,让与你父亲吃,被药死了,你今日还敢赖哩!(唱)

【川拨棹】 猛见了你这吃敲材,我只问你这毒药从何处来?你本意待暗里栽排,要逼勒我和谐,倒把你亲爷毒害,怎教咱替你耽罪责!

(魂旦做打张驴儿科)(张驴儿做避科,云)太上老君,急急如律令,救!大人说这毒药必有个卖药的医铺,若寻得这卖药的人来,和小人折对,死也无词。(丑扮解子解赛卢医上,云)山阳县续解到犯人一名赛卢医。(张千喝云)当面。(窦天章云)你三年前要勒死蔡婆婆,赖他银子,这事怎么说?(赛卢医叩头科,云)小的要赖蔡婆婆银子的情是有的,当被两个汉子救了,那婆婆并不曾死。(窦天章云)这两个汉子,你认的他叫做什么名姓?(赛卢医云)小的认便认的,慌忙之际,可不曾问他名姓。(窦天章云)现有一个在阶下,你去认来。(赛卢医做下认科,云)这个是蔡婆婆。(指张驴儿云)想必这毒药事发了。(上云)是这一个。容小的诉禀:当日要勒死蔡婆婆时,正遇见他爷儿两个,救了那婆婆去。过得几日,他到小的铺中,讨服毒药,小的是念佛吃斋人,不敢做昧心的事,说道:"铺中只有官料药,并无什么毒药。"他就睁着眼道:"你昨日在郊外要勒死蔡婆婆,我拖你见官去。"小的一生最怕的是见官,只得将一服毒药与了他去。小的见他生相是个恶的,一定拿这药去药死了人,久后败露,必然连累,小的一向逃在涿州地方,卖些老鼠药。刚刚是老鼠被药杀了好几个,药死人的药,其实再也不曾合。(魂旦唱)

【七弟兄】 你只为赖财,放乖,要当灾。(带云)这毒药呵,(唱)原来是你赛卢医出卖张驴儿买,没来由填做我犯由牌,到今日官去衙门在。

(窦天章云)带那蔡婆婆上来。我看你也六十外人了,家中又是有钱钞的,如何又嫁了老张,做出这等事来?(蔡婆婆云)老妇人因为他爷儿两个救了我的性命,收留他在家养膳过世;那张驴儿常说要将他老子接脚进来,老妇人并不曾许他。(窦天章云)这等说,你那媳妇就不该认做药死公公了。(魂旦云)当日问官要打俺婆婆,我怕他年老受刑不起,因此嗻认做药死公公,委实是屈招个!(唱)

【梅花酒】 你道是咱不该,这招状供写的明白,本一点孝顺的心怀,倒做了惹祸的胚胎。我只道官吏每还覆勘,怎将咱屈斩首在长街?第一要素旗枪鲜血洒,第二要三尺雪将死尸埋,第三要三年旱示天灾:咱誓愿委实大。

【收江南】　呀,这的是衙门从古向南开,就中无个不冤哉。痛杀我娇姿弱体闭泉台,早三年以外,则落的悠悠流恨似长淮。

(窦天章云)端云儿也,你这冤枉,我已尽知,你且回去。待我将这一起人犯,并原问官吏,另行定罪,改日做个水陆道场,超度你生天便了。(魂旦拜科,唱)

【鸳鸯煞尾】　从今后把金牌势剑从头摆,将滥官污吏都杀坏,与天子分忧,万民除害。

(云)我可忘了一件,爹爹,俺婆婆年纪高大,无人侍养,你可收恤家中,替你孩儿尽养生送死之礼,我便九泉之下,可也瞑目。(窦天章云)好孝顺的儿也。(魂旦唱)嘱付你爹爹,收养我奶奶,可怜他无妇无儿谁管顾年衰迈。再将那文卷舒开,(带云)爹爹也,把我窦娥名下,(唱)屈死的招伏罪名儿改。(下)

(窦天章云)唤那蔡婆婆上来。你可认得我么?(蔡婆婆云)老妇人眼花了,不认的。(窦天章云)我便是窦天章。适才的鬼魂,便是我屈死的女孩儿端云。你这一行人,听我下断:张驴儿毒杀亲爷,奸占寡妇,合拟凌迟,押赴市曹中,钉上木驴,剐一百二十刀处死。升任州守桃杌,并该房吏典,刑名违错,各杖一百,永不叙用。赛卢医不合赖钱勒死平民,又不合修合毒药,致伤人命,发烟瘴地面,永远充军。蔡婆婆我家收养,窦娥罪改正明白。(词云)莫道我念亡女与他灭罪消愆,也只可怜见楚州郡大旱三年。昔于公曾表白东海孝妇,果然是感召得灵雨如泉。岂可便推诿道天灾代有,竟不想人之意感应通天。今日个将文卷重行改正,方显的王家法不使民冤。

　　题目　秉鉴持衡廉访法
　　正名　感天动地窦娥冤

《西厢记》节选 王实甫

第三本 张君瑞害相思

第二折

（旦上云）红娘伏侍老夫人不得空便，偌早晚敢待来也。起得早了些儿，困思上来，我再睡些儿咱。（睡科）（红上云）奉小姐言语去看张生，因伏侍老夫人，未曾回小姐话去。不听得声音，敢又睡哩，我入去看一遭。（红唱）

【中吕】【粉蝶儿】　风静帘闲，透纱窗麝兰香散，启朱扉摇响双环。绛台高，金荷小，银釭犹灿。比及将暖帐轻弹，先揭起这梅红罗软帘偷看。

【醉春风】　则见他钗軃玉斜横，髻偏云乱挽。日高犹自不明眸，畅好是懒、懒。

（旦做起身长叹科）（红唱）半晌抬身，几回搔耳，一声长叹。

（红云）我待便将简帖儿与他，恐俺小姐有许多假处哩。我则将这简帖儿放在妆盒儿上，看他见了说甚么。（旦做照镜科，见简看科）（红唱）

【普天乐】　晚妆残，乌云軃，轻匀了粉脸，乱挽起云鬟。将简帖儿拈，把妆盒儿按，拆开封皮孜孜看，颠来倒去不害心烦。

（旦怒叫）红娘！（红做意云）呀，决撒了也！（红唱）俺厌的早扢皱了黛眉，（旦云）小贱人，不来怎么！（红唱）忽的波低垂了粉颈，氲的呵改变了朱颜。（旦云）小贱人，这东西那里将来的？我是相国的小姐，谁敢将这简帖儿来戏弄我？我几曾惯看这等东西？告过夫人，打下你个小贱人下截来。（红云）小姐使将我去，他着我将来。我不识字，知他写着甚么？（红唱）

【快活三】　分明是你过犯，没来由把我摧残；使别人颠倒恶心烦。你不惯，谁曾惯？

（红云）姐姐休闹，比及你对夫人说呵，我将这简帖儿去夫人行出首去来。（旦揪住红科)我逗你耍来。(红云)放手,看打下下截来。(旦云)张生近日如何?(红背云)我则不说。(旦云)好姐姐,你说与我听咱!(红唱)

【朝天子】　张生近间面颜,瘦得来实难看。不思量茶饭,怕见动弹;晓夜将佳期盼,废寝忘飡。黄昏清旦,望东墙淹泪眼。

(旦云)唤个好太医看他症候咱。(红云)他症候吃药不济。(红唱)病患要安,则除是出几点风流汗。

【四边静】　怕人家调犯,"早共晚夫人见些破绽,你我何安。"问甚么他遭危难?嗏撏断、得上竿,掇了梯儿看。

(旦云)红娘,不看你面呵,我将与夫人,看他有什么面颜见夫人?虽然我家亏他,只是兄妹之情,焉有外事。红娘,早是你口稳哩;若别人知呵,甚么模样!将描笔儿过来,我写将去回他,着他下次休是这般。(旦做写科,起身科,云)红娘,你将去说:"小姐看望先生,相待兄妹之礼,如此非有他意。"再一遭儿是这般呵,必告夫人知道。和你个小贱人都有说话。(旦掷书下)(红唱))

【脱布衫】　小孩儿家口没遮拦,一迷的将言语摧残。把似你使性子,休思量秀才,做多少好人家风范。(红娘拾书科)

【小梁州】　他为你梦里成双觉后单,废寝忘飡。罗衣不奈五更寒,愁无限,寂寞泪阑干。

【幺】　似这等辰勾空把佳期盼,我将这角门儿世不曾牢拴,则愿你做夫妻无危难。我向筵席头上整扮,做一个缝了口的撮合山。

(红云)我若不去来,道我违拗他,那生又等我回报,我须索走一遭。(下)
(末上云)那书倩红娘将去,未见回话。我这封书去,必定成事。这早晚敢待来也。(红上云)须索回张生话去。小姐,你性儿忒惯得娇了;有前日的心,那得今日的心来?(红唱)

【石榴花】　当日个晚妆楼上杏花残,犹自怯衣单,那一片听琴心,清露月明间。昨日个向晚,不怕春寒,几乎险被先生馔,那其间岂不胡颜。为一个不酸不醋风魔汉,隔墙儿险化做了望夫山。

【斗鹌鹑】你用心儿拨雨撩云，我好意儿传书寄简。不肯搜自己狂为，则待要觅别人破绽。受艾焙权时忍这番。畅好是奸。"张生是兄妹之礼，焉敢如此！"对人前巧语花言，——没人处便想张生，——背地里愁眉泪眼。

（红见末科）（末起云）小娘子来了。擎天柱，大事如何了也？（红云）不济事了，先生休傻。（末云）小生简帖儿是一道会亲的符箓，则是小娘子不用心，故意如此。（红云）我不用心？有天哩，你那简帖儿好听！（红唱）

【上小楼】这的是先生命蹇，须不是红娘违慢。那简帖儿倒做了你的招状，他的勾头，我的公案。若不是觑面颜，厮顾盼，担饶轻慢。（红云）先生受罪，礼之当然。贱妾何辜？争些儿把你娘拖犯。

【幺】从今后相会少，见面难。月暗西厢，凤去秦楼，云敛巫山。你也赸，我也赸，请先生休讪，早寻个洒阑人散。

（红云）只此再不必申诉足下肺腑，怕夫人寻，我回去也。（末云）小娘子此一遭去，再着谁与小生分剖；必索做一个道理，方可救小生一命。（末跪下揪住红科）（红云）张先生是读书人，岂不知此意，其事可知矣。（红唱）

【满庭芳】你休要呆里撒奸；你待要风情美满，却教我骨肉摧残。老夫人手执着棍儿摩娑看，粗麻线怎透得针关。直待我挂着拐帮闲钻懒，缝合唇送暖偷寒。（红云）待去呵，小姐性儿撮盐入火。（唱）消息儿踏着泛。

（红云）待不去呵，（末跪哭云）小生这一个性命，都在小娘子身上。（红唱）禁不得你甜话儿热趱，好着我两下里做人难。（我没来由分说！小姐回与你的书，你自看。（末接科，开读科）呀，有这场喜事！撮土焚香，三拜礼毕。早知小姐简至，理合远接，接待不及，勿令见罪！小娘子，和你也欢喜。（红云）怎么？（末云）小姐骂我都是假，书中之意，着我今夜花园里来，和他哩，也波哩，也啰哩。（红云）你读书我听。（末云）是四句诗："待月西厢下，迎风户半开，隔墙花影动，疑是玉人来。"（红云）怎见得他着你来？你解与我听咱。（末云）"待月西厢下"，着我月上来。"迎风户半开"，他开门待我。"隔墙花影动，疑是玉人来"，着我跳过墙来。（红云）他着你跳过墙来，你做下来。端的有此说么？（末云）我是个猜诗谜的社家，风流隋何，浪子陆贾，我那里有差的勾当。（红云）你看我姐姐，在我行也使道儿。（红唱）

【耍孩儿】 几曾见寄书的瞒着鱼雁,小则小心肠儿转关。写着道"西厢待月"等得更阑,着你跳东墙"女"字边"干"。原来那诗句儿里包笼着三更枣,简帖儿里埋伏着九里山。他着紧处将人慢,您会云雨闹中取静,我寄音书忙里偷闲。

　　【四煞】 纸光明玉板,字香喷麝兰,行儿边洇透非是春汗？一缄情泪红犹湿,满纸春心墨未干。从今后休疑难,放心波学士,稳情取金雀丫鬟。

　　【三煞】 他人行别样亲,俺根前取次看,更做道孟光接了梁鸿案。别人行甜言美语三冬暖,我根前恶语伤人六月寒。我为头儿看：看你个离魂倩女,怎发付掷果潘安。

（末云）小生读书人,怎跳得那花园过也？（红唱）

　　【二煞】 隔墙花又低,迎风户半拴,偷香手段今番按,怕墙高怎把龙门跳,嫌花密难将仙桂攀。放心去,休辞惮；你若不去呵,望穿他盈盈秋水,蹙损他淡淡春山。

（末云）小生曾到那花园里,已经两遭,不见那好处；这一遭知他又如何？（红云）如今不比往常。

　　【煞尾】 你虽是去了两遭,我敢道不如这番。隔墙酬和都胡侃,证果的是今番这一简。（红下）

（末云）叹万事自有分定,谁想小姐有此一场好处。小生是猜诗谜的社家,风流隋何,浪子陆贾,到那里扢扎帮便倒地。今日颓天百般的难得晚。天,你有万物于人,何故争此一日？疾下去波！（末念）读书继晷怕黄昏,不觉西沉强掩门；欲赴海棠花下约,太阳何苦又生根？（末云）呀,才晌午也！再等一等。（又看科）今日万般的难得下去也呵。碧天万里无云,空劳倦客身心,恨杀鲁阳贪战,不教红日西沉！呀,却早倒西也,再等一等咱。无端的三足乌,团团光烁烁；安得后羿弓,射此一轮落！谢天地！却早日下去也！却早发擂也！呀,却早撞钟也！拽上书房门,到得那里,手挽着垂杨滴溜扑跳过墙去。

第四本　张君瑞梦莺莺

第三折

（夫人、长老上，开）今日送张生赴京，就十里长亭，安排下筵席。我和长老先行，不见张生小姐来到。（旦、末、红同上，旦云）今日送张生上朝取应去，早是离人伤感，况值那暮秋天气，好烦恼人也呵！"悲欢聚散一杯酒，南北东西万里程。"（旦唱）

【正宫】【端正好】　碧云天，黄花地，西风紧，北雁南飞。晓来谁染霜林醉？总是离人泪。

【滚绣球】　恨相见得迟，怨归去得疾。柳丝长玉骢难系，恨不倩疏林挂住斜晖。马儿迍迍行，车儿快快随，却告了相思回避，破题儿又早别离。听得道一声"去也"，松了金钏；遥望见十里长亭，减了玉肌。此恨谁知？

（红云）姐姐今日不打扮？（旦云）红娘呵，你哪里知道我的心哩！（旦唱）

【叨叨令】　见安排着车儿、马儿，不由人熬熬煎煎的气；有甚么心情花儿、靥儿，打扮得娇娇滴滴的媚；准备着被儿、枕儿，则索昏昏沉沉的睡；从今后衫儿、袖儿，揾湿做重重叠叠的泪。兀的不闷杀人也么哥，兀的不闷杀人也么哥。久已后书儿、信儿，索与我凄凄惶惶的寄。

（做到了科，见夫人了）（夫人云）张生和长老坐，小姐这壁坐，红娘将酒来。张生，你向前来，是自家亲眷，不要回避。俺今日将莺莺与你，到京师休辱没了俺孩儿，挣揣一个状元回来者。（末云）小生托夫人余荫，凭着胸中之才，视官如拾芥耳。（洁云）夫人主张不差，张生不是落后的人。（把酒了，坐）（旦长吁了）（旦唱）

【脱布衫】　下西风黄叶纷飞，染寒烟衰草萋迷。酒席上斜签着坐地，蹙愁眉死临侵地。

【小梁州】　我见他阁泪汪汪不敢垂，恐怕人知。猛然见了把头低，长吁气，推整素罗衣。

【幺】　虽然久后成佳配，奈时间怎不悲啼。意似痴，心如醉，昨宵今日，清减了小腰围。

（夫人云）小姐把盏者！（红递酒了，旦把盏了）（旦唱）

【上小楼】 合欢未已,离愁相继。想着俺前暮私情,昨夜成亲,今日别离。我谂知,这几日相思滋味,却元来此别离情更增十倍。

【幺】 年少呵轻远别,情薄呵易弃掷。全不想腿儿相挨,脸儿相偎,手儿相携。你与俺崔相国做女婿,妻荣夫贵,但得一个并头莲,强似状元及第。

(红云)姐姐,不曾吃早饭,饮一口儿汤水。(旦云)红娘呵,甚么汤水咽得下。(唱)

【满庭芳】 供食太急,须臾对面,顷刻别离。若不是酒席间子母每当回避,有心待与他举案齐眉。

【幺】 虽然是厮守得一时半刻,也合着俺夫妻每共桌而食。眼底空留意,寻思起就里,险化做望夫石。

(夫人云)红娘把盏者。(红把酒科了)(旦唱)

【快活三】 将来的酒共食,尝着似土和泥;假若便是土和泥,也有些土气息、泥滋味。

【朝天子】 暖溶溶玉醅,白泠泠似水,多半是相思泪。眼面前茶饭怕不待要吃,恨塞满愁肠胃。蜗角虚名,蝇头微利,拆鸳鸯在两下里。一个这壁,一个那壁,一递一声长吁气。

(夫人云)辆起车儿,俺先回去,小姐随后和红娘来。(下)(末辞洁科)(洁云)此一行别无话说,贫僧准备买登科录,看做亲的茶饭,少不得贫僧的。先生在意,鞍马上保重者。"从今经忏无心礼,专听春雷第一声。"(下)(旦唱)

【四边静】 霎时间杯盘狼藉,车儿投东,马儿向西。两意徘徊,落日山横翠。知他今宵宿在那里?在梦也难寻觅。

(旦云)张生,此一行得官不得官,疾早便回来。(末云)小姐心儿里艰难,小生这一去,白夺一个状元,真乃是"青霄有路终须到,金榜无名誓不归"。(旦云)君行别无所赠,口占一绝,为君送行:"弃掷今何在,当时且自亲。还将旧来意,怜取眼前人。"(末云)小姐之意差矣,张珙更敢怜谁?谨赓一绝,以剖寸心:"人生长远别,孰与最关亲?不遇知音者,谁怜长叹人?"(旦唱)

【耍孩儿】 淋漓襟袖啼红泪,比司马青衫更湿。伯劳东去燕西飞,未登程先问归期。虽然眼底人千里,且尽生前酒一杯。未饮心先醉,眼中流血,心内成灰。

【五煞】 到京师服水土,趁程途,节饮食,顺时自保揣身体。荒村雨露宜眠早,野店风霜要起迟!鞍马秋风里,最难调护,最要扶持。

【四煞】 这忧愁诉与谁?相思只自知,老天不管人憔悴。泪添九曲黄河溢,恨压三峰华岳低。到晚来闷把西楼倚,见了些夕阳古道,衰草长堤。

【三煞】 笑吟吟一处来,哭啼啼独自归。归家若到罗帏里,昨日个绣衾香暖留春住,今夜个翠被生寒有梦知。留恋你别无意,见据鞍上马,阁不住泪眼愁眉。

(末云)有甚言语嘱咐小生咱?(旦唱)

【二煞】 你休忧文齐福不齐,我则怕你停妻再娶妻。你休要"一春鱼雁无消息"!我这里"青鸾有信频须寄",你却休"金榜无名誓不归"。此一节君须记:若见了那异乡花草,再休似此处栖迟?

(末云)再谁似小姐?小生又生此念。仆童赶早行一程儿,早寻个宿处。(末念)泪随流水急,愁随野云飞。(下)(旦唱)

【一煞】 青山隔送行,疏林不做美,淡烟暮霭相遮蔽。夕阳古道无人语,禾黍秋风听马嘶。我为甚么懒上车儿内,来时甚急,去后何迟!

(红云)夫人去好一会,姐姐,咱家去!(旦唱)

【收尾】 四围山色中,一鞭残照里。遍人间烦恼填胸臆,量这些大小车儿如何载得起?(旦、红下)

《琵琶记》节选 高明

第二十一出 糟糠自厌

(旦上唱)

【山坡羊】 乱荒荒不丰稔的年岁,远迢迢不回来的夫婿。急煎煎不耐烦的二亲,软怯怯不济事的孤身己。衣尽典,寸丝不挂体。几番要卖了奴身己,争奈没主公婆教谁管取?

(合)思之,虚飘飘命怎期?难捱,实丕丕灾共危。

【前腔】 滴溜溜难穷尽的珠泪,乱纷纷难宽解的愁绪。骨崖崖难扶持的病体,战兢兢难捱过的时和岁。这糠呵,我待不吃你,教奴怎忍饥?我待吃呵,怎吃得?

(介)苦,思量起来不如奴先死,图得不知他亲死时。〔合前〕
(白)奴家早上安排些饭与公婆,非不欲买些鲜菜,争奈无钱可买。不想婆婆抵死埋冤,只道奴家背地吃了甚么。不知奴家吃的却是细米皮糠,吃时不敢教他知道,只得回避。便埋冤杀了,也不敢分说。苦!真实这糠怎的吃得。(吃介)(唱)

【孝顺歌】 呕得我肝肠痛,珠泪垂,喉咙尚兀自牢嗄住。糠,遭砻被舂杵,筛你簸扬你,吃尽控持。悄似奴家身狼狈,千辛百苦皆经历。苦人吃着苦味,两苦相逢,可知道欲吞不去。

(吃吐介)(唱)

【前腔】 糠和米,本是相倚依,谁人簸扬你作两处飞?一贱与一贵,好似奴家共夫婿,终无见期。丈夫,你便是米么,米在他方没寻处。奴便是糠么,怎的把糠救得人饥馁?好似儿夫出去,怎的教奴供给得公婆甘旨?

（不吃放碗介）（唱）

【前腔】　思量我生无益，死又值甚的！不如忍饥死了为怨鬼。公婆老年纪，靠奴家相依倚，只得苟活片时。片时苟活虽容易，到底日久也难相聚。谩把糠来相比，这糠尚兀自有人吃，奴家骨头，知他埋在何处？

〔外净上探，白〕媳妇，你在这里说甚么？（旦遮糠介）（净搜出，打旦介）（白）公公，你看么？真个背后自逼逻东西吃，这贱人好打！（外白）你把他吃了，看是什么物事？（净荒吃介）（吐介）（外白）媳妇，你逼逻的是什么东西？（旦介）（唱）

【前腔】　这是谷中膜，米上皮，将来逼逻堪疗饥。

（外净白）这是糠，你却怎的吃得？〔旦唱〕尝闻古贤书，狗彘食人食，公公，婆婆，须强如草根树皮。〔外净白〕这的不嗄杀了你？〔旦唱〕嚼雪飡毡，苏卿尤健；飡松食柏，到做得神仙侣，纵然吃些何虑？〔白〕公公，婆婆，别人吃不得，奴家须是吃得。（外净白）胡说！偏你如何吃得？（旦唱）爹妈休疑，奴须是你孩儿的糟糠妻室！
　　〔外净看哭介白〕原来错埋冤了人，兀的不痛杀了我！（倒介）（旦叫介）（唱）

【雁过沙】〔旦〕他沉沉向迷途，空教我耳边呼。公公，婆婆，我不能尽心相奉事，番教你为我归黄土。公公，婆婆，人道你死缘何故？公公，婆婆，你怎生割舍抛弃了奴？

（白）公公，婆婆。（外醒介）（唱）

【前腔】　媳妇，你担饥事公姑。媳妇，你担饥怎生度？错埋冤你也不肯辞，我如今始信有糟糠妇。媳妇，我料应下久归阴府。媳妇，你休便为我死的把生的受苦。

（旦叫婆婆介）（唱）

【前腔】　婆婆，你还死，教奴家怎支吾？你若死，教我怎生度？我千辛万苦回护丈夫，如今到此难回护。我只愁母死难留父，况衣衫尽解，囊箧又无。

（外叫净介）（唱）

　　【前腔】　婆婆，我当初不寻思，教孩儿往皇都。把媳妇闪得苦又孤，把婆婆送入黄泉路，只怨是我相躭误。我骨头未知埋在何处所？

　　（旦白）婆婆都不省人事了，且扶入里面去。正是：青龙共白虎同行，吉凶事全然未保。（并下）（末上白）福无双至犹难信，祸不单行却是真。自家为甚说这两句？为邻家蔡伯喈妻房，名唤做赵氏五娘子，嫁得伯喈秀才，方才两月，丈夫便出去赴选。自去之后，连年饥荒，家里只有公婆两口，年纪八十之上。甘旨之奉，亏杀这赵五娘子，把些衣服首饰之类尽皆典卖，籴些粮米做饭与公婆吃，他却背地里把些细米皮糠逼逻充饥。唧唧，这般荒年饥岁，少什么有三五个孩儿的人家，供膳不得爹娘。这个小娘子，真个今人中少有，古人中难得。那公婆不知道，颠倒把他埋冤；今来听得他公婆知道，却又痛心都害了病。俺如今去他家里探取消息则个。（看介）这个来的却是蔡小娘子，怎生恁地走得荒？（旦荒走上介）（白）天有不测风云，人有旦夕祸福。（见末介）公公，我的婆婆死了。（末介）我却要来。（旦白）公公，我衣衫首饰尽行典卖，今日婆婆又死，教我如何区处？公公可怜见，相济则个。

　　（末白）不妨，婆婆衣衾棺椁之费，皆出于我，你但尽心承值公公便了。（旦哭介）（唱）

　　【玉包肚】　千般生受，教奴家如何措手？终不然把他骸骨，没棺椁送在荒丘？（合）相看到此，不由人不珠泪流，正是不是冤家不聚头。（末唱）
　　【前腔】　不须多忧，送婆婆是我身上有。你但小心承直公公，莫教又成不救。（合前）

　　（旦白）如此，谢得公公！只为无钱送老娘。（末白）娘子放心，须知此事有商量。（合）正是：归家不敢高声哭，只恐人闻也断肠。（并下）

《牡丹亭》节选　汤显祖

第七出　闺塾

〔末上〕吟余改抹前春句,饭后寻思午晌茶。蚁上案头沿砚水,蜂穿窗眼咂瓶花。我陈最良杜衙设帐,杜小姐家传毛诗,极承老夫人管待。今日早膳已过,我且把毛注潜玩一遍。〔念介〕"关关雎鸠,在河之洲。窈窕淑女,君子好逑。"好者好也,逑者求也。〔看介〕这早晚了,还不见女学生进馆。却也娇养的凶;待我敲三声云板。〔敲云板介〕春香,请小姐解书。

【绕池游】〔旦引贴捧书上〕素妆才罢,缓步书堂下。对净几明窗潇洒。〔贴〕昔氏贤文,把人禁杀。恁时节则好教鹦哥唤茶。

〔见介〕〔旦〕先生万福。〔贴〕先生少怪。〔末〕凡为女子,鸡初鸣,咸盥、漱、栉、笄,问安于父母;日出之后,各供其事。如今女学生以读书为事,须要早起。〔旦〕以后不敢了。〔贴〕知道了。今夜不睡,三更时分,请先生上书。〔末〕昨日上的毛诗,可温习?〔旦〕温习了,则待讲解。〔末〕你念来。〔旦念书介〕"关关雎鸠,在河之洲。窈窕淑女,君子好逑。"〔末〕听讲:"关关雎鸠",雎鸠是个鸟;关关,鸟声也。〔贴〕怎样声儿?〔末作鸠声〕〔贴学鸠声诨介〕〔末〕此鸟性喜幽静,在河之洲。〔贴〕是了。不是昨日是前日,不是今年是去年,俺衙内关着个斑鸠儿,被小姐放去,一去去在何知州家。〔末〕胡说,这是兴。〔贴〕兴个甚的那?〔末〕兴者起也,起那下头。窈窕淑女,是幽闲女子,有那等君子好好的来求他。〔贴〕为甚好好的求他?〔末〕多嘴哩。〔旦〕师父,依注解书,学生自会。但把《诗经》大意,敷演一番。

【掉角儿】〔末〕论六经,《诗经》最葩,闺门内许多风雅。有指证,姜嫄产哇;不嫉妒,后妃贤达。更有那咏鸡鸣,伤燕羽,泣江皋,思汉广,洗净铅华。有风有化,宜室宜家。〔旦〕这经文偌多?〔末〕"《诗》三百,一言以蔽之,"没多些,只"无邪"两字,付与儿家。

书讲了。春香,取文房四宝来模字。〔贴下取上〕红、墨、笔、砚在此。〔末〕这甚么墨?〔旦〕丫头错拿了,这是螺子黛,画眉的。〔末〕这甚么笔?〔旦作笑介〕这便是画眉细笔。〔末〕俺从不曾见。拿去,拿去!这是甚么纸?〔旦〕薛涛笺。〔末〕拿去,拿去。只拿那蔡伦造的来。这是甚么砚?是一个?是两个?〔旦〕鸳鸯砚。〔末〕许多眼?〔旦〕泪眼。〔末〕哭甚么子?一发换了来。〔贴背介〕好个标老儿!待换去。〔下换上〕这可好?〔末看介〕著。〔旦〕学生自会临书。春香还劳把笔。〔末〕看你临。〔旦写字介〕〔末看惊介〕我从不曾见这样好字。这甚么格？〔旦〕是卫夫人传下美女簪花之格。〔贴〕待俺写个奴婢学夫人。〔旦〕还早哩。〔贴〕先生，学生领出恭牌。〔下〕〔旦〕敢问师母尊年？〔末〕目下平头六十。〔旦〕学生待绣对鞋儿上寿，请个样儿。〔末〕生受了。依《孟子》上样儿，做个不知足而为屦罢了。〔旦〕还不见春香来。〔末〕要唤他么？〔末叫三度介〕〔贴上〕害淋的。〔旦作恼介〕劣丫头那里来？〔贴笑介〕溺尿去来。原来有座大花园。花明柳绿，好耍子哩。〔末〕咳也，不攻书，花园去。待俺取荆条来。〔贴〕荆条做甚么？

【前腔】　女郎行，那里应文科判衙？止不过识字儿书涂嫩鸦。〔起介〕〔末〕古人读书，有囊萤的，趁月亮的。〔贴〕待映月，耀蟾蜍眼花，待囊萤，把虫蚁儿活支煞。〔末〕悬梁刺股呢？〔贴〕比似你悬了梁，损头发；刺了股，添疤疤。有甚光华！〔内叫卖花介〕〔贴〕小姐，你听一声声卖花，把读书声差。〔末〕又引逗小姐哩。待俺当真打一下。〔末做打介〕〔贴闪介〕你待打，打这哇哇，桃李门墙，险把负荆人唬煞。〔贴抢荆条投地介〕〔旦〕死丫头，唐突了师父，快跪下。〔贴跪介〕〔旦〕师父看他初犯，容学生责认一遭儿。

【前腔】　手不许把秋千索拿，脚不许把花园路踏。〔贴〕则瞧罢。〔旦〕还嘴，这招风嘴，把香头来绰疤；招花眼，把绣针儿签瞎。〔贴〕瞎了中甚用？〔旦〕则要你守砚台，跟书案，伴诗云，陪子曰，没的争差。〔贴〕争差些罢。〔旦捋贴发介〕则问你几丝儿头发，几条背花？敢也怕些些，夫人堂上那些家法。〔贴〕再不敢了。〔旦〕可知道？〔末〕也罢，松这一遭儿。起来。〔贴起介〕

【尾声】　〔末〕女弟子则争个不求闻达，和男学生一般儿教法。你们工课完了，方可回衙。咱和公相陪话去。〔合〕怎幸负的这一弄明窗新绛纱。〔末下〕〔贴作背后指末骂介〕村老牛，痴老狗，一些趣也不知。〔旦作扯介〕死丫头，"一日为师，终身为父"，他打不的你？俺且问你：那花园在那里？〔贴做不说〕〔旦做笑问介〕〔贴指介〕兀那不是！〔旦〕可有什么景致？〔贴〕景致么！有亭台六七座，秋千一两架。绕的流觞曲水，面着太湖山石。名花异草，委实华丽。〔旦〕原来有这等一个所在，且回衙去。

　　也曾飞絮谢家庭，欲化西园蝶未成。
　　无限春愁莫相问，绿阴终借暂时行。

第十出　惊梦

【绕池游】〔旦上〕梦回莺啭，乱煞年光遍。人立小庭深院。〔贴〕炷尽沉烟，抛残绣线，恁今春关情似去年？

【乌夜啼】〔旦〕晓来望断梅关，宿妆残。〔贴〕你侧着宜春髻子，恰凭阑。〔旦〕翦不断，理还乱，闷无端。〔贴〕已分付催花莺燕借春看。〔旦〕春香，可曾叫人扫除花径？〔贴〕分付了。〔旦〕取镜台衣服来。〔贴取镜台衣服上〕"云髻罢梳还对镜,罗衣欲换更添香。"镜台衣服在此。

【步步娇】〔旦〕袅晴丝,吹来闲庭院,摇漾春如线。停半晌,整花钿。没揣菱花,偷人半面,迤逗的彩云偏。〔行介〕步香闺怎便把全身现!

〔贴〕今日穿插的好。

【醉扶归】〔旦〕你道翠生生出落的裙衫儿茜,艳晶晶花簪八宝填,可知我常一生儿爱好是天然。恰三春好处无人见。不提防沉鱼落雁鸟惊喧,则怕的羞花闭月花愁颤。

〔贴〕早茶时了,请行。〔行介〕你看:画廊金粉半零星,池馆苍苔一片青。踏草怕泥新绣袜,惜花疼煞小金铃。〔旦〕不到园林,怎知春色如许?

【皂罗袍】原来姹紫嫣红开遍,似这般都付与断井颓垣。良辰美景奈何天,赏心乐事谁家院!恁般景致,我老爷和奶奶,再不提起。〔合〕朝飞暮卷,云霞翠轩;雨丝风片,烟波画船。锦屏人忒看的这韶光贱!

〔贴〕是花都放了,那牡丹还早。

【好姐姐】〔旦〕遍青山啼红了杜鹃,荼蘼外烟丝醉软。春香啊,牡丹虽好,他春归怎占的先!〔贴〕成对儿莺燕呵!〔合〕闲凝眄,生生燕语明如剪,呖呖莺歌溜的圆。

〔旦〕去罢。〔贴〕这园子委是观之不足也。〔旦〕提他怎的!〔行介〕

【隔尾】 观之不足由他缱,便赏遍了十二亭台是枉然。到不如兴尽回家闲过遣。

〔作到介〕〔贴〕开我西阁门,展我东阁床。瓶插映山紫,炉添沉水香。小姐,你歇息片时,俺瞧老夫人去也。〔下〕

《长生殿》节选 洪　昇

第二十四出　惊变

（丑上）玉楼天半起笙歌,风送宫嫔笑语和。月殿影开闻夜漏,水晶帘卷近秋河。咱家高力士,奉万岁爷之命,着咱在御花园中,安排小宴,要与贵妃娘娘同来游赏,只得在此伺候。(生、旦乘辇,老旦、贴随后,二内侍引,行上)

【北中吕粉蝶儿】　天淡云闲,列长空数行新雁。御园中秋色斓斑,柳添黄,苹减绿,红莲脱瓣。一抹雕阑,喷清香桂花初绽。

(到介)(丑)请万岁爷娘娘下辇。(生、旦下辇介)(丑同内侍暗下)(生)妃子,朕与你散步一回者。(旦)陛下请。(生携旦手介)(旦)

【南泣颜回】　携手向花间,暂把幽怀同散。凉生亭下,风荷映水翩翻。爱桐阴静悄,碧沉沉并绕回廊看。恋香巢秋燕依人,睡银塘鸳鸯蘸眼。

(生)高力士,将酒过来,朕与娘娘小饮数杯。(丑)宴已排在亭上,请万岁爷娘娘上宴。(旦作把盏,生止住介)妃子,坐了。

【北石榴花】　不劳你玉纤纤,高捧礼仪烦。子待借小饮对眉山。俺与你浅斟低唱,互更番,三杯两盏,遣兴消闲。妃子,今日虽是小宴,倒也清雅。回避了御厨中,回避了御厨中,烹龙炰凤堆盘案,咿咿哑哑,乐声催趱。只几味脆生生,只几味脆生生蔬,和果清肴馔,雅称你仙肌玉骨美人餐。

妃子,朕与你清游小饮,那些梨园旧曲,都不耐烦听他。记得那年在沉香亭上赏牡丹,召翰林李白,草《清平调》三章,令李龟年度成新谱,其词甚佳。不知妃子还记得么?(旦)妾还记得。(生)妃子可为朕歌之,朕当亲倚玉笛以和。(旦)领旨。(老旦进玉笛,生吹介,旦按板介。)

【南泣颜回】　花繁,秾艳想容颜,云想衣裳光璨;新粧谁似,可怜飞燕娇懒。

名花国色,笑微微常得君王看。向春风解释春愁,沉香亭同倚阑干。

(生)妙哉!李白锦心,妃子绣口,真双绝矣!宫娥,取巨觥来,朕与妃子对饮。(老旦、贴送酒介)(生)

【北斗鹌鹑】 畅好是喜孜孜驻拍停歌,喜孜孜驻拍停歌,笑吟吟传杯送盏。妃子干一杯,(作照干介)不须他絮烦烦射覆藏钩,闹纷纷弹丝弄板。(又作照杯介)妃子再干一杯。(旦)妾不能饮了。(生)宫娥每跪劝。(老旦、贴)领旨。(跪旦介)娘娘请上这一杯。(旦勉饮介)(老旦、贴作连劝介)(生)我这里无语持觥仔细看,早子见花一朵上腮间。(旦作醉介)妾真醉矣!(生)一会价软哈哈柳挥花欹,软哈哈柳挥花欹,困腾腾莺娇燕懒。妃子醉了。宫娥每,扶娘娘上辇进宫去者。(老旦、贴)领旨。(作扶旦起介)(旦作醉态呼介)万岁。(老旦、贴扶旦行)(旦作醉态介)

【南扑灯蛾】 态恹恹轻云软四肢,影蒙蒙空花乱双眼;娇怯怯柳腰扶难起,困沉沉强抬娇腕,软设设金莲倒褪,乱松松香肩军云鬟;美甘甘思寻凤枕,步迟迟倩宫娥搀入绣帏间。

(老旦、贴扶旦下)(丑同内侍暗上)(内击鼓介)(生惊介)何处鼓声骤发?(副净急上)渔阳鼙鼓动地来,惊破霓裳羽衣曲。(问丑介)万岁爷在那里?(丑)在御花园内。(副净)军情紧急,不免径入。(进见介)陛下,不好了!安禄山起兵造反,杀过潼关,不日就到长安了!(生大惊介)守关将士何在?(副净)哥舒翰兵败已降贼了。(生)

【北上小楼】 呀,你道失机的哥舒翰,称兵的安禄山,赤紧的离了渔阳,陷了东京,破了潼关。唬得人胆战心摇,唬得人胆战心摇,肠慌腹热,魂飞魄散,早惊破月明花粲。

卿有何策,可退贼兵?(副净)当日臣曾再三启奏禄山必反,陛下不听,今日果应臣言。事起仓卒,怎生抵敌?不若权时幸蜀,以待天下勤王。(生)依卿所奏。快传旨:诸王百官,即时随驾幸蜀便了。(副净)领旨。(急下)(生)高力士,快些整备军马,传旨令右龙武将军陈元礼统领羽林军士三千扈驾前行。(丑)领旨。(下)(内侍)请万岁爷回宫。(生转行叹介)唉!正尔欢娱,不想忽有此变,怎生是了也!

【南扑灯蛾】 稳稳的宫庭宴安,扰扰的边廷造反,冬冬的鼙鼓喧,腾腾的烽火燃。的溜扑碌臣民儿逃散,黑漫漫乾坤覆翻,碜磕磕社稷摧残,碜磕磕社稷摧残,当不得萧萧飒飒西风送晚,黯黯的一轮落日冷长安。

(向内问介)宫娥每,杨娘娘可曾安寝?(老旦、贴内应介)已睡熟了。(生)不要惊他,且待明早五鼓同行。(泣介)天那!寡人不幸,遭此播迁,累他玉貌花容,驱驰道路。好不痛心也!

【南尾声】 在深宫兀自娇慵惯,怎样支吾蜀道难!(哭介)我那妃子呵!愁杀你玉软花柔要将途路趱。

宫殿参差落照间(卢纶),渔阳烽火照函关(吴融)。
遏云声绝悲风起(胡曾),何处黄云是陇山(武元衡)。

第二十八出　骂贼

(外扮雷海青抱琵琶上)武将文官总旧僚,恨他反面事新朝。纲常留在梨园内,那惜伶工命一条。自家雷海青是也。蒙天宝皇帝隆恩,在梨园部内做一个供奉。不料禄山作乱,破了长安,皇帝驾幸西川去了。那满朝文武,平日里高官厚禄,荫子封妻。享荣华,受富贵,那一件不是朝廷恩典?如今却一个个贪生怕死,背义忘恩,争去投降不迭,只图安乐一时,那顾骂名千古!唉,岂不可羞?岂不可恨?我雷海青虽是一个乐工,那些没廉耻的勾当,委实做不出来。今日禄山与这一班逆党,大宴凝碧池头,传集梨园奏乐;俺不免乘此到那厮跟前,痛骂一场,出了这口愤气,便粉骨碎身,也说不得了。且抱着琵琶,去走一遭也呵。

【仙吕】【村里迓鼓】 虽则俺乐工卑滥,硁硁愚暗。也不曾读书献策,登科及第,向鹓班高站,只这血性中,胸脯内,倒有些忠肝义胆。今日个睹了丧亡,遭了危难,值了变惨,不由人痛切齿,声吞恨衔。

【元和令】 恨仔恨泼腥膻莽将龙座渰,癞虾蟆妄想天鹅啖,生克擦直逼的个官家下殿走天南。你道恁胡行堪不堪?纵将他寝皮食肉也恨难劖。谁想那一班儿没揣三!歹心肠,贼狗男。

【上马娇】 平日家张着口将忠孝谈,到临危翻着脸把富贵贪,早一齐儿摇尾受新衔,把一个君亲仇敌当作恩人感。嗏,只问你蒙面可羞惭?

【胜葫芦】 眼见的去做忠臣没个敢。雷海青呵,若不把一肩担,可不枉了戴发含牙人是俺!但得纲常无缺,须眉无愧,便九死也心甘。(下)(净引二军士上)

【中吕引子】【绕红楼】 抢占山河号大燕,袍染赭,冠戴冲天。凝碧清秋,梨园小部,歌舞列琼筵。

孤家安禄山。自从范阳起兵,所向无敌。长驱西入,直抵长安。唐家皇帝,逃入蜀中去了,锦绣江山,归吾掌握。(笑介)好不快活。今日聚集百官,在凝碧池上,做个太平筵宴,酒乐一回。内侍每!众官可曾齐到?(杂)都在外殿伺候。(净)宣过来。(军)领旨。(宣介)主上宣百官进见。(四伪官上)今日新天子,当时旧宰臣。同为识时者,不是负恩人。(见介)臣等朝见,愿主上万岁万万岁。(净)众卿平身,孤家今日政务稍闲,特设宴在凝碧池上,与卿等共乐太平。(四伪官)万岁。(军)筵宴完备,请主上升宴。(内奏乐,四伪官跪送酒介)(净)

【中吕过曲】【尾犯序】 龙戏碧池边,正五色云开,秋气澄鲜。紫殿逍遥,暂停吾玉鞭。开宴,走绯衣,鸾刀细割;揎锦袖,犀盘满献。(四伪官献酒再拜介)瑶池下,熊罴鹓鹭,拜送酒如泉。

(净)内侍每,传旨唤梨园子弟奏乐。(军)领旨。(向内介)主上有旨,着梨园子弟奏乐。(内应奏乐介)(军送净酒介)(合)

【前腔】【换头】 当筵,众乐奏钧天。旧日霓裳,重按歌遍,半入云中,半吹落风前。希见,除却了清虚洞府,只有那沉香亭院。今日个仙音法曲,不数大唐年。

(净)奏得好。(四伪官)臣想天宝皇帝,不知费了多少心力,教成此曲。今日却留与主上受用,真乃齐天之福也。(净笑介)众卿言之有理,再上酒来。(军送酒介)(外在内泣唱介)

【前腔】【换头】 幽州鼙鼓喧,万户蓬蒿,四野烽烟。叶堕空宫,忽惊闻歌弦。奇变!真个是天翻地覆,真个是人愁鬼怨。(大哭介)我那天宝皇帝呵!金銮上百官拜舞,何日再朝天。

(净)呀!什么人啼哭?好奇怪!(军)是乐工雷海青。(净)拿上来!(军拉外上见介)(净)雷海青,孤家在此饮太平筵宴,你敢擅自啼哭,好生可恶!(外骂介)唉,安禄山!你本是失机边将,罪应斩首。幸蒙圣恩不杀,拜将封王。你不思报效朝廷,反敢称兵作乱,秽污神京,逼迁圣驾。这罪恶贯盈。指日天兵到来诛戮,还说什么太平筵宴!(净大怒介)唉,有这等事!孤家入登大位,臣下无不顺从,量你这一个乐工,怎敢如此无礼!军士,看刀伺

候!(二军作应拔刀介)(外一面指净骂介)

【扑灯蛾】 怪伊忒负恩,兽心假人面,怒发上冲冠。我虽是伶工微贱也,不似他朝臣腼腆。安禄山,你窃神器,上逆皇天,少不得顷刻间尸横血溅。(将琵琶掷净介)我掷琵琶将贼臣碎首报开元。

(军夺琵琶介)(净)快把这厮拿去砍了!(军应拿外砍下)(净)好恼好恼!(四伪官)主上息怒,无知乐工,何足介意。(净)孤家心上不快,众卿且退。(四伪官)领旨。臣等恭送主上回宫。(跪送介)(净)酒逢知己千钟少,话不投机半句多。(怒下)(四伪官起介)杀得好!杀得好!一个乐工,思量做起忠臣来。难道我每吃太平宴的倒差了不成!

【尾声】 大家都是花花面,一个忠臣值甚钱!(笑介)雷海青,雷海青!毕竟你未戴乌纱识见浅!

三秦流血已成川(罗隐),为虏为王事偶然(李山甫)。
世上何人怜苦节(陆希声),直须行乐不言旋(薛稷)。

《桃花扇》节选　孔尚任

第七出　却奁

【夜行船】（末）人宿平康深柳巷，惊好梦门外花郎。绣户未开，帘钩才响，春阻十层纱帐。

下官杨文骢，早来与侯兄道喜。你看院门深闭，侍婢无声，想是高眠未起。（唤介）保儿，你到新人窗外，说我早来道喜。（杂）昨夜睡迟了，今日未必起来哩。老爷请回，明日再来罢。（末笑介）胡说！快快去问。（小旦内问介）保儿！来的是那一个？（杂）是杨老爷道喜来了。（小旦忙上）倚枕春宵短，敲门好事多。（见介）多谢老爷，成了孩儿一世姻缘。（末）好说。（问介）新人起来不曾？（小旦）昨晚睡迟，都还未起哩。（让坐介）老爷请坐，待我去催他。（末）不必，不必。（小旦下）

【步步娇】（末）儿女浓情如花酿，美满无他想，黑甜共一乡。可也亏了俺帮衬，珠翠辉煌，罗绮飘荡，件件助新妆，悬出风流榜。

（小旦上）好笑，好笑！两个在那里交扣丁香，并照菱花，梳洗才完，穿戴未毕。请老爷同到洞房，唤他出来，好饮扶头卯酒。（末）惊却好梦，得罪不浅。（同下）（生、旦艳妆上）

【沈醉东风】（生）这云情接着雨况，刚搔了心窝奇痒，谁搅起睡鸳鸯。被翻红浪，喜匆匆满怀欢畅。合枕上馀香，帕上馀香，消魂滋味，才从梦里尝。

（末、小旦上）（末）果然起来了，恭喜，恭喜！（一揖，坐介）（末）昨晚催妆拙句，可还说的入情么。（生揖介）多谢！（笑介）妙是妙极了，只有一件。（末）那一件？（生）香君虽小，还该藏之金屋。（看袖介）小生衫袖，如何着得下？（俱笑介）（末）夜来定情，必有佳作。（生）草草塞责，不敢请教。（末）诗在那里？（旦）诗在扇头。（旦向袖中取出扇介）（末接看介）是一柄白纱宫扇。（嗅介）香的有趣。（吟诗介）妙，妙！只有香君不愧此诗。（付旦介）还收好了。（旦收扇介）

【园林好】（末）正芬芳桃香李香，都题在宫纱扇上；怕遇着狂风吹荡，须紧紧紧袖中藏，须紧紧袖中藏。

（末看旦介）你看香君上头之后，更觉艳丽了。（向生介）世兄有福，消此尤物。（生）香君天姿国色，今日插了几朵珠翠，穿了一套绮罗，十分花貌，又添二分，果然可爱。（小旦）这都亏了杨老爷帮衬哩。

【江儿水】送到缠头锦，百宝箱，珠围翠绕流苏帐，银烛笼纱通宵亮，金杯劝酒合席唱。今日又早早来看，恰似亲生自养，赔了妆奁，又早敲门来望。

（旦）俺看杨老爷，虽是马督抚至亲，却也拮据作客，为何轻掷金钱，来填烟花之窟？在奴家受之有愧，在老爷施之无名；今日问个明白，以便图报。（生）香君问得有理，小弟与杨兄萍水相交，昨日承情太厚，也觉不安。（末）既蒙问及，小弟只得实告了。这些妆奁酒席，约费二百馀金，皆出怀宁之手。（生）那个怀宁？（末）曾做过光禄的阮圆海。（生）是那皖人阮大铖么？（末）正是。（生）他为何这样周旋？（末）不过欲纳交足下之意。

【五供养】（末）羡你风流雅望，东洛才名，西汉文章。逢迎随处有，争看坐车郎。秦淮妙处，暂寻个佳人相傍，也要些鸳鸯被、芙蓉妆；你道是谁的，是那南邻大阮，嫁衣全忙。

（生）阮圆老原是敝年伯。小弟鄙其为人，绝之已久。他今日无故用情，令人不解。（末）圆老有一段苦衷，欲见白於足下。（生）请教。（末）圆老当日曾游赵梦白之门，原是吾辈。后来结交魏党，只为救护东林，不料魏党一败，东林反与之水火。近日复社诸生，倡论攻击，大肆殴辱，岂非操同室之戈乎？圆老故交虽多，因其形迹可疑，亦无人代为分辩。每日向天大哭，说道："同类相残，伤心惨目，非河南侯君，不能救我。"所以今日谆谆纳交。（生）原来如此，俺看圆海情辞迫切，不觉可怜。就便真是魏党，悔过来归，亦不可绝之太甚，况罪有可原乎！定生、次尾，皆我至交，明日相见，即为分解。（末）果然如此，吾党之幸也。（旦怒介）官人是何说话，阮大铖趋附权奸，廉耻丧尽；妇人女子，无不唾骂。他人攻之，官人救之，官人自处于何等也？

【川拨棹】不思想，把话儿轻易讲。要与他消释灾殃，要与他消释灾殃，也隄防旁人短长。官人之意，不过因他助俺妆奁，便要徇私废公；那知道这几件钗钏衣裙，原放不到我香君眼里。（拔簪脱衣介）脱裙衫，穷不妨；布荆人，名自香。

（末）阿呀！香君气性，忒也刚烈。（小旦）把好好东西，都丢一地，可惜，可惜！（拾介）（生）好，好，好！这等见识，我倒不如，真乃侯生畏友也。（向末介）老兄休怪。弟非不领教，但恐为女子所笑耳。

【前腔】（生）平康巷，他能将名节讲；偏是咱学校朝堂，偏是咱学校朝堂，混贤奸不问青黄。那些社友平日重俺侯生者，也只为这点义气；我若依附奸邪，那时群起来攻，自救不暇，焉能救人乎。节和名，非泛常；重和轻，须审详。

（末）圆老一段好意，也还不可激烈。（生）我虽至愚，亦不肯从井救人。（末）既然如此，小弟告辞了。（生）这些箱笼，原是阮家之物，香君不用，留之无益，还求取去罢。（末）正是"多情反被无情恼"，"乘兴而来兴尽还。"（下）（旦恼介）（生看旦介）俺看香君天姿国色，摘了几朵珠翠，脱去一套绮罗，十分容貌，又添十分，更觉可爱。（小旦）虽如此说，舍了许多东西，倒底可惜。

【尾声】金珠到手轻轻放，惯成了娇痴模样，辜负俺辛勤做老娘。

（生）些须东西，何足挂念，小生照样赔来。（小旦）这等才好。
（小旦）花钱粉钞费商量，
（旦）裙布钗荆也不妨，
（生）只有香君能解佩，
（旦）风标不学世时妆。

续四十出　余韵

戊子九月

【西江月】（净扮樵子挑担上）放目苍崖万丈，拂头红树千枝；云深猛虎出无时，也避人间弓矢。建业城啼夜鬼，维扬井贮秋尸；樵夫剩得命如丝，满肚南朝野史。在下苏昆生，自从乙酉年同香君到山，一住三载，俺就不曾回家，往来牛首、栖霞，采樵度日。谁想柳敬亭与俺同志，买只小船，也在此捕鱼为业。且喜山深树老，江阔人稀，每日相逢，便把斧头敲着船头，浩浩落落，尽俺歌唱，好不快活。今日柴担早歇，专等他来促膝闲谈，怎的还不见到？〔歇担盹睡介〕〔丑扮渔翁摇船上〕年年垂钓鬓如银，爱此江山胜富春；歌舞丛中征战里，渔翁都是过来人。俺柳敬亭送侯朝宗修道之后,就在这龙潭江畔,捕鱼三载,把些兴亡旧事,付之风月闲谈。今值秋雨新晴,江光似练,正好寻苏昆生饮酒谈心。〔指介〕你看,他早已醉倒在地,待我上岸,唤他醒来。〔作上岸介〕〔呼介〕苏昆生。〔净醒介〕大哥果然来了。〔丑拱介〕贤弟偏杯呀!〔净〕柴不曾卖,那得酒来?〔丑〕愚兄也没卖鱼,都是空囊,怎么处?〔净〕有了,有了!你输水,我输柴,大家煮茗清谈罢。〔副末扮老赞礼,提弦携壶上〕江山江山,一忙一闲,谁赢谁输,两鬓皆斑。〔见介〕原来是柳、苏两位老哥。〔净、丑拱介〕老相公怎得到此?〔副末〕老夫住在燕子矶边,今乃戊子年九月十七日,是福德星君降生之辰;我同些山中社友,到福德神祠祭赛已毕,路过此间。〔净〕为何挟着弦子,提着酒壶。〔副末〕见笑见笑!老夫编了几句神弦歌,名曰《问苍天》。今日弹唱乐神,社散之时,分得这瓶福酒。恰好遇着二位,就同饮三杯罢。〔丑〕怎好取扰。〔副末〕这叫就"有福同享"。〔净、丑〕好,好!〔同坐饮介〕〔净〕何不把神弦歌领略一回?〔副末〕使得! 老夫的心事,正要请教二位哩。〔弹弦唱巫腔〕〔净、丑拍手衬介〕

【问苍天】 新历数,顺治朝,五年戊子;九月秋,十七日,嘉会良时。击神鼓,扬灵旗,乡邻赛社;老逸民,剃白发,也到丛祠。椒作栋,桂为楣,唐修晋建;碧和金,丹间粉,画壁精奇。貌赫赫,气扬扬,福德名位;山之珍,海之宝,总掌无遗。超祖祢,迈君师,千人上寿;焚郁兰,莫清醑,夺户争墠。草笠底,有一人,掀须长叹:贫者贫,富者富,造命奚为?我与尔,较生辰,同月同日;囊无钱,灶断火,不啻乞儿。六十岁,花甲周,桑榆暮矣;乱离人,太平犬,未有亨期。称玉斝,坐琼筵,尔餐我看;谁为灵,谁为蠢,贵贱失宜。臣稽首,叫九阍,开聋启瞆;宣命司,检禄籍,何故差池?金阙远,紫宸高,苍天梦梦;迎神来,送神去,舆马风驰。歌舞罢,鸡豚收,须臾社散;倚枯槐,对斜日,独自凝思。浊享富,清享名,或分两例;内才多,外财少,应不同规。热似火,福德君,庸人父母;冷如冰,文昌帝,秀士宗师。神有短,圣有亏,谁能足愿;地难填,天难补,造化如斯。释尽了,胸中愁,欣欣微笑;江自流,云自卷,我又何疑。

〔唱完放弦介〕丢丑之极。〔净〕妙绝!逼真《离骚》、《九歌》了。〔丑〕失敬,失敬!不知老相公竟是财神一转哩。〔副末让介〕请干此酒。〔净咂舌介〕这寡酒好难吃也。〔丑〕愚兄倒有些下酒之物。〔净〕是什么东西?〔丑〕请猜一猜。〔净〕你的东西,不过是些鱼鳖虾蟹。〔丑摇头介〕猜不着,猜不着。〔净〕还有什么异味?〔丑指口介〕是我的舌头。〔副末〕你的舌头,你自下酒,如何让客。〔丑笑介〕你不晓得,古人以《汉书》下酒;这舌头会说《汉书》,岂非下酒之物。〔净取酒斟介〕我替老哥斟酒,老哥就把《汉书》说来。〔副末〕妙妙!只恐菜多酒少了。〔丑〕既然《汉书》太长,有我新编的一首弹词,叫做《秣陵秋》,唱来下酒罢。

〔副末〕就是俺南京的近事么？〔丑〕便是！〔净〕这都是俺们耳闻眼见的,你若说差了,我要罚的。〔丑〕包管你不差。〔丑弹弦介〕六代兴亡,几点清弹千古慨；半生湖海,一声高唱万山惊。〔照盲女弹词唱介〕

【秣陵秋】　陈隋烟月恨茫茫,井带胭脂土带香；驰荡柳绵沾客鬓,叮咛莺舌恼人肠。中兴朝市繁华续,遗孽儿孙气焰张；只劝楼台追后主,不愁弓矢下残唐。蛾眉越女才承选,燕子吴歈早擅场；力士签名搜笛步,龟年协律奉椒房。西昆词赋新温李,乌巷冠裳旧谢王。院院宫妆金翠镜,朝朝楚楚雨云床。五侯阃外空狼燧,二水洲边自雀舫。指马谁攻秦相诈？入林都畏阮生狂。春灯已错从头认,社党重钩无缝藏；借手杀仇长乐老,胁肩媚贵半闲堂。龙钟阁部啼梅岭,跋扈将军噪武昌；九曲河流晴唤渡,千寻江岸夜移防。琼花劫到雕栏损,玉树歌终画殿凉；沧海迷家龙寂寞,风尘失伴凤彷徨。青衣衔璧何年返？碧血溅沙此地亡！南内汤池仍蔓草,东陵辇路又斜阳。全开锁钥淮扬泗,难整乾坤左史黄。建帝飘零烈帝惨,英宗困顿武宗荒；那知还有福王一,临去秋波泪数行。

〔净〕妙妙！果然一些不差。〔副末〕虽是几句弹词,竟似吴梅村一首长歌。〔净〕老哥学问大进,该敬一杯。〔斟酒介〕〔丑〕倒叫我吃寡酒了。〔净〕愚弟也有些须下酒之物。〔丑〕你的东西,一定是山肴野蔌了。〔净〕不是,不是！昨日南京卖柴,特地带来的。〔丑〕取来共享罢。〔净指口介〕也是舌头。〔副末〕怎的也是舌头？〔净〕不瞒二位说,我三年没到南京,忽然高兴,进城卖柴。路过孝陵,见那宝城享殿,成了刍牧之场。〔丑〕呵呀呀！那皇城如何？〔净〕那皇城墙倒宫塌,满地蒿莱了。〔副末掩泪介〕不料光景至此。〔净〕俺又一直走到秦淮,立了半响,竟没一个人影儿。〔丑〕那长桥旧院,是咱们熟游之地,你也该去瞧瞧。〔净〕怎的没瞧,长桥已无片板,旧院剩了一堆瓦砾。〔丑捶胸介〕咳！恸死俺也。〔净〕那时疾忙回首,一路伤心,编成一套北曲,名为《哀江南》,待我唱来！〔敲板唱弋阳腔介〕俺樵夫呵！

【哀江南】【北新水令】　山松野草带花桃,猛抬头秣陵重到。残军留废垒,瘦马卧空壕；村郭萧条,城对着夕阳道。

【驻马听】　野火频烧,护墓长楸多半焦。山羊群跑,守陵阿监几时逃。鸽翎蝠粪满堂抛,枯枝败叶当阶罩；谁祭扫,牧儿打碎龙碑帽。

【沉醉东风】　横白玉八根柱倒,堕红泥半堵墙高,碎琉璃瓦片多,烂翡翠窗棂少,舞丹墀燕雀常朝,直入宫门一路蒿,住几个乞儿饿莩。

【折桂令】　问秦淮旧日窗寮,破纸迎风,坏槛当潮,目断魂消。当年粉黛,何处笙箫。罢灯船端阳不闹,收酒旗重九无聊。白鸟飘飘,绿水滔滔,嫩黄花有些蝶飞,新红叶无个人瞧。

【沽美酒】 你记得跨青溪半里桥,旧红板没一条。秋水长天人过少,冷清清的落照,剩一树柳弯腰。

【太平令】 行到那旧院门,何用轻敲,也不怕小犬哞哞。无非是枯井颓巢,不过些砖苔砌草。手种的花条柳梢,尽意儿采樵;这黑灰是谁家厨灶?

【离亭宴带歇指煞】 俺曾见金陵王殿莺啼晓,秦淮水榭花开早,谁知道容易冰消。眼看他起朱楼,眼看他宴宾客,眼看他楼塌了。这青苔碧瓦堆,俺曾睡风流觉,将五十年兴亡看饱。那乌衣巷不姓王,莫愁湖鬼夜哭,凤凰台栖枭鸟。残山梦最真,旧境丢难掉,不信这舆图换稿。诌一套《哀江南》,放悲声唱到老。

(副末掩泪介)妙是绝妙,惹出我多少眼泪。(丑)这酒也不忍入唇了,大家谈谈罢。(副净时服,扮皂隶暗上)朝陪天子辇,暮把县官门;皂隶原无种,通侯岂有根。自家魏国公嫡亲公子徐青君的便是,生来富贵,享尽繁华。不料国破家亡,剩了区区一口。没奈何在上元县当了一名皂隶,将就度日。今奉本官签票,访拿山林隐逸,只得下乡走走。(望介)那江岸之上,有几个老儿闲坐,不免上前讨火,就便访问。正是:开国元勋留狗尾,换朝逸老缩龟头。(前行见介)老哥们,有火借一个。(丑)请坐!(副净坐介)(副末问介)看你打扮,像一位公差大哥。(副净)便是!(净问介)要火吃烟么?小弟带有高烟,取出奉敬罢。(敲火吸烟奉副净介)(副净吃烟介)好高烟,好高烟!(作晕醉卧倒介)(净扶介)(副净)不要拉我,让我歇一歇,就好了。(闭目卧介)(丑问副末介)记得三年之前,老相公捧着史阁部衣冠,要葬在梅花岭下,后来怎样?(副末)后来约了许多忠义之士,齐集梅花岭,招魂埋葬,倒也算千秋盛事,但不曾立得碑碣。(净)好事,好事!只可惜黄将军刎颈报主,抛尸路旁,竟无人埋葬。(副末)如今好了,也是我老汉同些村中父老,捡骨殡殓,起了一座大大的坟茔,好不体面。(丑)你这两件功德,却也不小哩。(净)二位不知,那左宁南气死战船时,亲朋尽散,却是我老苏殡殓了他。(副末)难得,难得! 闻他儿子左梦庚袭了前程,昨日搬柩回去了。(丑掩泪介)左宁南是我老柳知己,我曾托蓝田叔画他一幅影像,又求钱牧斋题赞了几句;逢时遇节,展开祭拜,也尽俺一点报答之意。(副净醒,作悄语介)听他说话,像几个山林隐逸。(起身问介)三位是山林隐逸么?(众起拱介)不敢,不敢,为何问及山林隐逸?(副净)三位不知么?现今礼部上本,搜寻山林隐逸。抚按大老爷张挂告示,布政司行文已经月余,并不见一人报名。府县着忙,差俺们各处访拿,三位一定是了,快快跟我回话去。(副末)老哥差矣,山林隐逸乃文人名士,不肯出山的。老夫原是假斯文的一个老赞礼,那里去得?(丑、净)我两个是说书唱曲的朋友,而今做了渔翁樵子,益发不中了。(副净)你们不晓得,那些文人名士,都是识时务的俊杰,从三年前俱已出山了。目下正要访拿你辈哩。(副末)啐,征求隐逸,乃朝廷盛典,公祖父母俱当以礼相聘,怎么要拿起来。定是你这衙役们奉行不善。(副净)不干我事,有本县签票在此,取出你看。(取看签票欲拿介)(净)果有这事哩。(丑)我们竟走开何如?(副末)有理。避祸今何晚,入山昔未深。(各分走下)(副净赶不上介)你看他登崖涉涧,竟各逃走无踪。

【清江引】 大泽深山随处找,顶备官家要。抽出绿头签,取开红圈票,把几个白衣山人唬走了。

(立听介)远远闻得吟诗之声,不在水边,定在林下,待我信步找去便了。(急下)(内吟诗曰)
　　渔樵同话旧繁华,短梦寥寥记不差。
　　曾恨红笺衔燕子,偏怜素扇染桃花。
　　笙歌西第留何客?烟雨南朝换几家。
　　传得伤心临去语,年年寒食哭天涯。

参考文献

《莺莺传》,汪辟疆校录,《唐人小说》,上海古籍出版社,1978年。
《董解元西厢记》,【金】董解元著,凌景埏校注,人民文学出版社,1980年。
《新校元刊杂剧三十种》,徐沁君校,中华书局,1980年。
《永乐大曲戏文三种校注》,钱南扬校注,中华书局,1979年。
《元曲选》,【明】臧懋循,中华书局,1958年。
《元曲选外编》,隋树森编,中华书局,1959年。
《全元散曲》,隋树森编,中华书局,2000年。
《西厢记》,【元】王实甫著,王季思校注,上海古籍出版社,1978年。
《琵琶记》,【明】高明著,钱南扬注,上海古籍出版社,1980年。
《牡丹亭》,【明】汤显祖著,徐朔方、杨笑梅校注,人民文学出版社,1982年。
《长生殿》,【清】洪昇著,徐朔方校注,人民文学出版社,1958年。
《桃花扇》,【清】孔尚任著,王季思等校注,人民文学出版社,1959年。
《中国历代文学作品选》,朱东润主编,上海古籍出版社,2004年。
《中国古代戏曲家评传》,胡世厚、邓绍基主编,中州古籍出版社,1992年。
《中国古典戏曲论著集成》第1～10集,中国戏曲研究院编,中国戏剧出版社,1980年。
《宋元戏曲史》,王国维撰,上海古籍出版社,2008年。
《中国近民戏曲史》,【日】青木正儿原著,王古鲁译著,蔡毅校订,中华书局,2010年。
《中国戏曲概论》,吴梅著,冯统一点校,中国人民大学出版社,2004年。
《唐戏弄》,任半塘著,上海古籍出版社,1984年。
《中国戏曲通史》,张庚、郭汉城主编,中国戏剧出版社,1980年。
《中国戏剧史》,周贻白著,上海书店,2004年。
《中国戏曲发展简史》,廖奔、刘彦君著,山西教育出版社,2009年。
《中国古代散曲史》,李昌集,华东师范大学出版社,1991年。
《中国古代曲学史》,李昌集,华东师范大学出版社,1997年。

《中国文学发展史》,刘大杰著,上海古籍出版社,1958年。
《中国文学史》,游国恩等主编,人民文学出版社,1963年。
《中国文学史》,钱基博著,中华书局,1993年。
《中国文学史》,章培恒、骆玉明主编,复旦大学出版社,1996年。
《中国古代文学史简编》,郭预衡主编,上海古籍出版社,2003年。
《中国文学史》,袁行霈主编,高等教育出版社,1999年。
《中国古代文学通论》,傅璇琮、蒋寅总主编,辽宁人民出版社,2005年。
《东京梦华录》,【宋】孟元老著,邓之诚注,中华书局,1982年。
《都城纪胜》,【宋】灌圃耐得翁著,浙江人民出版社,1983年。
《梦梁录》,【宋】吴自牧,浙江人民出版社,1980年。
《录鬼簿》(外四种),【元】钟嗣成等著,上海古籍出版社,1978年。
《南村辍耕录》,【元】陶宗仪,中华书局,1959年。
《扬州画舫录》,【清】李斗,中华书局,1960年。

后　记

　　因为一个机缘,我做了学校大学生公选艺术素质课程——《戏曲鉴赏》的任课老师,而初次接触到中国古典戏曲,则是在很早的童年。记得10岁左右,我偶然从家里的旧书堆里翻出了一本《桃花扇》,一下子就被设计精美的封面所吸引,虽然当时认识的字不多,却一气把它给读完了。那时年纪小,并不能理解作品的内容和主旨,却形成了一个非常鲜明的印象:阮大铖是个很坏的人。这种印象之深刻,以至于此后很长一段时里,我一看到"阮"字,就产生一种强烈的不舒服感。直到后来知晓了另一位大文豪"阮籍",这种状况才有所改变。

　　在我的童年时代,虽然已经有了黑白电视机,但电视频道和节目却很少,倒是会经常播放一些戏曲表演。尽管荧屏中播放的戏曲与自己的生活格格不入,但在没有更多选择的情况下,为了打发大把的童年时光,我还会耐着性子观看,渐渐地也发现它们的趣处:曲折动人的故事情节、优美耐听的歌唱、善恶分明的人物。每每看到结局时好人得到好报、恶人受到惩罚,心里便如同落下一块石头般的轻松。

　　戏曲与我童年时光紧密相连! 现在回忆起来,感觉就如同鲁迅先生在《社戏》里所传递的那样:深刻、甜美而隽永!

　　上了大学,我读的是中文系,在老师的带领下,对戏曲作品有了全面的研读,对戏曲的兴趣越加浓厚。工作以后,随着人生阅历的增强,对戏曲又有了更加深刻的体悟。

　　就是这样曾经浸润过我的童年、后来又成为我所学专业的戏曲,而今走进了大学课堂,成为了一门艺术素质课程,对所有专业的大学生开放,但情况似乎并不容乐观。很多选了这门课的学生对之了解甚少,想去了解的欲望并不大。我初次走进这门课的教室,看到学生脸上的表情要么是一脸无奈,要么就是置身度外。当我问他们为何选这门课时,不少同学诚实地回答说是为了凑满学分;当我问他们在填选课单时,是否对戏曲有所了解,大多数同学茫然地摇头,而得到的回答也仅仅是"戏曲是在舞台上唱的","戏曲是非常遥远的事物"等。

　　对此,无论是从专业知识推广普及的角度,还是从一位教师的传道授业的职业道德角度,我都觉得应当做些特别的努力。最起码,要让进入这门课堂的学生,经过一段时间的学习,对戏曲有所了解,并留下美好的印象,一如我自童年时代就一直能感受到的。

于是,在努力教好这门课的同时,我萌发了写作此书的念头。

真是非常幸运!这一想法得到了单位领导的认可和出版社的支持。

初次写作教材,专业知识的欠缺和写作水平的不足,常常使自己难以继续,但是想到书稿一旦呈现出来,既可以得到大方之家的批评指正,又可以理清和丰富自己的专业知识,所以又勉强为之。撰写过程中,充分借鉴了诸多学者的成果,限于篇幅,不能一一详注,在此表示深切的谢意!同时,由于时间仓促,存在着诸多疏漏之处,所以真诚地期待大家的指正!

感谢编辑们为此书的出版所作的辛勤努力。

感谢扬州大学艺术学院老师、中国著名书法家徐正标先生为本书题字。

感谢我的学生李吉、雷夏曦和顾丽吉,她们为此书的撰写做了不少协助工作!

著 者
2014 年 9 月